有些东西并不会因为过了很长的时间就不存在了，它只是放在记忆里，等待着随时被唤醒。比如迟来的坚持，比如年少时的隐忍。

有爱的青春陪伴者

再次热恋的夏天
若星若辰
——著
江苏凤凰文艺出版社
JIANGSU PHOENIX LITERATURE AND ART PUBLISHING

图书在版编目（CIP）数据
再次热恋的夏天 / 若星若辰著. -- 南京 : 江苏凤凰文艺出版社, 2024. 12. -- ISBN 978-7-5594-9099-5
Ⅰ. I247.5
中国国家版本馆CIP数据核字第20242GY640号

再次热恋的夏天
若星若辰 著

责任编辑 王昕宁
特约编辑 狐小九
出版发行 江苏凤凰文艺出版社
南京市中央路165号，邮编：210009
网　　址 http://www.jswenyi.com
印　　刷 长沙鸿发印务实业有限公司
开　　本 880mm × 1230mm 1/32
印　　张 9
字　　数 242千字
版　　次 2024年12月第1版
印　　次 2024年12月第1次印刷
书　　号 ISBN 978-7-5594-9099-5
定　　价 42.80元

目录

· 目录

第一章
久别经年

深秋，玻璃门外的银杏叶掉光了，天空蒙上了一层薄薄的雾霾，空气中飘浮着颗粒，冷意侵入了城市的每一个角落。

窗扉被风吹得“啪嗒”作响，陷在资料堆里的女生伸手关紧了窗，低头继续翻动案卷。

片刻，旁边的中年人站起来：“小林，你要是累了就回去休息，这几件案子不着急。”

林诱抬头，一双清澈的眼睛略显倦意：“没事，老师，我再看看。”

周志笑道：“你非要加班，到时候累生病了怎么办？跟我们律所打劳务官司，可不一定能拿到补偿啊。”

被他打趣，林诱才站起身：“行，那老师我先回去了。”她拿过周志的茶杯，“我先帮您续杯茶水。”

站在饮水机前等水烧开的时候，周围所有的声音都隔得很远，林诱揉了揉酸胀的太阳穴，头一次拥有属于自己的私人时间。

连着两天搜集资料，她只睡了七个小时，现在头疼得不行。

不过这就是“社畜”的日常。林诱硕士毕业进入律所后，每天陀螺似的连轴转。

林诱拿着水杯回座位，刚拎起毛呢长外套，隔壁传来了一声口哨。

“这长得漂亮就是不一样啊。下班比我们都早！”

律所的洪森律师，三十多岁头发就微秃了，已婚，笑得有点儿猥琐，老打趣律所的年轻女同事。

周志皱眉："说什么呢你！洪森，是我让小林走的。"

"开玩笑嘛。"洪森语气难掩轻浮。

林诱抿唇，拿着外套路过洪森的身旁，却被洪森拦住："林律师，还没到下班时间，你要是忙完了来帮帮我怎么样？一会儿我送你回去，你一个女孩子自己回去多不安全。"

听到这句话，林诱眯起眼睛，脊背挺直了一些。

她不算特别高，一米六八，身材被职业套装勾勒得纤长高瘦，这会儿红唇轻轻压着，眼底情绪复杂。

洪森没看出林诱的反感，仍旧大剌剌地说："一会儿哥请你吃饭。"

"不用。"林诱将外套搭到旁边的椅子上，笑了笑。她清了清嗓子，提高声音尽量让周围的人都听见，"您上周末约我看电影，我已经拒绝过了，说不喜欢您出门约会还得带着女儿。"

洪森的笑容僵住："哟，你这——"

林诱再笑了笑，像开玩笑，又像是疑惑："再说，我回家路上最大的不安全，难道不是您吗？"

洪森涎着的脸出现裂纹，露出难得一见的难堪与羞恼，朱红色的唇瓣微微颤动。

周围几个年轻女生笑出声，顺带翻了个白眼，几乎可以听到呼之欲出的"林姐好刚"。在这办公室，被洪森打擦边球搞暧昧敢怒不敢言的姑娘太多了。

不知道这种职场骚扰的垃圾什么时候能消失。

林诱好整以暇地站着，确定洪森说不出下一句话，结束了对视，轻描淡写地拿起外套："您还是回家带孩子吧，没事儿我就先走了。"

律所门外，高大建筑楼垂下的阴影宛如交错的兽牙，倒映在钢筋水泥建造的广场上。

林诱被风吹得捋了捋头发，走进一条狭窄逼仄的巷子。小巷两侧是外卖小作坊，空气中浮动着生活气息和烹煮的油腥味。

她买了六听啤酒后站在门口，“啧”了声，指尖勾着拉环“啪嗒”打开一听，仰头喝了口冰凉的啤酒。

风从大衣的袖口吹进袖子里，有点儿冷。

她站着把啤酒喝完了，一脸微醺地回到家。正在厨房忙碌的小梨略显刻意地停止动作，鼓掌道：“单身女战士回来了！”

这莫名的“内涵”让林诱挑了挑眉：“怎么？”

“就是——”小梨晃了晃手机，“前几天你来学校接我，我男朋友的室友不是看见你了，就问你想不想脱个单？”

林诱解掉高跟鞋，轻嗤一声，不感兴趣道：“算了，我不喜欢年纪小的。”

小梨的表情像是生吞了鸡蛋，顿了两秒，她认真道：“我上次给你介绍我哥，你才说你不喜欢年纪大的。”

林诱一噎。

小梨：“你是不是不喜欢会呼吸的男人？”

林诱侧头，满脸无辜：“我说过吗？”

小梨：“你没说过吗？借口用烂了，姐姐。”

林诱闭上嘴，眨了眨眼。

反正美女是不可能承认错误的。

小梨无奈地拿起手机敲了敲屏幕：“我觉得这个表情包很适合你，杰瑞老鼠，一脚踢掉一个又一个缠上身的‘桃花’，表情坚决，堪称烈女！”

她皮任她皮，林诱取出啤酒：“还不许别人不谈恋爱了？你们谈了恋爱的能不能别这么自私？”

小梨立刻害羞地笑了笑：“对不起嘛。”

满桌子的菜。小梨将龙虾处理得干干净净，肉质软糯入味，炸食焦脆可口，酥麻香甜。

林诱正好饿了，刚衔了颗虾仁咬着，听到小梨冷不丁又来了句：

“其实我一直在想，你不愿意谈恋爱，是不是受过情伤？”

林诱怔了下。

不受控制地，她脑海里浮现出一个高挑清隽的身影，站在黄角树的浓阴底下，肩头落满破碎的阳光。他的眉眼有点儿看不清楚，但浑身被阳光镀了个光圈，能闻到干净清新的气味。

少年一身蓝白色细杠的校服，领口敞开露出瘦削的锁骨，头发让阳光照得蓬松柔软，面向林诱俯下身，可眉眼却染着阴影，显得阴郁狰狞。

他好像在等什么人，但等了很久很久，始终没有人来。

林诱心口跳了一下，难得升起心虚的感觉：“没受过情伤。”

她指尖抵扣着玻璃杯，下意识地笑道：“但是，让别人受过情伤。”

一句话，桌上瞬间热闹起来。

“真的假的？姐姐你这么厉害吗？”

小梨连声呜呼：“来嘛，聊聊，聊聊！让我男朋友的室友死心，明白你就是他得不到的女人。”

看小梨这么兴奋，林诱话头反而卡了壳，捏着骨筷的指节轻颤。

她有点儿后悔提起这件事，毕竟过去好久了，久到只能成为饭桌上的谈资。

也许……她脑海里冒出那个遥远的名字，心口抽了一下，猜想恐怕对方知道自己拿此事出来吹牛，还会觉得晦气。

敷衍地吃着晚餐，林诱心情有点儿不好。半晌，她感觉心里沉甸甸的，于是放下筷子：“我吃好了。”

她回到自己的房间，到阳台拉开窗帘，沿栏杆垂下手臂。

风从指尖一直吹拂到小臂，凉飕飕的。

心脏从刚才起，就有种意味不明的酸胀感。

像是埋了某种东西，很多年没挖出来。

闷闷的感觉，非常不舒服。

这一觉睡得有些艰难，长期熬夜的头疼和心情沮丧，导致林诱陷入昏睡的那一瞬间感觉像是得救了。

但刚失去意识没多久，耳朵里响起“嗡——嗡——”尖锐的声音。

林诱被惊醒，揉了揉额头。

手机铃声清晰，在空洞的房间显得尤其刺耳。

她点击接通，响起周志的声音：“小林，睡了吗？”

林诱调整呼吸：“没呢，老师，有事儿吗？”

“没睡就好，来活儿了！”周志声音着急，“中兴路八号，你赶紧打车过来，有你的好事！”

“好事？”

林诱第一反应是来钱的大案子。看深夜这种时间估计还是突发事件，一般价格开得特别高。她起床，穿上外套，边走边询问具体的事情：“什么好事儿？”

“东德集团！可算跟这尊大佛牵上线了。张总刚给我来的电话，让我们马上赶过去，催了好几次了。”

“东德？”

林诱怔了一下。

本市的大公司之一，投资方全是顶级富豪，背后的利益牵扯从房地产、餐饮酒店、娱乐行业、生物制药甚至到科研创新，在证交所上市的板块都不能完全涵盖他们家的产业版图——而正明律所每年百分之四十的利润都来自东德。

林诱的太阳穴跳了跳，知道怠慢不得，匆匆打车：“具体情况呢，老师您说说？”

哪怕见过大风大浪的周志声音也难掩激动：“车祸，东德二代的车跟人撞了！”

居然还是车祸？

少爷们酒后飙车肇事时有耳闻，作为东德的外包律所，给少爷擦屁股是应该的。林诱下车后，一路小跑，脑子里幻想出好几幕纨绔少爷酒后飙车的奢靡场面。

下车后，是一条挺偏僻的街道。对门过去全是行道树，路上有一辆倒在地上的破烂电瓶车，以及一辆锃亮崭新的宝马。

宝马车主这种天气穿着白色的汗衫，粗壮的胳膊从袖子里钻出来，脖子套条金项链，锁骨全是花花绿绿的刺青，叉着腰大声叫骂——

“长没长眼睛！谁刚的谁？开个破车还挺狂！看没看清楚我这车什么牌子？”

周志正和他交涉：“我是许先生那边请来的律师，有问题请和我交涉。”

“还有律师？”对方现在正在气头上，声音粗暴，“挺能装啊？今天就算天王老子来了，你也得给我赔礼道歉！大晚上的开车真晦气，遇到这种人，本来高高兴兴地回家，全让你们把好心情给毁了。”

林诱一路跑得快，喉头滚了几下气息才平稳。

她看得出对面的态度很不好，耳边响起周志的吩咐：“过去问问许公子来龙去脉，到底什么情况。”

他手一指四五米开外的树荫底下。

这场车祸的另一个当事人，也就是他们要伺候的太子爷。

林诱转过脸，先还没看见人，顺着目光才看到漆黑树影下笔直的腿，那人似乎很高。

高跟鞋踩着水泥路面，林诱应声：“这就去。”

她从包里取出名片，到对方跟前公事公办地递过：“您好，我是正明律所的律师林诱，跟周志律师一起过来协助您处理这次突发事故。”

等待回答的间隙，林诱一路赶来的喘息终于平复，余光扫了扫对方。

身材高挑，穿一双认不出牌子的板鞋，单臂随意地夹着电瓶车的安全头盔。树梢的阴影落在他肩头，拂碎路灯的橙光，肩头被一件深色的冲锋衣勾勒出开阔的骨形，站姿笔挺。

被阴影遮挡，看不清脸。

并非想象中油里油气醉醺醺被铜臭味包裹的二代，只看气质，对方年轻，挺潮，干净，宛如凌厉的薄刃。

名片迟迟没人接。

林诱以为他没听到，再开口："您好？"

还是安静。

一刹那，仿佛被某种熟悉感击中，林诱指尖轻轻往下压，抬眸。

视线从模糊变得清晰，男人下颌线清晰，鼻梁高挺，随着光线稳定，漆黑内敛的眉眼显露出来，眼尾带了一抹银亮的冷光，眸子很深，嘴角下压，气质带点儿从容的野和慵懒。

林诱瞳孔收缩，脑子里炸了一下，下意识地后退，指缝间泛起轻轻抽离的冰凉感。

名片被抽走。

"林诱？"

她听到他含在齿间、来回琢磨的低沉声线，像是来自深渊的邪魔，让她耳膜发麻。

灯光下，许燎垂着眼皮。

他夹着薄薄的名片反复查看，模糊的声音随之清晰，接着抬眼，目光有些沉淀多年的情绪。

接着，他确认似的："原来是你，林诱？"

这一声硬是把林诱身上的寒意都惊没了。

许燎往前走了一步，站在路灯下，侧头。

他完全显露出来的眉眼，在澄明的灯光下，瘦削的线条明晰得近乎凛冽。

往前倒回几年，少年的轮廓尚没有这样分明，站在黄角树下穿着校服的身影清爽干净，俊朗眉眼如今倒是与往日如出一辙。

林诱没想到在今晚，在此时此刻，能跟许燎重逢。她轻轻咽了咽喉咙，感觉有点儿干渴，目光跟许燎直视半秒后垂下来。

初高中那些混乱的记忆涌入脑海，让她措手不及，但很快，她的注意力被周志严肃的一声“问得怎么样了”拉回现实。

林诱深呼吸了一下，硬着头皮道：“说正事吧。许……许先生，车怎么剐上的？”

话说出来后有短暂的安静。

许燎的肩头落着灯光，背光的眉眼被阴影涂抹得影绰。他似乎对某个称呼有所玩味，片刻，抬了下眉：“我在非机动车道，他违规变道，蹭上了。”

林诱抬眼：“你上了非机动车道？”

“嗯。”

她顿时感觉有点儿棘手：“你为什么把宝马开到非机动车道上？”

又安静了两秒。

许燎抬了下眉：“我开的电瓶车。”

电瓶车？

林诱抬眼跟许燎对上视线，他的目光直勾勾地落下，漆黑的眸子似乎要把人吸进去。

他不像是开玩笑，可他的身份，身上昂贵的外套，袖口露出的考究衣衫，让林诱维持着脸上的疑惑。

为什么是电瓶车？

至少在记忆里，按照许燎这纨绔大少爷的脾气，一天换一辆超跑都没问题吧？

许燎轻轻磨牙，补充道：“因为、现在、禁摩。”

摩托车的确比较符合许燎的个性。

禁摩，所以许大少爷偶尔开开电瓶车，正好跟人撞上了。

林诱低头：“了解了。”

她回到周志身旁。那金项链大哥满头青筋正在骂人：“我不就没打转向灯吗？他减速不就行了，非得跟我并驾齐驱，就不能让一让？”

许燎走过来，说话一点儿不客气：“我跟你有什么血缘关系，得让着你？”

他将头盔递给旁边看戏的何风，灯光下，他发尾挑染的几绺黄毛适时显露，显出几分莫名的轻狂。

模样年轻、黄毛，还开电瓶车，在金项链大哥眼里妥妥的精神小伙标配。金项链大哥嘲讽道：“小兄弟，这就是你开电瓶车的原因了，格局没打开啊！等你以后有钱开四个轮子的，就知道我们开车多么不容易，凡事啊最好让一让——”

许燎嘴角轻轻牵了下。

金项链大哥喋喋不休：“我年轻没钱的时候也像你现在这么猖狂，还非常仇富。你现在对我有意见，我理解，小年轻嫉妒嘛。你这电瓶车剐坏了，多少钱？我赔你。”

林诱一声没吭。

打标价最高十几个亿官司的周志也满脸严肃，同时观察着许燎的脸色。

他俩都在等着许燎打脸对方。

但许燎情绪平静，示意何风：“看看车。”

“好嘞，哥。”何风蹲下后，竖起两根指头在电瓶车上敲了敲，“镜子和前面的外壳坏了，换新的估计一两百块钱。”

金项链大哥掏出钱包：“行，两百是吧？”

他将纸币往电瓶车身上“啪”地一拍：“这儿，给了。可别再讹钱了，年轻人怎么挣钱不好呢，非得碰瓷。”

这声儿把林诱吓一跳，她看向许燎。

换作以前的许燎，那金贵纨绔，估计能直接拿自己家的银行卡砸死对方。

大少爷依旧没有任何反应。

倒是何风忍不住了：“碰瓷？讹你两百块？大哥，全责了还嘴硬？”

“全责又怎么样？我赔得起。你们年轻人就是不诚实，都不说车祸这个事，”金项链大哥伸手一勾周志的皮包，“大哥，你这包，还L——V，假的吧？”

周志捏着三万多的包，静了静。

金项链大哥转向许燎，又注意到许燎的手表："你这表不错啊！我这个，绿水鬼劳力士——"他晃了晃手腕，"你的表多少钱？"

他伸手去摸，何风探过一只手臂挡住他："大哥别乱碰，坏了你赔不起。"

"值几个钱？我买不起？"金项链大哥声调陡然抬高。

何风指了指他的宝马7系，看热闹不嫌事儿大："大概也就抵你十多辆。"

"嗯？"

他那车，落地两百万起。

金项链大哥刚想喷"你糊弄鬼呢，一块表三千万你还开电瓶车"时，旁边响起鸣笛声，黑暗中平稳地驶来一辆劳斯莱斯幻影，通体漆黑。车停下来后，驾驶座钻出一个脑袋："许哥？"

许燎垂眼，应了声："嗯。"

西装革履的骆质跳下车来，客客气气："车给您开来了，猫呢？"

"后座。"

骆质解开绳子系紧的粉色航空箱，弯腰指了指劳斯莱斯："那我先把猫放车上了。电瓶车还能开吗？能开的话，我现在骑到店里修。"

许燎："能开。"

骆质："行，许哥您忙，我这就去修。"

骆质捏着领带一丝不苟地叠好，然后揣在胸口的兜里，将锃亮皮鞋踩上刚涉案的破烂电瓶车，跟个半夜开鬼火的精神小伙似的，顷刻消失在街道深处。

金项链大哥看得目瞪口呆。

一场闹剧，最终解决。

周志应酬到很晚，喝了酒没敢开车来，说："许公子，我跟小林就先回去了，有事儿您打电话就成。"

周志招呼林诱：“打车。”

“好。”

林诱看了一眼许燎，随即移开视线，站在路边拿着手机查看深夜的网约车。风吹得有点儿冷，她将外套裹紧。

这里地处偏僻，一直没人接单。何风那边也协商好了，见他俩站着，说：“许哥，正好有车，要不咱们送送？”

这句话显然很不合时宜。

许燎站在阴影里，眉梢微抬了一下。林诱摇头想说不用了，她现在和许燎的处境，还是别相处了。话到嘴边，她听到许燎的声音先响起：“你再看看有没有车。”

他单手插在冲锋衣的兜里，垂眼看别的地方，眉眼到下颌的线条冷淡，尤其下巴微倨，声音散漫：“可能不顺路。”

林诱抿了下唇没有说话，盯着手机屏幕，指尖划拉着，心里埋了很久的东西没被挖出来。

她秀致的眉眼被手机屏荧光映亮，两分钟后，抬起手腕挥了挥：“打不到。”

周志：“那我们——”

许燎转过身，看不见他脸上的表情，声音平静得听不出任何情绪。“上车。”

绚烂的星空顶，在黑暗中闪闪发光，显得迷离而梦幻。饶是周志算海市数一数二的律师，这种豪车也坐得极少。他进去后没忍住左右摸摸后赞叹：“许公子，好车啊！”

许燎垂眸，似乎不想说话：“换了 6.7T 的发动机，除了速度快，没什么特别的。”

周志啧声：“这得多少钱啊？”

“也不多。”许燎抬手打着方向盘，将车倒出破旧的街道。

周志：“大概？”

许燎："不到九位数。"

饶是周志见过大世面，也憋不住发出了声"哇"！

不、到、九、位、数。

听听这大富翁的发言。

"今天跟着许先生算蹭上了。"

他俩聊天，林诱觉得空气有点儿闷，扭过头，按下车窗，将手臂放在了车窗边缘，让风拂过。

她脑子里升起些模糊旖旎的情绪，仿佛在看一种遥远的东西。这些代表着许燎的数字和她的距离，差不多跟十年前的光景一样远，没有任何改变。

林诱读初中时，被姑姑接到了海市一家有名的中学借读。因为是转来的，课间她总一个人趴着睡觉，但常常被一群人打闹的动静吵醒。

人群之中，被簇拥着的少年校服底下腰身清瘦，眉眼懒散，无论做什么都有一群男生女生围着。

那时她还不清楚许燎招人喜欢的原因。直到某天傍晚，林诱到校门口坐姑姑的电瓶车回家，见四五个男生围着一辆跑车，中间的许燎半蹲着系跑鞋的鞋带，被男生搭着肩膀，乖戾阴沉的眉眼极度不耐烦。

他们说："许燎，你家的车真不错。"

林诱这才第一次知道，原来一辆车可以比爸妈想了一辈子的海市一套房都贵。

在得知许燎的家境有多惊人后，她也见怪不惊了。

"到了。"

周志的声音将林诱的思绪拉回。

周志："麻烦您啊许先生，以后再有事儿您给我打电话就成，我们律所竭诚为您提供法律援助。"

周志下车，林诱拿起包，也打开车门，跟他一起下车。

——正当她一只脚踩到地面时，突然被喊住。

周志说："小林，你就麻烦许先生再送送，到了给我回个消息。"

林诱喉头卡了下，有点儿尴尬："……太麻烦许先生了。"

下意识地，她看了看车辆驾驶座。

许燎修长的手指搭着方向盘，脊背放松地靠着，鬓角的头发被阴影涂染，发茬手感似乎颇硬，有种矜贵的感觉。

他一句话也没说，但是，林诱能察觉到扑面而来的僵硬。

她径直说："我打车回去算了。"

周志并不放心，一脸老妈子的表情："怎么要打车？大晚上的，你一个人我不放心……"

林诱对他的关爱很无奈："太麻烦别人了。"

短暂的僵持中，许燎的舌尖在齿槽打了个转儿，声音压低："上来。"

一句不太客气的话，语速缓慢，不带感情，却莫名地，让林诱头皮发麻。

她乖乖地爬上车。

车内现在只剩他俩，氛围跟周志在时明显不同。

林诱觉得窗外的风吹进来有点儿冷，她将车窗全部摇上去，等到周围寂静，又感觉封闭的空间有种诡异的热。

她调整坐姿，觉得很不自在。

"……咳。"

她又将车窗摇下去，反复几次，拽着领口扇风。

许燎目视前方开车，一句话也没说，没有人挑破这层诡异的尴尬。

到十字路口，空阔的街道空无一物，明明是绿灯，车却突然停了下来。

林诱意识到车是为自己停的："怎么了？"

"你继续。"干脆利落，没有任何矫饰的嗓音。

许燎嘴角压的弧度很浅，眉眼被阴影半遮着，看不清情绪。

林诱抬眉："继续什么？"

"车里不是坐不住？"

他调整车窗，直到冷风呼呼地灌入，声音散漫："现在，应该方便你跳窗了。"

本就尴尬的气氛，被他这么一说，更加难以言喻。林诱紧了紧长外套，头皮微微发麻，半晌没说话。

他俩都没提以前的事，可让这气氛僵硬无比的，显然是车内的沉默。

许燎的耐性似乎耗尽："坐得住了？"

林诱抿了下唇，心口闷闷的："嗯。"

他发动汽车引擎继续赶路。这时，林诱听到航空箱内传出细软的猫叫。她像抓住了救命稻草，手指勾着航空箱，逗弄小猫转移注意力。

手机铃声响起，许燎摁下接听键："在路上。"

对面说了什么，他等对方说完，答应后掐掉耳麦："一会儿先等等。"

没有人回答。林诱才意识到这句话是对自己说的："嗯？"

"我先把'吃得多'送回猫咖。"

"什么？"林诱好像听到了奇怪的东西，"'吃得多'？"

许燎随手指了指："就你手里这玩意儿的名字。"

林诱：可能这就是男人养猫吧。

先前还能直接到家，现在路上的距离又多了一段，林诱煎熬的心情也不得不持续。

车辆驶过漆黑路段进入宽阔坦途，周围的建筑也接近市中心的高楼大厦。车子缓缓停在灯火通明的商业街。

许燎："我下去。"

许燎下车，林诱也跟着下车。

"许哥，怎么才回来？等你半天了。"从猫咖的台阶上走下来好几位穿着超短裙的美女，长腿细腰，在深秋时节完全感觉不到冷似的。

她们对许燎说话的语气熟稔，散发着诱人的魅力。

林诱看了一眼，心里有一瞬间的惊讶，随即垂下目光，心里埋藏的某种东西仿佛被击碎，沉闷不堪。

许燎模样好，家境好，特别招女孩子喜欢，以前跟在他后面的人就很多。只不过那时候许燎一心一意只有她，她也从来没看见他和这么多女孩子站在一起过。

要说按许燎的身世和相貌，身旁被女人簇拥，似乎也在情理之中。

林诱唇间溢出一缕薄雾，她转过视线，盯着地面斑驳的砖块。

空调帘被撩开，又走出一个高高瘦瘦的青年："哥，路上不是跟人蹭了？人没事儿吧？"

许燎："没事儿。"

"这人真不长眼，碰着你了他拿命还？你总算回来了，明明是猫咖，结果这些女孩儿全等着看你。"他接过许燎手里的航空箱，"不如把猫咖改名叫许咖算了，你挂牌，保管挣得比现在还多！"

许燎懒懒地看他一眼："我差这几个钱？"

"确实，你不缺钱。"章泽嘿嘿一笑，"猫咖成了网红打卡地。那边那个，某音粉丝三百多万的纯欲女神。"他神色诡异，"不过人家也不是冲着猫来的，而是冲你来的。"

许燎没听见似的往里走。章泽乐呵呵地跟着，余光里，注意到站在街边的高挑女人。

林诱双手揣在黑色风衣的兜里，长发被风吹得散开，肤色白净，眼尾狭长，神色有点儿无所事事。

章泽停下脚步，有点儿陌生地辨认她。几秒后，他神色突然一变："林——诱！"声音几乎从嗓子里挤出来。

骤然的一声让林诱抬起视线。

"林诱！好，真的是你！"他怒不可遏。

对方爆发得突如其来，林诱想起来了，高中时候许燎的几个好哥们儿里有这人，叫章泽。

好多年不见，章泽的反应比许燎看到她还激动，仿佛曾经被钓了三年又一脚踹掉的倒霉蛋是他一样，喉咙里都是颤音：“你怎么有脸再来纠缠许哥？你怎么敢的！”

这句话说的，活像爱情剧里男主角在雨夜中声嘶力竭地痛哭，嘶吼着问苍天，把着女主角的肩膀不停摇晃的疯狂状态。

林诱有些茫然，感觉记忆里遥远的事情如一根线似的，被慢慢牵出来。

章泽愤怒的脸无限放大：“你最好离许哥有多远就滚多远！许哥对你那么好，快把心都挖给你了。但你没有心！现在居然有脸出现在他面前？许哥心态好，心地善良不计较，不代表我能忍下这股气！”

林诱被这声吼惊得后退了两步，似是想到什么，脸色有点儿苍白，看向章泽的眼睛圆睁，勉强维持着镇定。

周围隐约起了骚动，许燎的身影从玻璃门后转出。他手里没了装猫的航空箱，高挑的身形剪影利落。他站在台阶上，视线随意地扫过来：“章泽。”

章泽声音里透着委屈：“许哥！”

许燎：“别说了。”

“但是——”

许燎声线清晰：“你很吵。”

章泽额角青筋跳着，半晌，哑了火。

他狠狠地瞪了林诱一眼，转头三步并作两步进了猫咖，将空调帘撩得老高。

周围陷入寂静。

林诱站在原地，仰着下巴，被浓密黑发遮掩的脸只有巴掌大。她看着许燎，神色没有悲伤，也没有被撞破的尴尬，反而像神游许久才回过神儿，双手甚至还揣在风衣的兜里。

她这种无论面对什么都淡定从容、似乎不会有任何事情值得她牵动感情的性格，跟多年前如出一辙。

不知怎的，许燎突然皱了下眉，接着，眼底像是有觉得晦气的情绪。他厌倦地转身：“我找人载你回去。”

顿了顿，他又说：“我就不送你了。”

重新开车的女孩儿二十岁左右，一路上没跟林诱说话。

林诱住的地方偏僻，需要定位导航。女孩儿架上手机，偶尔划动导航，但大部分时候停留在跟章泽的聊天界面。

她应该是章泽的女朋友。

林诱坐在副驾，意识到路线不对，看了眼女孩儿的手机。

屏幕上全是章泽发的消息，充斥着“蛇蝎女人”“渣女”“海后”“钓鱼”“断都断不干净”这样的关键词。

“你是许哥的前女友？”女孩儿终于没忍住问。

林诱实话实说：“不是。”

“那我听章泽说你钓了许哥三年，约好高考完在一起，结果反手把他踹了。真的假的？”她神色兴奋，“能把许哥钓着又踹了，是不是很爽啊？”

林诱没心思应付别人的八卦：“以前的事我忘了。”

“嘁，无聊。”女孩儿十分不满。

回到家，进门时屋内静悄悄的，林诱脱下身上的毛呢长风衣，才意识到身体居然这么疲惫。

她放下文件包，整理带出去的资料卡，无意间摸到夹层内侧的名片，耳边似乎响起了许燎接过它时反复确认的嗓音。

今晚的事情太过意外，她没想到，估计许燎也没想到。

不像什么正儿八经的重逢，除了礼貌，几乎没有多余的问候。

他看见她，估计只会觉得晦气和倒霉。

林诱拿手机翻出微信聊天框，会话里有个白色头像的对话框。她冰冷的手指点进去，对方的背景跟签名一片空白，朋友圈也只有一条虚无的线。

每年新年林诱都会给这个号发“新年快乐”，不过一直都只收到红色感叹号，显示她已经被对方拉黑，对方拒绝接收她的消息。

林诱关了手机，躺回床上。

半夜出勤熬得脑子抽痛，她整个人都迷迷糊糊的，破碎混淆的记忆涌上来。

初三的时候，因为爸妈闹离婚双双外出做生意，林诱跟着姑姑到了海市的初中借读。学校是当地数一数二的中学，姑姑那时候跟校长的儿子处对象，好不容易把林诱弄了进去。

班里的同学们之间早混熟了，只有她是突然转来的外人，性格阴郁内向，顶着头发育不良的黄头发，下课时间总是趴在桌上睡觉。

和她完全不同的对比，像是一枚铜板的两面，许燎则是人群的中心，无论做什么都被鲜花和掌声包围着，好像站在阳光的中心，而林诱站在昏暗的阴影当中，与他完全没有交集。

那一天，林诱趴在桌上睡觉，耳朵里充斥着打闹的声音，片刻，头发被轻轻拽了拽：“小妹妹。”

少年的声音干净，刚刚变声，有着轻微的磁性。

同桌杨霖的声音无奈：“许哥，许少爷啊！放过我行不行？”

杨霖打游戏厉害，男生总聚在一起聊这些。许燎抬了下眉，言辞轻佻：“放不了。今晚上号，看我怎么赏你——小妹妹，换下座位呗。”

林诱抬头，这是她第一次和许燎这么近距离说话。

那时候她刚来海市，学习跟不上便熬夜学，下课总是很困。

她现在就很困，莫名其妙地看向吵醒自己的人。

许燎初三就蹿到一米七五了，校服宽松，高挑挺拔地站在这儿，周身被阳光蒙上了橙黄的光影，眉眼乖戾漂亮。

林诱抿了下唇，跟看见了空气似的，重新趴回桌上。

杨霖直乐：“对不起了许少爷！我同桌不配合，讨论技能的事儿我看还是缓一缓吧，缓一缓。”

“啧。”

许燎对少女的不近人情感到不满。他拉开后排的椅子，吊儿郎当地坐下，细长的手指有一搭没一搭地勾她的发尾。

“小妹妹？”

林诱发育不良，个子小，班主任都叫她“小妹妹”。

“喂？小妹妹？

“敬酒不吃吃罚酒啊，小妹妹。”

许燎站起来，踢开椅子。他指尖拨拉林诱的发尾，下一秒皮筋突然断开，茶色的发丝层层漾开，柔软突然散了他一手。

林诱捂着头发，立刻坐直，茫然道：“你干什么？”

她肤色白净，鼻梁有几颗雀斑，单眼皮，眼瞳是色泽浅淡的琥珀色，尖尖的耳朵被发缕藏住了。这会儿头发突然散了，她有点儿蒙，歪了下头，跟许燎的视线撞了个正着。

许燎眼眸漆黑，看她几秒后，像是发现了什么，突然笑了：“小杨子，你看她长得像不像一只精灵？”

林诱：“？”

杨霖：“？”

杨霖目瞪口呆，答非所问：“许哥，你把人家女孩子的头发弄散了。”

“我知道。我说，你看她长得像不像精灵？”少年对少女的变化极感兴趣。他半倾身，指间抓着因营养不良而偏黄的头发。过近的距离，他身上木叶的清新味道也随之送了过来。

那时林诱和他不熟，只记得课间常被他吵醒。

她拢着头发，感觉被冒犯了：“你把我的皮筋弄断了。”

许燎饶有兴致地盯着她的脸：“嗯？”

林诱脸色一本正经：“你应该赔我新的。”

“行。我可不是不通情达理的人。”许燎转身，吊儿郎当地随口问，“谁有多的皮筋？”

“我有。”班花递来新的。和林诱的黑头绳不一样，这根新的镶嵌着银亮的饰品。

许燎将新皮筋放到她手心：“还你。”

林诱接过后，自顾自地拢着头发，半合眼皮，觉得好困。

她不知道头顶的视线迟迟没有移开。

当她转移视线后，许燎还若有所思：“不会只有我一个人觉得你像精灵吧？”

那个午后燥热，林诱第一次和许燎接触，心不在焉。而杨霖边打哈欠边敷衍他：“对，许哥，只有你！你是光，你是电，你是唯一的神话！你比孙悟空的火眼金睛还牛！”

许燎的手腕抵着林诱的课桌，垂眼，视线一直放在林诱身上。

也不知道怎的，他被眼前的少女所吸引。

他莫名地牵了下唇，好像自言自语。

“怪了。是真的很像精灵。”

这句话好像魔咒，从那个午后起，悄然滋生着年少的情愫。

而那时候林诱跟班上的同学都不熟悉，也没有认识的打算。即使许燎是全班的焦点，对她来说重要程度还比不过一道数学题。

但是后来不知道为什么，少年随意的一句话，总是在她心口翻涌折磨，像一场做了很久却醒不来的梦……

吵醒林诱的不是闹钟。

天还没怎么亮，林诱的手从被子里钻出来，拿到振动的手机，看清了上面的一个字——“妈”。

她怔了两秒，才接通。

第二章
白月光

柳萍那边很吵，她似乎在菜市场："前两天我跟你说的王瑜，这两天他到海市出差，你有空和他见个面吃个饭，看看聊不聊得来。"

林诱明白妈妈的意思，简单明了地说："我不相亲。"

"你不相亲也得相。我早告诉过你了林诱，我只给你两年的时间，在海市玩够了就回南溪结婚！我和你爸现在年纪大了，就你一个女儿，辛辛苦苦供你读到硕士，你就这么孝敬我和你爸？"柳萍的声音颇有怨气。

有那么一瞬间，林诱挺想反驳，但话到了嘴边又咽下去。

她温顺的态度让柳萍的语气有所缓和："妈妈也不是故意逼你，想你回南溪工作是舍不得你。王瑜的微信号我推给你了，最近你们聊得怎么样了？"

林诱点开了微信好友列表，对着王瑜一整个建设美丽卫生新南溪的朋友圈发怔："没怎么聊。"

"你说你！"柳萍的语气又不太好了，"王瑜在体制内，工作稳定，我对他很满意。你别仗着长得好看，总是挑三拣四。"

林诱无视她的唠叨，指尖划动王瑜的朋友圈，发现除了公关文之外的东西，他偶尔会分享民谣，其中一首叫《四块五的妞》。

她盯着手机屏幕，揉了揉眉心，顺手将这首歌分享给了小梨。

"就这么说好了啊。过两天王瑜来海市，你们顺路吃个饭。"柳萍不由分说地挂断电话。

林诱坐了几分钟，门被敲响了，小梨一脸艰深地站在门口："那首歌……"

林诱："我相亲对象分享到朋友圈的。"

小梨恍然大悟："可能他喜欢那种不慕虚荣、纯洁单纯、愿意为他洗衣服做饭的传统型女孩儿吧。"

林诱往卫生间走去，嘴里叼着牙刷，脑子里迷迷糊糊想着这件事情。

小梨在门口探出头问："你要去相亲？"

林诱回答："我不想去。我妈让我去，她快把这人当女婿了。"

"啧啧啧！"小梨作势将林诱上下打量了一番，"除了爱钱，我看你挺符合那兄弟的审美。"

林诱掬一捧冷水冲了冲脸："他不符合我的审美。"

小梨咬着苹果问："那你怎么办？"

林诱接着往脸上抹上洗面奶，粉白的泡沫丝滑，涂抹均匀后脸凉凉的。

她安静了大约半分钟，然后又往脸上泼着冷水。

小梨打算回房间时，突然被叫住。林诱拿了条干干净净的白毛巾擦脸，发尾湿了几绺，唇红齿白，明艳漂亮，朝她抬了抬下巴："最近有出去玩的打算吗？"

小梨："啊？"

"去夜店，"林诱认真地说，"我还没去过呢。"

小梨"哇"了一声："真的假的？"

"我大学到研究生都是'做题家'，远离声色场所，"林诱顿了顿，说出一个非常实在的理由，"主要是，没有钱。"

小梨心道：可信度一下子变得高了起来呢。

小梨急匆匆地回卧室拿手机，点开搜索："你等着啊，我看看攻略——海市帅哥最多的夜店，必定让你一夜脱单！"

林诱倒没想着脱单，不过是去夜店拍几张照片发朋友圈，拗个不羁的人设，最好能达到让王瑜觉得她有点放荡、不大靠谱、不值得结婚的效果，然后主动放弃。

她收拾好，去了律所上班。

为了周末能好好演戏，林诱特意排了档期空出时间，这几天忙得头昏脑涨。

傍晚，林诱刚出律所，小梨的消息就来了：Space酒吧，说它是海市最火的夜店也没人反对，非常热闹，年轻的帅哥渣男非常多，臭名昭著，无论身心都可以娱乐到。

她又补充了一句：说不定你真能一夜找到男朋友。

林诱皱了下眉：玩这么大？

小梨：……那你去不去？

林诱盯着手机，半晌后，才打了一个字：去。

柔顺的黑长直特意用卷发棒烫成了大波浪，垂在耳侧，轻熟风的吊带连衣裙，裙摆堪堪到大腿，穿上了将小腿收束的高跟短靴，显得双腿修长，身材高挑。

小梨化完妆出来看见林诱，顿时萌生了一股念头：“我其实是您的陪侍丫鬟吧？”

林诱拍拍她的肩膀：“走了。”

深秋，天气寒冷。林诱套了件西装外套，将头发别到耳后时，露出的白皙耳垂坠着银质十字耳环。她化了浓妆，红黑色系配上高鼻、薄唇，一路上小梨都在看她：“姐姐你好‘A’。”

跟平时“社畜”时的淡妆完全不同。

果不其然，两人刚到门口就有人上前搭讪。

夜店里喊声震天，铁质舞台上戴鸭舌帽的DJ边打碟边晃动身体，热舞蹦迪的短发辣妹走来走去。小梨左右张望：“这儿是真的纸醉金迷，靡靡之音，太热闹了！”

她回头，看见林诱镇定自若地站在人群中。

小梨：“你不激动吗？”

林诱：“我挺激动的。”

但她的激动不是很上脸。

小梨待了没几分钟，忍不住想去最热闹的地方蹦迪：“姐，我过去玩玩，一会儿手机联系哈。”

林诱应了声，随即在卡座坐下，拿出手机自拍。

她就是为拍照来的。

脱掉西装外套，露出吊带下白皙的肩头，她对着镜头摆了几个姿势，但总觉得……味儿还不够。

她删除照片。

林诱四下扫了一圈，附近有几个男人似乎对她很感兴趣，正一边喝酒一边朝她张望。

在这种视线下，她始终做不出比较自在的动作。

她正烦躁的时候，酒吧入口处起了一阵小骚乱，有人进来了。

林诱看见吧台的经理忙不迭往那边跑，猜测对方应该是高消费者。

她随意地看过去，没想到一眼看到了章泽。章泽走在最前面，后面跟了一个身材高挑的男人，穿件深色的棒球服，白色棒球帽压得很低。他手指按着帽檐往里走，指骨修长分明。

灯光照过去，能看出对方线条清晰的下颌，唇抿着，弧度冷硬。

是许燎。

林诱走神时，耳畔响起了一个男人的声音：“你好，能请你喝一杯吗？”

搭讪的男人穿着休闲，头发打理得挺有型，看起来挺有风度：“一个人来的，还是在等朋友？”

林诱收回视线：“朋友在那边。”

“男朋友吗？”男人整理袖口，装作不经意地露出手腕上名贵的表。但这瞬间让林诱想起了许燎，疑惑这些有钱人对手表的执念是什么。

她看对方似乎打算坐在这里了，刚整理措辞请他离开，背后突然响起声音："喂，浪哥。"

有些耳熟。

林诱后背紧绷，回头，章泽正大大咧咧地往这边走："浪哥，好久不见啊。"

被称为浪哥的男人哼笑了声："章泽，你来了，那许哥也在？"

"对啊，我们刚到。从隔壁喝完就过来了，热热场子。"

林诱头皮发麻，就看见章泽挺自然地坐下，扯了扯裤腿，随即跟她对上了视线。

章泽瞳孔开始聚焦，似乎在辨认着她。

林诱心里有点儿烦躁，她只是想来拍几张照片，并不想在大庭广众之下再次被章泽质问。

但奇怪的是，章泽那戏剧性的替兄弟生气的表情没出现，而是略显疑惑后，自然地转开了视线。

他说："这女孩子真漂亮。"

林诱睁大眼睛，十分疑惑，察觉到双眼皮贴的紧绷感时才反应过来，章泽应该是没认出她。

高中的时候林诱常年穿校服，头发扎得高高的，模样又精神又干净，一直被称为乖乖女，连长裙都很少穿，更别说今天这身只到大腿根的短裙了。

林诱没吭声，喝了口酒。

章泽多看了她几眼，若有所思，问浪哥："这是你女朋友？"

浪哥笑了："不是，刚认识的女孩子。"

"那就好。"章泽神色复杂，"我劝你还是别追她了，她长得特别像一个人。"

林诱淡定地吞下一口白兰地，不说话，尽量降低存在感。

浪哥这就不爽了："长得像你妈啊，我追不得？"

"你有病吧？"章泽说，"不像我妈，但她这模样，美女，不是针对你的意思啊——就是，长得特别像许哥的白月光。"

浪哥听得无语。

章泽："还是他心头那根刺，碰一下就疼的那种。"

那个夜晚声嘶力竭地声讨她的章泽与现在替兄弟倾诉衷肠的他判若两人，恐怕他知道她就是林诱，估计会直接找条地缝钻下去吧？

林诱放下酒杯，心里升起燥热和烦乱。

章泽已经岔开话题："浪哥，听说你前几天提了一辆车？"

"是啊，改天开出来带你转转。"浪哥站起身，"既然许哥来了，我得过去见见他。"

他不失风度地对林诱笑了笑："我先失陪了。"

卡座只剩下她一个人。

玻璃杯放在桌面上，被光线折射出一种晶莹剔透的质感，耳边的声色犬马听不进去，林诱呼吸沉重，脑子里回想着章泽那句"心头那根刺，碰一下就疼的那种"……

半晌，杯身的冰凉直抵指尖，后背响起动静。

"美女。"

林诱侧头，章泽站在她面前，满脸带笑："有空吗？"

"你有事？"

章泽指了指最昂贵的卡座区域，表情自然得像在商量晚上吃什么，看起来经验还挺丰富："我们那边有个哥们儿心情不太好，你能不能——"他似乎有些难以启齿，"过来陪他坐坐？"

林诱："？"

这个哥们儿，不出意外是许燎。

原因自然是刚才章泽说的那句"你长得特别像许哥的白月光"。

但是，章泽这么认真，林诱一时不知道他是天真还是故意设套，因为这实在是太魔幻了。

她脑子里想起《西游记》那句"妖精，你好好看看我是谁"，准备拒绝的话到了嗓子眼，却不知怎的没说出来。

林诱维持着迷幻的心情跟在章泽身后，绕过拥挤的人群，到了新的卡座附近。

有几个特别漂亮的女生坐在位子上玩手机，另外两个青年陪着喝酒，场景有些奢靡。

她一眼就看见了许燎。

他一个人坐了一张沙发，半搭着长腿，棒球帽压到鼻梁，耳侧压下一绺黑发，覆盖住黑曜石的耳钉，下颌处渲染了几分阴影。

旁边有人附在许燎耳边说话，他似乎不感兴趣，微微抬起下颌，漆黑的眸子，跟林诱对了个正着。

章泽满脸自豪："许哥，送你一个惊喜，不要太谢谢我。"

林诱十分无语。

还真是许燎。

许燎手指搭在沙发上，一动不动。他盯了林诱估计四五秒，视线从她裸露的白净肩头落到腿根。眼前的女人漂亮到让人挪不开眼，像绽放的玫瑰般惹火。

林诱被他看得不太自在，手指攥紧了裙摆，轻轻往下扯。

他视线重新往上，跟林诱四目相对。

就这一瞬间，林诱确定，许燎一定认出自己了。

而章泽不明所以，还有心思逗："许哥，你看她长得是不是特别像你那个心上人？"

林诱心说：救命！

不是为自己，而是为此刻的许燎。

太尴尬了！

许燎下颌幅度极小地磨蹭着，目光看向章泽，说的每一个字都能听到牙齿咬合的碎音："章泽。"

章泽乖乖听着预计中的夸奖："嗯？"

"但凡你有一点儿用，"他呼吸了一下，"也不至于什么用都没有。"

章泽笑意顿住："啊？"

看章泽痴呆的表情，林诱终于确定，章泽不是故意设套，而是真的没有认出她。

她打算解释两句就走了，没想到许燎突然欠身在沙发上坐直了，他扶了扶鸭舌帽，手腕搭在膝盖上，目光像狩猎时盯着猎物，直勾勾地注视着林诱。

“过来。”

他声音很低。

随着醉生梦死的歌声，嗓音被厮磨，竟然有种沙哑的质感。

林诱心尖似乎被刺了一下。

旁边几个女生以为许燎对她青眼有加，开始争风吃醋：“许燎，你不是不让人跟你坐一起吗？”

“你想坐？”许燎随意示意身侧，“坐左边。”

“这还差不多。”

问题是左边只有一个位置，两个女生姐妹开始互撕，其中一个动作快，坐下后被另一个揪着长发：“别烦，知道你喜欢许哥，一会儿让给你。”

林诱垂眼看他左边的女人，手指攥紧，压得指节皮肤泛白，耳朵浮出一抹让她烦躁的热度。但她也没别的话，小步走到许燎身旁，在他右边坐下。

“看见了吗？”伴着烟酒的味道，许燎的声音像在齿缝间碾碎，含着一种咬牙切齿的味道，“我很放荡的。”话既刻意又漫不经心，摆明想证明什么。

林诱低头扒拉着酒杯，想了想说：“正常。”

许燎：“什么正常？”

她抬手指了指卡座这些莺莺燕燕，在躁动的音乐和晃动的光影中，平静地说：“你有这种生活挺正常。”

许燎轻嗤了声，不置可否。他俩现在才算正式相认，没再藏着掖着了。他指骨搭着酒杯推到她跟前，转换话题问起别的：“想喝什么？”

林诱回绝："我不喝，我就坐一会儿。"

许燎探出的手指在玻璃桌沿停下，映出好看的影子。他目光再次上下打量林诱，随即在沙发上坐正："那你自便。"

这时，章泽才弄明白林诱不是什么白月光替身，而是白月光本人。他惊得瞪圆眼睛，神色介于发怒和尴尬之间，但唇瓣颤动着没说出口。

林诱看着他都不忍心，起身："没事儿我就过去了。"

她说完这句话，发现除了章泽就没人注意自己。许燎跟旁边一男的说话，台上是某个挺有名的驻唱女歌手，身材火辣。许燎面无表情，但他的朋友非常上头，问他："许哥，一会儿找她吃个饭？"

许燎应的声音很低，听不清楚。

他是这群公子哥儿的中心，请不动的人都要借他的面子去请。高中的时候大家跪求明星签名照，他都直接跟明星拍合照，还能站C位，让人大呼开眼。

空气躁动，泛着一股硝烟的味道，林诱感觉胸口有些堵闷。她回到卡座等小梨，小梨已经玩疯了，站在台上甩头蹦迪，充满青春活力。

林诱给她做了个手势，出门透气。

风吹得皮肤冰凉，尤其刚从燥热的地方出来。她捋着头发别在耳后，察觉到冷意浸透肌理。

背后传来开门的声音，是两个漂亮女生。

其中一个女生："你行不行啊？以前不是一次泡好几个，一起开五排都不会露馅吗？"

另一个女生撑着栏杆："我怎么知道？许燎又没那么好钓。"

"他喜欢什么样的你现在还没摸清楚？"

"没呢，他朋友圈我翻遍了，没看出什么兴趣爱好。再说，我还从来没这么殷勤过呢。"

另一个女生催促："你快点儿，跟他谈恋爱就什么都有了。活生生的提款机你不要？正好，香奈儿的包又出新款了，他给你买了你借我背背。”

那两个女生估计也就二十来岁，边说话边笑。

林诱认出这两人是刚才跟许燎喝酒的女生，扬了扬眉，心里升起为许燎默哀的情绪。

两个女生说话间转过脸，看见了林诱。

两个人表情僵硬了几分。

林诱笑了笑表示什么也没听见，降低存在感回到店内。

她寻找小梨的身影，走到人群拥挤的地方，肩头被轻轻拍了拍。

“哟，又见面了，我俩今天真有缘分。”是刚才的浪哥。

林诱说：“巧。”

蒲浪抬了抬眉：“缘分来了挡都挡不住，小姐姐，是不是该赏脸跟我喝一杯了？”

林诱摆手表示拒绝。

躁动的歌曲响起，彼此说话的声音都快听不见了，但对方摆明要请林诱喝酒，满脸带笑地往另一头请。

她被拥挤的人堵着，被声浪搅得头晕，感觉耳朵里有什么东西撕拉着，再次摇头。

但蒲浪满脸笑意，看口型似乎在说“您今天不赏脸可就不让您走了啊”。

林诱想赏脸都没法儿赏了，她很烦自来熟的陌生人。她心里涌起烦躁情绪的同时，脸不由自主地垮下来。

对方看出了她情绪不好，还是没退让。

她把手抬了起来——一个扇耳光的前兆。

蒲浪的脸色顿时僵了，他在夜店还没遇到过不愿意喝酒直接翻脸的人。

林诱深呼吸了一下：“你让不让？”

蒲浪：“你想干什么？”

她声音大了不少：“我问你，让不让？”

声音中气十足，目光也非常直接。

蒲浪确定这姑娘是真想扇自己了，从嬉皮赖脸转成了惊讶神色，接着是丢脸的恼怒，嘴里咕哝两句，开始辱骂：“你当你是谁啊——”

林诱二话不说扇上去，但就是那一瞬间，手腕被发烫的掌心包裹。很大的手，骨节分明，轻松握住她纤细的手腕。

她侧头，阴影先落下来，接着是许燎略低的声音。

“怎么了？”

蒲浪不好意思继续骂，说了句“给脸不要脸”，脸色漆黑，转身往人堆里去了。

林诱的手微微发抖。

她对上许燎的视线，情绪还没稳定，胸口微微起伏着。她嘴角微微抿紧，眼睛里是一种刚生完气还没平复的乖戾，但……又有些委屈。

是弱小的姑娘刚解决完强敌，回想起来觉得无语的那种委屈。

许燎眸底情绪加深，没说什么，松开了手。

林诱深呼吸了一下，转头往人少安静的地方走。

许燎站了两秒，目视她的背影，随即跟在她身后几步远。

再次走出夜店，对着街景，凉风吹了满脸，林诱胸口的堵闷感逐渐消失。许燎站在盆景树底下，垂眼看她。

林诱说起刚才的事：“谢谢你了。”

许燎挑眉：“不用谢。”

两个人都安静了一会儿。林诱对着夜风捋了捋头发，整理情绪。高跟鞋叩地面发出清脆的“嗒嗒”声，短裙紧贴着大腿，锁链堪堪滑到肩头的位置，舒展的身体线条曼妙有致。

她抬头对上许燎的眼睛。

许燎看了她会儿，不知道想到什么：“你一直都挺厉害。”

林诱：“嗯？”

“刚才抬手扇别人，也不管真打起来能不能打过。”

他眸中闪过回忆，转头看着夜景，漫无目的闲聊似的：“我高考完才知道，你以前把徐苗从宿舍拽到卫生间，用冷水冲她的脸，还扇她耳光，也这么厉害是不是？”

林诱又安静了会儿。

她手臂搭着栏杆，姿势毫无怯意和隐藏，抬起下巴：“她还说了什么？”

“都是不好听的话。”

林诱直直地看许燎，没有任何躲闪：“她没说她和汪诺孤立我，跟全班造谣我暗恋班主任，还故意扔我衣服和午饭的事？”

没想到他会说起这个，但林诱丝毫不觉得亏心。

这事儿发生在高一的时候，徐苗跟林诱是室友，许燎过来找林诱玩，他们间接才互相认识。徐苗逼着林诱帮忙介绍许燎，林诱不帮，她就甩脸生气，脾气很大。

而在得知许燎其实在意林诱后，她就开始对林诱实施冷暴力，导致宿舍氛围非常差，直到高二林诱搬离了宿舍。

林诱知道高考后徐苗还没放弃追求许燎，但是没想到她会跟他说这些事。

许燎将手里的烟盒转了转，目不转睛地看着她：“真的打了？”

林诱点头：“打了。”

听到林诱干脆利落地承认，许燎静了好一会儿：“我以前都没看出来，林诱，你藏得还挺深。”

林诱并没有特意在许燎面前隐藏过。

中学时她性格内向，不爱说话，但对同学又比较友好，经常碰到关系普通的同学来问题目，她会毫不在意地给人家讲题。

因此大部分人觉得她性格友好。

再说她长得又好看，同学间胡闹给她封了“文静女神”“乖巧女神”之类的称号，她似乎被这些称号架住了，有时候自己都感觉自己挺文静的。

当时她把徐苗拽到卫生间里教训了一顿，出来遇到同班同学，她依然挺文静地、恩怨分明地笑了笑。没人知道她刚刚干了什么，她的人设从来没崩过。

一般来说，如果二人闹掰了，大部分人会把对方描绘成大奇葩，各种性格缺陷和障碍，何况当时确实是林诱言而无信，从章泽的态度就能看出，她的名声臭了。

夜风吹得耳颈冰凉。林诱承认："我确实不是你想象的样子。"

许燎看了她一会儿，神色无所谓："是吗？"

既然话已说到这个份上，林诱打算说清楚两人之间的结："高考之后那件事——"

"不用说了。"许燎神色厌倦，打断了话头。

林诱安静下来。

许燎看着她的眼睛："我们现在都是成年人了，当时年纪小，有些感情处理得很糟糕。你现在也不用再给我解释，因为我完全不在乎，也不想再去考虑一种不存在的东西。不说开我俩见了面尴尬，干脆说开算了。"

林诱怔怔地看着他。

半晌，她吸了口气，对上他的眼睛："你有女朋友了吗？"

问出这句话时她的声音有些发抖。

没有恋爱经验的她，本以为说出这句话会很丢脸，但说出去那一瞬间心里反而舒坦了，有种如释重负的感觉。

许燎眼底沉沉，似是对她的提问意外，也察觉到了她的言下之意。这么多年，多少人追他，问出这句话是什么暗示他心知肚明。

他顿了顿："不是这个问题。"

林诱感觉自己挺勇敢的，追问："那是什么问题？"

许燎轻轻搓捻的手指停下了，抬眼，漆黑的眸子注视林诱。

他给了台阶，但林诱居然没下。

既然如此，他也无所谓：“你一定要我明说的话，从高中以后，我就很讨厌你。”

林诱心口好像被刺了一下，泛起轻微的疼痛感。她再次呼吸了一下，坚持问：“我们不可能了吗？”

没想到还是直球。

挺有意思。

高中的时候，他追着她三年也没听见一句准话，现在不知道怎么回事儿，她竟然敢这么斩钉截铁地追问他。

喜欢他的女生一直不少，可能是图他的家境，也可能是看中他的相貌，刚开始像林诱这么步步紧逼，极其主动的女生也有，但后来估计问了章泽，都知道他喜欢乖乖女，一个个都开始装矜持了。

唯独当时最乖的女生林诱，却卸下面具，走起了进攻型路线。

许燎抬起视线，盯着她，他知道自己在说什么：“对，不可能。”

死一样的安静。

林诱脸上依然没有任何溃败的情绪，似乎还想说什么，背后传来轻轻的咳嗽声——

章泽站在原地，一副“我是不是打扰到你们了”的样子，说：“许哥，李总找你。”

许燎看了章泽一眼，倒退着走了几步，随即转身不再看林诱，踩着漆黑的地板往门口走，细长的手指撩开帘子，进了喧嚣的酒吧。

章泽直接给他竖起了大拇指：“许哥，你真牛，你真爷们儿！总算报了当年的仇了！就林诱这种的，不是随随便便能找到？居然还想着跟你在一起。”章泽很自豪胡诌了一个理由拉走许燎。

许燎厌烦地皱了下眉：“滚，你能不能少说两句？”

章泽舔了下唇，也挺无语的：“你还替她说话？当初被耍的是你又不是我。”

许燎没再吭声，回卡座刚坐下，想起什么又微微欠身，探出指节在章泽跟前敲了敲："我是不是没睡醒？"

章泽看向他："嗯？"

许燎摇了摇头，垂眸盯着桌上的酒杯："她跟以前太不一样了。"

章泽咂了咂嘴："那有什么？人都会长大。也许她高中还没意识到你的家庭情况，现在意识到了，开始后悔，不是挺正常？"

许燎嗤声："我懒得跟你说。"

章泽继续喝酒："不信算了，当初叫你别等她，你还不是非要等。"

许燎眼底一暗，踢向玻璃桌，发出"哐"的一声。

玻璃桌开始晃动，周围喝酒的人都停下动作，惊慌失措地看着他。

章泽也开始发抖："我开玩笑的！"

他吼得比许燎还大声。

许燎摇摇晃晃地站起身，没再说什么，冷着脸离开了卡座。

他觉得空气很闷，想找个通风的地方透气。到二楼走廊时，开阔的视野现出深夜街景，与此同时，街边站着的女人也进入了他的视线。

林诱背影苗条，站在路边，或许觉得冷，抱住了肩膀。

许燎站在楼上，静静地看她的背影。

有男人过去搭讪，她都摇头拒绝了。

片刻，他抬手叫来了酒保，再示意街道上的女人。

"把我卡座上的那件外套拿给她。"

林诱踩着高跟鞋，低头反复看手机，确认那条带了夜店定位的自拍朋友圈已经发出。

片刻，底下来了评论。

王瑜：你在夜店啊？

林诱：对，跟朋友玩呢。

王瑜：[笑哭.jpg] 我刚到海市，你妈托我给你带了点吃的，刚准备给你呢。

林诱：是吗？

王瑜：你要是方便的话，我去找你吧。

林诱正在犹豫怎么回复，背后响起声音。

“小姐，您的外套忘拿了。”

林诱回头，夜店的酒保手腕上搭着一件黑色棒球服，领口有奢侈品的刺绣，他站在她身后一两步远。

她瞟了一眼：“这不是我的。”

酒保笑了笑：“是您的。”

林诱又盯着他几秒，重复：“这不是我的。”

酒保内心吐槽：为什么来这儿的女人还有不懂男人搭讪手段的?

酒保勉强笑了笑，接着说：“其他的我就不知道了，是有人委托我给您的，或许是看小姐冷，特意表达关心吧。”

原来如此。

林诱第一个联想到的人是许燎，但随即自我否认了。

她抬眼确定周围有摄像头后，接过了外套。

酒保善意地提醒：“或许您可以看看兜里有没有东西。”

说完，他转身离开。

林诱莫名其妙，听酒保的话翻了翻外套衣兜，倒没有什么小字条，手指反而触及一种冰冷的质感。

她怔了怔，掏出了一块手表。

这块手表，估计是外套主人不小心留在里面的。

林诱拿着手表对准灯光，看了好一会儿。

瞬间，她想起了前几天，许燎骑电瓶车跟人撞了时戴的那块表。

三千万。

她回头再看了看热闹的酒吧。

……是不是许燎给的衣服?

联想到他说那句“不可能”时的坚决，林诱心口发凉，实在不敢确定。

那块表，她当时也就模糊地看了看，认不出是不是同一块。

林诱想了一会儿，拿起外套，慢慢披在身上。

她重新看手机，才注意到王瑜发来了新消息。

王瑜：我过去接你吧。

林诱：不用。

王瑜：没事儿，一个女孩子这么晚回家，不安全。

林诱在屏幕上打了好几句略显生硬的话，又删掉，还在犹豫时，一辆奥迪停在了面前。

车门打开，下来的年轻男人高瘦清秀，先抬头看了看灯火辉煌的酒吧，似乎大受震撼，轻轻“啧”了一声，开始四处扫视。

王瑜没认出林诱，林诱先认出他了。

林诱挥手：“你好。”

王瑜笑着走过来：“你好。”

他看到林诱身上披着男款的外套，怔了一下，但也没说什么：“我过来开会，明天要忙，就想着先把你妈准备的东西给你了。”

林诱跟着他上车：“什么啊？”

“应该是炖的鸡汤，用保温杯装着呢。”

林诱脚步顿住，轻轻“啊”了一声。

王瑜转头看她：“怎么了吗？”

林诱：“我妈从来不给我炖鸡汤。”

王瑜惊讶地笑道：“是吗？哪有妈妈不给孩子炖鸡汤的啊？”

林诱好笑：“是啊，真不炖。估计她为了今晚就让我俩见面，特意准备的吧。”

王瑜咳嗽一声，笑不出来了。

车内的气氛开始僵硬，他试图缓解气氛：“长辈嘛，操心孩子的事，可能观念跟我们不太一样。”

“有可能。”

林诱肩膀放松地抵在后座，闭目养神，她把手揣在外套的兜里，指尖一直抵着那块冰冷的手表。

片刻，她掀开眼皮，见王瑜握着方向盘的手腕上也戴了一块表。

她取出兜里的表，掂了掂，问他：“你对表有研究吗？”

王瑜瞟了一眼：“一般吧。”

林诱将表递过去。

正在等红灯，王瑜拿在手里反反复复看了一会儿，“啧”了一声，递回来：“百达翡丽 Patek Philippe，这具体是哪款我就不认识了。但这种表特别贵，前几天刷视频还看见了，最贵的一款三千万。”

林诱“哧”一声笑了。

王瑜看她笑，也笑：“挺好笑是吧？我也觉得好笑，什么表敢卖三千万？”

林诱转过脸，真的说不上哪儿好笑，但就是特别好笑。她本来不是很爱笑，但现在扯唇，露出一排雪白的牙齿，笑得止不住，肩头的外套往下滑。

王瑜笑着笑着觉得冷了：“你笑什么？”

“没笑什么。”

林诱摁下车窗，冰冷的夜风吹进来，明明吹得浑身冰冷，但心口却烫得要命。

车驶过霓虹大桥。

王瑜似乎酝酿了许久，手指握紧方向盘，欲言又止地问：“你这外套，是朋友的吗？”

林诱自然地笑了笑：“对，我以前喜欢的一个男生的。”

王瑜吃惊地看了她一眼，似乎没料到她会这么爽快地承认，表情自然又坦率。

他手指沿着方向盘敲了敲：“是吗……”说完就笑了，“那你妈还让我和你相亲，不是闹笑话吗？”

林诱一脸赞同地点了点头，说：“确实挺闹笑话。”

王瑜又笑了笑。

林诱看着他，认真地道：“不过我俩当朋友也挺好的。”

王瑜没说话，只是神色有些遗憾。

到了楼下，林诱说声“再见啦”准备上楼，没走几步又折返回来：“对了，我想起件事。”

王瑜的表情在黑暗之中看不真切：“怎么了？”

林诱：“我妈要是问起我俩相亲的事儿，你就说，你没看上我，行不行？”说完，还特别诚恳地给他鞠了个躬，“谢谢你了。”

王瑜听她说这话觉得况味复杂，半晌才点了点头：“行。”

林诱总算放心了。

回屋卸妆换衣服，烧了壶开水泡脚，她边泡脚边打开了微信。

她这个号用了挺多年了，关联了高中注册的手机号码，到现在都一直在用。而且她属于三四年不会换头像那种女生。

本科实习那段时间，她为了贴近自己沉稳冷酷的学法人设，用了一张恬静淡雅甚至略显老气的湖面风景照当头像，不知道的还以为她三四十岁。

到现在也没换过。

她点开了许燎的聊天框，尝试着发送了一个“笑脸”。

对话框立刻显示：消息已发出，但被对方拒收了。

林诱脚尖轻轻滑动着热水，感觉到足底被凸起的按摩锥刺得微微发疼。

她放下手机，泡脚泡出了一头热汗，指尖在屏幕上点击，无视红色感叹号，坚持地又发了一条消息：今天很开心。

第三章

直球攻击

进地铁站前林诱没想到会下雨，但出了地铁站，蒙蒙细雨淡淡地落下，打湿了路旁的叶子，从中心洇开绿色。

她拎着一只纸袋，低头看了看导航，接着往前走。

许燎的猫咖她只来过一次，印象不太深，在闹市的街道来回绕了几次，她终于在路边停下来。

猫咖门口站了两个人，像是保安。林诱走近时，对方问：“你好，有预约吗？”

林诱：“没有。”

对方抬了抬手：“不好意思，没有预约不能进。”

这猫咖在很多软件上都是网红推荐，客流火爆，之前队排得特别长，所以现在都得先预约才能进。

林诱没想到有这个步骤，探头往猫咖内望了望：“可里面没几个人啊，不都空着吗？”

对方笑了笑：“我们老板每天接待几位客人都看心情的。”

林诱又看了一圈，说：“是吗？”

“是的。”

那保安还没来得及把“请你改天预约了再来”说出口，就看见林诱挺娴熟地道：“那你能搬张凳子给我坐吗？我坐这儿等，等碰到你们老板，我亲自跟他说。”

保安直接怔住了：“还能这样啊？”

这不跟超市大减价时搬张小凳子坐超市门口等开业的爷爷奶奶差不多吗？

林诱眨了眨眼：“怎么，不能搬吗？”

也不是不能搬，对方欲言又止：“坐这店门外面，别人当发生了什么事儿呢？再说你长这么漂亮，不合适。”

林诱指了指隔壁的奶茶店：“不都坐外面吗？有什么不合适的啊？”

保安接不上话。

其实要是换作别人他早轰走了，但林诱长得漂亮，说话也一直温和礼貌，搞得他不好发脾气。

同时，他又看见林诱确实拎着袋子，好像真有东西要给老板的样子。

他站了半晌，才说：“我进去帮你问问吧。”

林诱看见他进去，里侧沙发坐了个挺陌生的青年，估计是许燎的朋友，抬头看了看她的位置。

片刻，保安搬着一张椅子出来：“请坐。”

林诱坐下闲聊，保安人还不错，和她聊了一会儿，连祖宗三代有没有犯错记录都“招供”了。

只不过外面雨大风冷，吹得林诱指尖冰凉，头发也湿了不少。

保安和她熟了就随便聊：“你是不是追我们老板的？”

林诱好笑：“嗯？”

“来我们这儿的女孩子，不说百分之百，十个有八个是来追他的。”保安说，“所以我才不让你进去，老板不喜欢被骚扰。”

林诱说：“我看起来像在骚扰他吗？”

保安确定道：“很像。”

林诱张了张嘴。

这时，背后传来轮胎驶过水洼的声音。

一辆通体漆黑的路虎停在路边，车门打开，伸出一条长腿，踩着污水的板鞋崭新，一看就挺贵。

从车上下来的人侧头看了眼天色，下颌线骨感分明，随即低头往猫咖走。

走到店门前时，许燎抬头，林诱站起了身。

他看着林诱，停下脚步。

林诱发缕潮湿，左肩的衣服湿了一大片，且被风吹得肤色泛白，但在口红的衬托下，她气色还不错。她对他笑了笑。

许燎目光锁在她身上，视线极深，片刻才问：“你来干什么？”

他看到林诱手里的纸袋。

林诱：“还你东西。”

一刹那，他眉眼有些微的变化，但顷刻之间，语气变得漫不经心：“衣服我不要了，你用完扔了就行。”

林诱抬了抬眉，说：“还有一块手表。”

那块手表比较贵重，许燎挺喜欢的，这几天也在找表丢哪儿去了。他若无其事地应了声，伸手勾过林诱手里的袋子。

也就是一瞬间，他碰到她冰凉的指节。

他反应过来：“你等多久了？”

林诱露出一个标准假笑：“也没多久，刚来呢。”

保安转过头笑了一声。

许燎侧头，问保安：“她来多久了？”

保安说：“快三个小时了吧。”

又是意味不明的安静。

许燎身上有股潮湿的雨水味道。片刻后，他“啧”了一声，半抬起眼皮，盯着林诱：“你这么闲？”

林诱笑了下：“平时也不这样。”

沉默了片刻，内里的意蕴两人都懂。许燎又看了她一眼，换了只手拎袋子，苍白细长的手指扣住玻璃门锁：“你进来。”

猫咖内有暖气，地上蹲了只胖乎乎的英短。

许燎绕开猫径直往里走，步伐迈得挺大。坐在前台的男生周翎正在玩游戏，听到动静抬了抬头：“许哥，回来了？”

许燎“唰”地将袋子丢到台子上，里面的硬物叩击桌面，发出好大声响。

周翎吓得直接站起身，熄灭屏幕，目光惊慌：“怎、怎么了？”

许燎盯着他：“你瞎了吗？”

周翎茫然地动了动唇，不明白许燎生气的原因，呆住：“啊……啊？”

“外面有人待了三个小时，你瞎了吗？”许燎眼皮半压着，感觉随时能揪着他的衣领往外拽，声音也低，“就知道在这儿浪费时间，趁早给我滚蛋。”

周翎舔了下唇，神色有点不服，但一句话也不敢说。他这才看见林诱也进来了，正用指尖摸猫咪的脑袋，抬头和他的目光对了个正着。

周翎连忙赔笑脸：“姐姐不好意思！是我刚才没注意。对不起啊让你在外面吹冷风。”他往她的方向靠近，“你想喝什么吗？这儿咖啡、奶茶、果汁都有！”

林诱刚准备挑一杯饮料，就听到许燎特别暴躁的声音：“你过来。”

周翎“哎”了声。

他折返过去，但又听到许燎厌烦的声音响起：“没跟你说话。”

林诱抬头，才意识到许燎是在叫自己。

她怔了一下，满腹疑惑地跟在许燎身后。

柜台深处有扇门，需要钥匙才能打开，门后是一段延伸上二楼的楼梯，许燎往楼上走。

林诱犹豫了两秒，跟上去。

楼上是开阔敞亮的套房，铺着雪白的长毛地毯，墙面堆了个书架，窗边摆着一张床和书桌，灯光是黯淡的橙黄色，柜子底下放着棒球棍和篮球，生活的痕迹挺浓厚。

许燎脱下了被雨水打湿的外套，里侧穿了件白色长袖，被拉得微微向上，露出腰际紧实的肌肉。

腰肌的线条结实利落，薄薄的衣衫下延伸出一片尖锐棱角，应该是刺青，指向腰窝往下的位置。

林诱站在门口，直视着他。

她抿了下唇，垂下目光，片刻后又抬了起来。

许燎只脱了外套，走到床边打开暖气，从柜子里翻出一件衬衫。

他走到林诱面前，把一件衣服递给她："穿不穿？"

林诱接了过来。柔软的质感，指尖的触觉干燥，明显是男人的款式。

去到卫生间，浸水后潮湿沉重的衣料贴在肩膀上，她脱下外套，又对着镜子脱下打底的针织衫。

潮湿的头发贴在后背上，林诱半勾着头，将长发全部撇到锁骨处，胸口冰凉。

此时，她意识到了一个问题。

她想了几秒，又把湿润的针织打底衫穿上，开门走出来。

许燎坐在沙发上百无聊赖地玩手机，听到动静，抬起视线，似是询问。

林诱指了指自己的手机："我买个东西。"

许燎就想了一秒，随即像理解到什么，眼中些微的尴尬："生理期？"

"不是。"

林诱舔了一下唇，手指抓紧，片刻后才镇定地开口："我的内衣湿了。"

死寂。

但寂静的时间不长。

许燎还拿着手机，但他的注意力明显没在上面，他换了条长腿交叠着，似乎短暂地卡壳了。

半晌，他抬头盯着林诱，眼里闪过极为复杂的情绪。

他想问：你是故意的吗？

但透过林诱潮湿的衣衫，能看清她肩头的水痕，布料垂坠，线条勾勒出成熟饱满的曲线，锁骨也流淌下几滴透明的水珠。

他问不出来了，低头继续刷手机。

林诱坐在沙发另一头，低头看了好一会儿，下单成功后，放下手机，坐着理了理衣摆。

“买好了，一会儿超市到家送过来。”

“嗯。”许燎应了一声。

但他手指抵着几个软件来回进入，退出好几次，却发现几分钟内自己什么都没看进去，余光里只有林诱坐着，指尖轻轻拽着衣领，被潮湿的贴身布料弄得心不在焉。

许燎说话了：“还有多久到？”

林诱看了看手机：“估计二十分钟。”

他安静了会儿，说：“你先进去洗，我一会儿帮你拿进来。”

林诱对他这个提议似有意见，抬了下眉。

但许燎提议完，没再继续说话，而是若无其事地接着玩手机，显得相当的轻描淡写。

她想了一会儿，在快要沸腾而出的尴尬中，镇定地点了点头：“行，那我先去洗澡了。”

许燎的手指顿了顿，接着也平静地说：“嗯。”

待林诱进了卫生间，他放下手机，手指捏着眉心，无声地骂了句，眼神中的头疼与刚才的镇定完全不同。他闭了闭眼，仰头盯着天花板，听到浴室传来的水声。

他骨节分明的手指攥紧，直到林诱的手机响时才松开。

配送员站在猫咖门口探头往里张望，看到过来的许燎，将东西递过去：“您买的东西送到了。”

许燎说了声“谢谢”，接过来。超市的包装是一只纯白色的塑料袋，口子敞开，隐约能看见里面的内衣的颜色。

他视线匆匆扫过就挪开，觉得指尖火烧般发烫。他往楼上走，周翎从柜台后抬起头：“许哥，你买的什么啊？”

许燎：“跟你没关系。”

周翎看了看楼上，张大嘴：“那女的谁啊？咱老板娘吗？”

许燎皱眉：“说了跟你没关系。”

周翎一脸憋屈，又坐下了：“哼。”

许燎没工夫搭理他。

卫生间里的水声小了很多，响起吹风机的声音。

一门之隔，许燎站在卫生间外，屈指敲了敲薄薄的门板。

声音一下子停止。

许燎：“我。”

林诱声音模糊：“到了吗？”

“到了，怎么给你？”

一阵诡异的沉默。

林诱认真地想了想：“不然你放在门口，然后下楼，我自己拿。”

其实她穿上衣服出来拿也没关系，但不知道怎的，她觉得自己和许燎现在脑子都很不中用。

许燎转头：“那我出去了。”

房间重新归于安静。

许燎下楼，随手抱起猫爬架上的一只布偶猫。周翎见许燎又下来了，再次站起身：“许哥？”

许燎瞥他一眼：“嗯？”

周翎：“那女的到底是谁啊？”

许燎垂眼：“都说了跟你没关系。”

“你、你……”周翎快气笑了，“居然不告诉我，是不是太过分了？”

八卦了几句，门打开，章泽浑身雨水地从外面进来，闷着头往里冲：“许哥，进下你屋。”

但他刚走到楼梯口，就被许燎横出一条腿挡住了。

许燎示意楼上：“有人。”

章泽满脸惊讶。

周翎补充：“一个女人。”

章泽：“真的假的？”

周翎：“千真万确。”

章泽扭头像看世界奇观一样看许燎，脸上混合了震惊、欣喜、迷惑好几种情绪，连自己浑身的雨水都忘了：“谁啊？”

许燎抵着门，抬了抬眉：“林诱。”

章泽的脸“唰”地黑了：“跟你说几遍了，这女的不是好人。你又开始了！”

许燎半压着眼皮看章泽，也没反驳他的话，问起别的：“上哪儿去了？”

“这不重要，重要的是，”章泽说，“你赶紧让她走！”

话刚说完，楼梯上响起动静。

林诱抬手扶着栏杆，穿着许燎的白衬衫，底下是她原本穿的长裙。她头发松散地垂落在耳侧，显得脸只有巴掌大，但眼睛很有神，正欠身看着章泽。

章泽顿了两秒，不知道为什么，有种被“血脉压制”的感觉。

他这段时间最担心的事情发生了。林诱跟个正宫皇后娘娘似的，不紧不慢地往楼下走。

她笑了笑：“这么热闹啊？”

上星期白月光那件事确实把章泽尬惨了，他底气不足，不好跟林诱吵架，转头看别的地方。

林诱没跟他扯，转向许燎：“衣服我放到洗衣机里了，能用吗？”

许燎：“你随意。”

她再转向章泽。

章泽看她穿许燎的衣服，脑子里已经浮现出少儿不宜的情节，启了启唇。

他没说话，林诱先说了："你淋得这么湿，不换身衣服吗？万一感冒了……"

章泽："我——"

她接着关心道："要不然，你找两件许燎的衣服穿穿？没关系的。"

这浓厚的来自嫂子的关爱感是怎么回事啊！

她什么时候在许燎这儿能说得上话了？

章泽吸了口气，转向许燎，尽量想找回一点兄弟的尊严："我先找件你的衣服穿？"

许燎无所谓："随便。"

章泽还没来得及发力，林诱又温和地笑了笑，说："快去吧。"

依然是嫂子照顾小弟的慈爱语气。

章泽气不打一处来，在原地愣愣地站了几秒，随后扭头怒气冲冲道："我走了！"

他直接把门一摔。

林诱侧头，一脸不解："他怎么生气了啊？"

许燎看了林诱好一会儿，似是无话可说。而林诱背着手撑了撑腰，满脸写着高兴，语调上扬："都快天黑了，今晚吃什么？"

许燎眉梢小幅度地挑了下，显然不乐意。

林诱抬手往上指，露出标准微笑："再说衣服还没干，我也走不了。"

这个时候，许燎已经感觉到难缠了——留下来，和她继续相处，不知道会发生什么未知的事。而他从重新见到她以后，就决定无论如何要离她更远。

许燎抬头："你自己在这儿等衣服干——"

他想说"我就先走了"，几乎是与此同时，林诱道："我刚才看到你厨房有面条——”

两个人都停了下来。

许燎被堵住话头，习惯性地道：“你先说。”

林诱看着他，放慢语速：“你厨房有食材，我可以给你做饭。”

她厨艺很好。

初三的时候参加课外活动，虽然明显是学校搞素质教育作的秀，所有同学得邀请爸妈一起到野外春游办活动。大家的家里人都来了，只有林诱是一个人。

每个家庭要做一道菜参与品评。许燎妈妈那种大小姐贵妇人，为了孩子的面子，也挺笨拙地对着大厨的攻略做糕点。

只有林诱一个人站了一会儿，开始独自包饺子。

许燎只感觉指尖的温度褪尽，抬头看到林诱似是准备上楼了。

他看着她的背影。

林诱穿裙子很漂亮，虽然高中时几乎没见过，但她腰细、腿长，棕色长裙让她穿得摇曳多姿。

林诱进厨房前挽着袖口，打开冰箱。

许燎坐上沙发的那一瞬间才清醒过来，他不知道自己为什么放任事情发展到这个地步。

洗衣机运作的声音，厨房里的女人，窗外阴沉的下雨天……

林诱端着两碗西红柿鸡蛋面走出厨房，身上还穿着他的衬衫，有那么一瞬间，许燎觉得自己在和她谈恋爱。

林诱将碗放到茶几上：“调料有点少，但味道应该还行。”

“谢了。”

许燎打开电视看球赛，扬声器内热闹的欢呼声冲淡了两人沉默的尴尬。

林诱才吃了没几口，手机来了电话。

看到洪森的名字时，她想都没想点了拒绝，公事公办地回复：周末假期，有事请留言，谢谢。

没想到对面又回复，说有一起名誉侵权案，委托人打算面谈，周志老师让她过去帮忙解决。

林诱只好边吃面边粗略地看对方提供的证据。

约定见面的地方离这儿不远，但时间也不多了，她加快了吃面的速度。

许燎拿着遥控器，侧头问她："怎么了？"

林诱："我要去加班了。"

许燎静了下，点头。

林诱换上已经烘干的打底衫和外套，坐上沙发，"啪"地打开小镜子补口红。乌黑浓密的长发别在耳后，侧脸小巧，但鼻梁很挺，眼睛明亮。

许燎目光从她脸上扫过，看到被口红染红的唇瓣，顿了一秒，有些仓促地移开视线。

他不是没见过女人化妆，但看到林诱，心里的感觉很微妙。

林诱收拾好，说："那我走了。"

许燎抬了下眉："慢走。"

也不知道这一走，下次再来又要找什么借口。

雨已经停了，借伞多少有些多余。

林诱站在猫咖门口想了好一会儿，实在想不到，只好决定：下次要是没借口，就直接过来。

她离开的步伐干脆了很多。

电视里还放着闹哄哄的球赛，面碗也放在茶几上，里面漂着几根白菜。林诱坐过的地方浮动着花香，明明是他平时用的洗发水，但不知道为什么异香不散。

女人都是香的。

他以前闻到的是轻浮的香水味，和林诱身上残留的气息不同，似乎还带着体温，淡到难以捉摸。

许燎坐着看球赛，直到深夜，才起身将茶几上的碗端到厨房。

洗衣机盖子开着，他本来随意瞟了一眼，脚步突然停下来。

他瞳孔微微缩紧，盯着底层的一片布料。粉白色的布料，边缘缀着蕾丝，款式非常素净。

许燎脑子里混乱了好几秒才确定这是什么。

他站了好几秒，皱眉，随即大步走向卧室。

从晚上七点钟谈到快十点。

林诱坐地铁回家，脑子里被疲惫的情绪填满。她进门踢掉高跟鞋，躺在沙发上放空了十几分钟。

手机响了一声，提示有新消息。

本来不想理，但可能是工作，“社畜”林诱坚强地撑起身拿过手机。

没想到是一个陌生号码，发了一条消息：？

林诱莫名其妙，语焉不详，大概率是骚扰短信。

她刚准备放下手机，又提示来了新消息：你这么野了吗？

林诱还是没懂这人是谁，她发了句：哪位？

消息立刻跳动：许燎。

接着又是一句：你是不是有东西忘了拿走？

林诱脑子里好像炸了团白光，只想了一秒就回过神儿，接着耳根泛起一片难以消退的红晕。

她直直地盯着手机屏幕，杏眼睁大，平时表情很少的脸难得出现了复杂的情绪，她几乎没反应多长时间，拨通电话——

另一侧，许燎坐在沙发上，发完了信息，听到窗外加大的风雨声，走近关上窗户。

回来，手机屏幕显示有新的通话。

他皱了下眉，没想到这时候林诱敢给自己打电话。

他思索几秒，点击接通。

静了静，响起林诱丝毫不乱的声线：“我东西忘带了吗？”

许燎声音像从齿间挤出：“你说呢？”

林诱声音非常自然，语速很快：“是今天洗的内衣对吧？买了新的后，我穿上就忘了。哈哈哈，挺不好意思的——我现在好尴尬。”

尴尬的神奇之处在于，有时候说出来，就没那么尴尬了。

她承认得干脆，没藏着掖着，本来以为会相当诡异的气氛，竟然无形中得到化解。

话筒另一侧陷入寂静。

林诱松了口气，刚才有一瞬间她想掘地三尺把自己埋起来，但出于“社畜”的自觉，明白逃避并不能解决任何问题，所以直接给许燎打去电话。

现在看来，尴尬的事情似乎得到了解决。

“我过两天去拿吧？你……要是不嫌麻烦，可以帮我收一收。”林诱说。

说完，她再次察觉到对方的沉默。

卧室里的热水壶跳闸了，发出“叮”的一声，吓了林诱一跳。接着，她听到许燎很低的声音，似是疲倦：“你到底想干什么？”

林诱深呼吸：“嗯？”

许燎重复：“我问，你想干什么？”

察觉到他话里的逼问，林诱心口泛起波澜。她吸气，让起伏的情绪平静下去，捏着手机的指骨收紧：“我不是在追你吗？”

“我说了，”许燎一字一句地说道，让她听清楚，“我们不可能。”

这句话非常残忍。说完之后，许燎看了下手机，有短暂的失神。

话说到这个份上，可能她不会再坚持了。

但是，他听到耳边响起一声轻笑。

林诱端起热水壶给自己倒了杯水，站在桌子旁，拿起水杯盯着透明的水光：“我知道不可能，但我只是想坚持一下，看看能不能变成可能。”

手机的另一端沉默。

窗外的雨混合了雪絮，林诱说：“读研的时候，有一年元旦节，宿舍楼下传来吵闹的声音。我室友和她男朋友爱情长跑五年，因为家庭的原因分手。那晚，她男朋友带着抑郁症确诊书和礼物，站在楼下等她从图书馆回来。

“他看到她说的第一句话是：我忘不了你。

“那个时候，我幻想如果能再遇到你，我要向前走九十九步，走到我能走到的地方……”

林诱声音顿了顿，才继续说：“而我不会管，故事的最后，你会不会为我下楼。”

电话挂断。

许燎盯着手机好一会儿，脑子里飘浮着林诱说的话，直到门被重重地敲响。

章泽站在门外，拎了一瓶白酒：“我猜你今晚心情应该不好，过来看看。”

许燎的手机屏幕亮着，显示在通讯录界面。

章泽瞟了一眼，看见顶层备注的“lin”。他愣了一下：“你俩不会真要好上了吧？”

许燎的思绪还沉浸在电话中，半低着头，像是喃喃自语：“她疯了？”

章泽：“嗯？”

许燎轻轻摇头，攥紧的手指泛出苍灰色：“还是我疯了？”

章泽：“嗯？”

许燎手背经脉浮起，喉头“咯咯”地发出声响，他急躁地掏出烟盒想要点根烟，但听到章泽一脚踹上旁边的门：“你又开始不正常了！”

这一声硬是把许燎从混乱的情绪中拉了出来。

他想起了那个燥热的夏天。

高考结束填志愿的时候，盛夏天气，温度高得人仿佛要融化，四处热气弥漫。

许燎把林诱约出来。他站在烈日下的阴影里，眼底暴躁，拉着清瘦女孩的手腕：“你到底填不填？别再耍我了行不行？”

那个时候，他已经为林诱的犹豫、反复不决甚至冷淡而失望透顶。

而林诱听见这句话，神色麻木，半晌才问：“你想填哪儿？”

许燎：“我说了，你填哪儿我就填哪儿。”

林诱的眉眼沉寂下来。

片刻，她侧头看了看在楼梯口等待的妈妈，轻轻点头：“我填海大，我不能走远，每周末要回家。”

其实在填志愿前很多同学都劝许燎：算了吧，完全感觉不到她喜欢你。

那之后，许燎信了这句话。

…………

记忆回溯。

许燎坐下来，接过章泽带来的酒，找酒杯倒了半杯。

酒液滑入喉咙里。

章泽跟着坐下：“她不是故技重施吗？”

许燎抬头，眼里染着血丝，但情绪平稳了很多：“嗯？”

章泽说：“看你不想追她了，她就稍微主动一下。等又钓住你了，马上翻脸，不把你当人看。”

许燎低头想了一会儿，笑了下：“是。”

章泽回忆着：“高中三年，至少有两三次吧，你不理她，她就来找你套近乎。‘渣女’套路啊，你怎么就想不明白呢？”

许燎端着酒杯轻轻晃了晃，苦涩地笑了笑。

“不说了。”

第四章

向他奔赴

林诱手上正在处理的其中一件案件是家暴案。

委托人是女方，四十岁，二婚，跟男方结婚半年便因为琐事发生口角被男方拳脚相加，女方随即报警并找到律师，要男方坐牢，并申请离婚。

深夜灯火通明的办公室，林诱双手用力按压眉心，等疲惫感稍微褪去，继续在电脑上敲辩词。

夜里十一点，最后一班地铁即将停运，她关上电脑，站起来揉了揉肩膀，拿起外套走出律所。

身后亮起两道光线，一辆车跟着行驶上来，灯光照亮了林诱的背影。

车放慢速度，和她平行行驶，里头的人说：“林律师。”

林诱侧头看了一眼：“洪律师。”

洪森满脸笑容：“这么晚一个人回家？我送送你？”

林诱脚步不停：“我坐地铁，比较快。谢谢了。”

“没事儿啊，我的车空着，与人方便。”洪森探出半个头，“我俩也算前后辈关系，细算你还是我学妹呢。不用这么戒备，让我送你一程，前几天我们的误会就算了。”

林诱双手揣在大衣兜里，笑了：“有什么误会？我确实不喜欢已婚男人。”

洪森的脸顿时黑了下来。

林诱知道自己算得罪他了，索性停下脚步，直视着车内。

洪森把着方向盘，阴笑着："还真是刚毕业的小妹妹。林诱，你这么做人，也太把自己当回事儿了，我的好心可是喂了狗。"

林诱平静地说："如果您的好心建立在提供情感服务的基础上，那您这贵人我可不敢高攀，我就想踏踏实实地工作，仅此而已。"

洪森冷冷地笑了一声。

她接着说："我们都是学法的，您懂的我懂，我懂的您也懂。我这么委婉地表达'不想当三'您听不明白，非要我说'性骚扰'三个字，才能引起您的重视吗？"

洪森看着林诱，点了点头，眉眼扭曲道："好。林诱，敬酒不吃吃罚酒。不要学了什么公平正义就在我面前卖弄，我会让你知道，这个世界根本不是你想象的样子。"

车在她面前扬长而去。

林诱吹了会儿风，继续往前走，鞋跟叩着地面。

她低头想了一会儿，眉眼有些疲惫，但很快振作了起来。

她拿出手机，习惯性地看了看消息栏。

自从得知许燎现在的手机号码后，她偶尔会发两条消息。

不过许燎一直没回。

她眼底浮现着城市灯火通明的夜景，莫名笑了笑。

其实她觉得自己那晚临场发挥的表白词说得还不错。

嗯，总会一点一点好起来的。

林诱回到家，洗了个澡，脑子困乏睡意袭来，于是她陷入黑甜梦乡之中。

她思绪混沌，逐渐形成了一个清晰的梦。

梦到在教学楼后，许燎穿着隔壁高中的校篮球队队服，体温高得灼人，将她困在没人注意的花坛边。

林诱低头，却猛地被他抱起来，轻巧地放到花坛的边缘。

她紧张死了，想往下跳，但许燎倾身，双手撑在她身侧，堵住她跳下去的路。他垂眸寻觅她的视线，低声反复追问——

“你是喜欢我的吧?

“你是不是，喜欢我？”

…………

林诱醒过来时，胸口起伏着，额头上全是冷汗。

她到卫生间用冷水冲了把脸。镜子里的女人眼睛发红，像被狠狠揉过，眸子也潮湿发亮。她拍了拍脸，提醒自己回神，拿起手机。

清晨六点钟。

再睡也睡不了多久，她索性收拾收拾出门上班。

下午要和前段时间跟进的侵权案委托人面谈，林诱去了趟卫生间补妆，出来时肩膀被拍了拍：“林诱。”

律所的白灵冲她笑了笑：“你下午要办的这个案子，律所刚移交给我了，你就不用去啦。”

林诱怔了下：“什么时候的事？”

“今早上。”白灵面露无奈，“委托人临时要求变更受托人，没办法啊。你证据搜集得怎么样了？有空的话尽快转给我，接下来就交给我处理了。”

林诱看着她：“这件案子我已经受理了一段时间，证据和辩词都快处理完了。”

白灵挑了挑眉：“那也没办法，谁知道委托人突然发什么疯。”

林诱回到座位，没一会儿，看见洪森端着一杯咖啡悠闲地逛了一圈，走到她面前时停下，笑了笑又走了。

她气得心潮起伏，站起来，去了律所合伙人的办公室。

杨方澜喝着咖啡，沉吟了好一会儿，才说：“委托人非要更换，我们也没办法，毕竟合同上是这么写的。”

林诱算明白了。她再怎么问，也不可能问到委托人头上。

她深吸几口气，等情绪平复，才问："我能知道原因吗？"

杨方澜戴着一副眼镜，斯斯文文。他沉吟了几秒："这个嘛，就说你刚毕业，可能经验不足。"

他顿了顿："还有就是，你长得漂亮，她担心你就是个花瓶。"

林诱气得要死。

等林诱出去，杨方澜看了看进门的洪森，皱眉："你啊你。"

洪森笑了笑："年轻人气盛嘛，让她长长教训，以后少走弯路。"

杨方澜嘴角往内撇，不满地说："你别太过分，差不多得了。"

"知道，知道。"洪森满脸堆笑。

林诱推开玻璃门去了楼梯间。

楼道间人少，通过窗玻璃能看见对面的科技馆，建筑结构充满奇异感，非常漂亮。

她端着茶水，站在风口吹了会儿，拨通了电话。

其实她没想到能接通。

"嘟"的一声后，对面无人应答，隐约能听到有人说话的声音，却没有许燎的。

林诱用鞋尖踢了踢台阶："干吗呢？"

片刻，许燎才说："打球。"

"嚯，"林诱笑了，"人与人的悲欢并不相通。"

对面没说话。

接着，他似乎走到了比较安静的地方。

许燎问："有事儿吗？"

林诱转头看着遥远的楼层，尽量看得特别远，笑道："没事儿，就问问你在干吗。"

许燎沉默了一会儿，说："那我挂了。"

林诱声音轻快："你挂你挂，我下班了再给你打。"

她看了看手机，打算往兜里揣，没想到屏幕突然一亮，才发现许燎还是没挂电话。

那边的声音很低沉，几乎没有感情：“你、有事、就说。”

“也没什么事。”林诱蹲下，盯着水泥地。

没听到那边说话，明显是在等她回答。

她说：“工作上遇到一点小挫折。”

对面响起轻微的呼吸声，接着，是许燎很低的声音：“解决了？”

对着手机，林诱莫名笑了一下。

大概是在好多年前的晚自习，她感冒发烧头痛，第一反应不是通知父母，而是打电话给许燎。

当时她疼得浑身无力，坐在校门外的花坛边缘，感觉等了好久好久。直到听见脚步声，许燎站在她面前，发缕微微潮湿，淌下汗滴，呼吸急促地说：“我来了。”

他来了，陪着林诱的同学回了宿舍。

是许燎陪她去诊所拿药，又送她到宿舍楼下。

想到这儿，林诱心情突然不错，嘴角弯了弯：“哪有这么快解决。”

没等许燎开口，她又说：“但没关系。”

沉默了一会儿。

他俩的关系还是很尴尬，奇怪地维持着。

许燎似是不知道该说什么。片刻，他才说：“那我挂了。”说完，就真挂断了电话。

林诱盯着手机，继续猫在原地，凝视屏幕上那个只有简短两分钟的通话记录。

直到小腿肚传来失去知觉的酥麻感，她才站起身，回到律所。

周志看到她，满脸关切：“听说你的案子换人了？”

职场上有时候会默认对新人施以惩戒，再说指责别人也得讲究证据。林诱不好让他担心，说：“没事的老师，换就换了，正好我最近也想休息休息。”

周志心里也清楚，叹了口气：“加油吧，努力会有回报的。”

洪森打压他徒弟，但也没严重到他俩要撕破脸的地步。

林诱点了点头，继续工作。

到下班的时间，小梨的回复过来：这个姓洪的这么贱？得不到就要毁掉吗？

林诱拎着包往外走：我也很无语。

小梨发了好几个"揉揉脑袋"的表情，同仇敌忾：不要理这种神经病！十几亿人里总有几个。咱们好好工作就是，迟早有一天能比过他，垃圾桶里的废物咱们看都不看他一眼！

林诱现在本来就没多气了，看着信息内容觉得好笑。

小梨：不生气啦，不生气啦！

很好，好姐妹。

到地铁站时，小梨发来语音："要不要一起吃顿好的？吃完饭找个地方放松放松。"

林诱犹豫地回复语音："我还想回去写辩词。"

小梨发来语音："你这个人没有生活的吗？挣了钱不就是享乐吗？火速给我赶来！"

林诱无奈，在进站口站了好一会儿，掉转方向。

晚上她和小梨打卡了一家寿司店，出来时差不多八点钟。夜幕早已经降临，林诱站在街边吹了会儿冷风，听小梨跟男朋友打完电话，过来说："走吧。"

到达目的地，林诱才问："酒吧啊？"

小梨说："涛涛球赛拿第一了，他们都说来酒吧，没事儿，我俩就去凑个数。"

还以为就三四个人，进去之后，借着昏暗的灯光，林诱看见里侧坐了七八个男生，全都是特别高大挺拔那种，正在叫嚣："为什么没有女生？"

林诱惊了一下，回头，小梨满脸笑容："怎么样？帅哥还得看体院，对吧？”

林诱恍惚地意识到什么，还没说话，已经被小梨推了上去：“姐姐来了！”

这群男生骤然爆发出一阵“哇哦”“姐姐我可以”“爱了爱了”的欢呼。

林诱往前走了两步站定，回头瞪着小梨。

小梨小声说：“我和涛涛帮你找了这么多帅哥也挺不容易呢，你今晚就好好放松，别想工作上的事情了。”说完，郑重地拍拍她的肩膀，“春宵苦短。”

饶是一直以来沉稳从容的林诱这会儿也有点紧张。

涛涛站起来说：“林姐，你来我这儿坐。”

——几个高大男生的中间。

林诱想了会儿，在最旁边的位置坐下，说：“算了，我坐这儿。”

她屁股挨着坐垫的那一瞬间，两个男生就像蝗虫过境一样围了上来，给她倒了杯酒：“姐姐，姐姐喝酒吗？”

林诱接过，说：“谢谢。”

“姐姐穿的职业装，姐姐是干吗的呀？”

林诱盯着问话的男生笑了一下：“律师。”

“律师好哇，律师真不错。那姐姐多大了呢？”

林诱端着酒杯的手逐渐稳定：“再过十几年够给你当妈了。”

对方十分无语。

小梨立刻打圆场：“我是不是说了？漂亮的姐姐说话都嘴毒，是不是？”

林诱面不改色地怼了一圈后，这群荷尔蒙躁动的男生总算冷静下来，确定这个姐姐不是随便的人。

中途待得有些无聊，林诱出去了一趟。

这是沿江修建的酒吧街，远处街景绚烂，冷风吹得林诱因酒精而燥热的脸恢复常温。她背靠着栏杆，捏了捏眉心，听到对面传来一声委屈的哭诉。

“你出来，我有话对你说。”是个女孩儿的声音。

女孩儿哭得语不成调，染着醉意，迷迷糊糊地问：“你是不是从来没有喜欢过我？”

阴影里站着个高挑的身影，侧着身，被盆栽挡去了一大半，只能看到肩膀。

“是。”回答的声音很低。

“你浑蛋！”与其说女孩儿是在骂人，不如说在撒娇，似乎还动手了，“你浑蛋！你浑蛋！我喜欢你那么久了，为什么你就不能喜欢我一下？为什么，我哪里不好了？”

看江景的人被吸引，都回头看热闹，议论纷纷。

阴影里，男生的声音依然很低，似乎没兴趣应付：“还有事吗？没事我就走了。”

林诱怔了一下。

头一个短音节她还没听清，但后面这句，跟前两天“没事儿我就挂了”高度重合。她转过身，看着阴影里的人。

女孩儿哭着说：“不要走，听我说完。你给我一个机会，说不定我俩会很幸福，我一定会好好爱你。”

男生似是不想继续聊了。

“你找别人。”他说完，垂头朝沿江风光带走廊的另一侧走去。

走廊旁种满了秋海棠和蕨类植物，男人高挑的身影匆匆走过。不过几秒钟，林诱已经认出了这是谁。

——许燎。

鞋跟轻轻叩着地面，她抿了下唇，视线回到刚才的女孩儿身上。

在许燎离开这里，走入酒吧没多久，女孩儿停止哭泣，泄愤似的骂了声，往靠近江岸栏杆的方向走。

借着微暗的灯光，林诱认出这是上次在酒吧遇到的女孩儿，想把许燎当 ATM 机的那个。

女孩儿没注意到她，拿出手机发语音：“神经病吧，给脸不要脸，他以为他有几个臭钱就了不起吗？”

林诱心说这魔幻的电视剧台词，有钱人的生活真是让人难以想象。

女孩儿边掉眼泪边生气：“他很高贵吗？他很高傲吗？凭什么看不上我！我要不是看他条件还可以，长得符合我审美，我有必要吗？追我的人排到法国了，我差他一个？”

林诱抬了下眉。

她觉得没意思，转身回酒吧，进门时她跟刚出来的男大学生碰了个正着：“姐姐，我看你出去那么久了，过来看看你。”

她点了点下巴，笑道：“谢谢啊，那你回去吧。”

男生蒙了一下：“姐姐去哪儿？”

“我找个朋友。”她说着，眼睛在昏暗、灯光晃动的厅内扫视，随即注意到了目标，便沿着狭窄的过道走去。

靠墙的座位，何风给许燎倒了一杯酒：“许哥你说你怎么不试试呢？我真觉得她不错。”

许燎接过酒杯：“说了不行。”

何风无语：“你是活菩萨转世吧？”

许燎抬起视线，恰好跟走近的林诱相遇。

他指尖轻轻摩挲着玻璃杯的边缘。

林诱一笑：“好久不见。”

“正宫来了。”章泽插了块水果往嘴里送去，然后直接站起身，“我出去看看小娜。”

何风抬头看看林诱，怔了两秒：“这不是那天那个律师嘛。”

林诱朝他微笑：“你好。”

她笑了一下，又说：“不过我现在不是来谈工作的。”

章泽都快走了，莫名来了句：“人家是来谈恋爱的。”

说完，被许燎状似无意地看了一眼，章泽立刻扬了扬眉，快步走出酒吧。

何风不知道他俩的孽缘，呆了好一会儿：“什么跟什么啊，许哥？”

许燎仰头将酒一饮而尽，还是没说话。

何风给林诱让了个座位：“律师，请坐。”

林诱没坐，反而看着许燎：“我坐了？”

她声音带着探寻，轻飘飘的像羽毛挠似的。

许燎看她，确定自己不松口她不会坐下后，于是道：“我拦你了？”

林诱在他身旁坐下，笑了笑：“我都说了我不会强人所难。”

许燎沉默。

何风直愣愣地看着，搁以前，许燎可能客气一句“别，你还是坐那边吧”就把人打发了，但现在竟然像被迫似的，没明着拒绝，然后两人坐到了一起。

林诱侧头，看着许燎：“几天没见了？”

许燎转眸看她一眼，又收回视线，唇抿成一条线。

林诱理了理裙摆，再看看他：“我本来想下班回去给你打电话，没想到，在这里碰到你。”

很日常的话，她说得也轻松。

许燎再看她一眼，欲言又止，半晌，垂下视线，沉沉地来了个单音节：“哦。”

林诱总算想起了重点：“我那天落在你那儿的东西——”

许燎的眼皮重重地跳了一下。

她一瞬间克服了尴尬，挑眉：“找个时间，我拿回来，行吗？”

何风凑热闹地问：“什么东西啊？”

许燎没回答他，看着林诱：“你说话要注意点场合吧？”

林诱笑了一下：“对不起了。”

许燎皱了下眉，好像看到了什么下流的东西，拿过啤酒瓶往杯内倒酒。

何风还瞪着眼："什么啊？能不能别说就你俩知道的东西？"

忽悠了何风，林诱放松地仰躺回沙发里，懒洋洋地盯着喝酒的许燎。

光线落在他挺直的鼻梁上，渲染出阴影，眼睛倾斜的角度，有种漫不经心的不羁感。

她嘴角轻轻牵了下，片刻，确定何风跟旁边的人说话去了，才轻轻用鞋子踢了许燎一下。

"喂。"

许燎侧头看她。

林诱感觉自己喝醉了，轻飘得像在做梦："你收起来了吗？"

她唇瓣轻启，字句仿佛粘连在一起，让人骨头酥软。

许燎怔了一瞬，目光落在她染了红晕的唇和脸颊，不知回忆起什么，瞳孔微微缩紧，捏着酒杯的手指立刻攥紧——

林诱微微晃了晃乌黑的长发，脸露出来，眼尾挑了一抹红意，让人挪不开眼。

那一瞬间，许燎指节收紧，几乎能闻到她身上的甜香味。

"问你呢？"

也不知道是装的还是下意识，林诱探过鞋尖，再次轻轻蹭了蹭他的腿。

一瞬间，许燎站了起来，动作非常生硬。

听到动静，何风转头："怎么了，许哥？"

许燎深深地看了林诱一眼，说："没。我想起件事，先走了。"

"什么事啊？不重要我们先放放——"何风还想说什么，许燎已侧身绕过，沿过道走了出去。

林诱站起身："那我也先走了。"

留下一脸茫然的何风。

回到小梨和她男朋友这一桌，小梨悄悄问林诱："你去哪儿了？"

林诱拿起外套："去见了个帅哥。现在我要走了。"

小梨：“去哪儿？”

林诱笑了下：“追帅哥。”

小梨：“啊？”

林诱拎着包和外套出了酒吧，站在街道四处扫了一圈，没看到许燎的身影。

她思考了几秒，转头打车回家。

她洗了个澡，水流滑过皮肤，弥漫出雪白的雾气。镜子里的脸十分秀美，被热水烫过，肤色泛红显得妩媚。

她拿浴巾擦干，换上一条修身的暗红色长裙，套上大衣，涂完口红，重新开门出去。

猫咖处于热闹的市中心，不过要绕几条街。秋叶落满了地面，潮湿得一踩上去就要挤出水。

林诱停在猫咖前，值班的还是周翎，看到她二话不说打开门：“姐，您请进。”

她站在门口：“不用预约了？”

周翎表现得相当乖巧：“老板娘还用预约吗？搞笑了这是。”

林诱进门，灯光明亮的室内只有猫在架子上跳来跳去，没有一个客人。沿着柜台往里走，门虚掩着，她握住门把往外拉。

套房内没有人，但卫生间里有水声。

林诱站了一会儿，看摆在博古架上的照片，注意力被一张高中毕业照吸引。

她刚想伸手去拿照片，卫生间的门“咔嚓”响了一声。

许燎站在卫生间门口，下半身裹着浴巾，上半身裸着，浑身弥漫着水汽，锁骨处淌落水珠。他肩膀到腰部的肌肉紧致利落，腹肌以下的部位被浴巾遮掩，锁骨下文着繁复的刺青，尖锐中心指向咽喉，像竖起锋芒的太阳光线，显得诡异而诱惑。

林诱怔了下，目光落在他上半身，一时忘了挪开。

许燎潮湿的发缕垂落水珠，耳侧翘起几绺，被满不在乎地甩落。

他问："怎么进来的？"

林诱退了退，说："周翎放我进来的。"

许燎往衣柜的方向走，林诱看着，才注意到他背后也有刺青，涂色野性震撼，贴合在他绷紧的皮肤上。

本来穿上衣服，还挺符合一个二十多岁年轻帅哥的样子，现在脱了衣服，身材巨好，加上刺青无意透露出的攻击和诱惑性，让林诱微微磨了磨牙。

她忍不住问："什么时候文的？"

许燎尾音拖长，明显情绪不佳："嗯？"

林诱说："高中还没有。"

许燎拿 T 恤的手停下来，侧头盯着她。他漆黑的眼眸深不见底，额头垂下几绺碎发，眉眼显得极其晦暗阴沉。

林诱猜他还因为刚才酒吧里的事生气。

她的目光落回他的腰线，腰很窄，但肌肉绷得很紧，线条好看又性感。肤色是健康的麦色，有种热烈的夏天的味道，让人联想到蓬勃的力量感。

她察觉到脸颊发热，轻轻地咽了下喉头，开口时声音微哑："你，真好看。"

许燎猛地侧过身，直直看着林诱。

她是纯鉴赏性的目光，但似乎含有别的意味，尾韵勾得千回百转，又低到了心坎里最热的地方。

空气中浮动着隐隐躁动的气氛。

许燎都转过身去了，林诱还在看他的胸和腰，即使意识到他的目光，也毫不避讳。

等林诱的目光划到他大腿时，许燎忍无可忍，一把握住她的手腕，两人距离缩短到咫尺之间，彼此能闻到对方肌肤散发出的暧昧香气。

林诱似乎闻到了，她的腰依然挺直，但鼻尖轻轻翕动，眸子像水一样泛起涟漪，带着热意。

许燎没想到她会表现得这么直白，咬牙："你到底在想什么？"

林诱后退一步，抵着博古架，眉眼依然很清醒，但又像喝醉了。

她笑了笑，手腕卸了力，好像浑身都松弛在许燎的怀里。

林诱说："我在想你。"

许燎看着她的眼睛。

她的眼睛不算大，单眼皮，但瞳仁很亮，此刻有一些微微的涣散。她心跳迅速，十分坦诚地看着他。

许燎低声问："你这么不会保护自己？"

男人的体力比起女人有天然优势，许燎很高，站在她跟前，阴影几乎将她吞噬殆尽。林诱头一次感觉自己这么弱小，但是想依靠。

她声音发颤："我能保护好自己。"

她不是随便的人，她做出这一切，早计算好了结果和可能突发的意外。她知道在保护好自己的前提下舍身求爱，她不是那种会失控的女人。

"你不能。"许燎眼底涌动着情愫，像火一样，逼近林诱眼前，"你还以为我是以前的我，所以敢这么挑衅我。"

他捏住林诱的下颌，迫使她直面自己。他呼吸很急促，盯着林诱的眼睛，声音几乎贴着唇挤出："但我不是，我一直想提醒你，不要待在梦里不肯醒来。"

周围温度攀升，滚烫的呼吸涌出鼻尖。

林诱手腕作痛，才发现许燎攥得很紧。

她牙关打战，像是面对恶魔无处逃离的失败者，她手指抓紧，抬头寻觅许燎的眼睛。

林诱这才意识到，这段时间她以为自己处于主动，其实是许燎在退让。当他认真起来，她发现自己是多么脆弱，又多么容易被伤害。

"考虑得怎么样？"

许燎眉眼掠低，原本捏着林诱的下颌的手，逐渐滑落到纤细的脖颈，轻轻摩挲着她白皙的耳颈，力道很重。

他的眼里不带感情，只有纨绔一般漫不经心的玩弄：“如果你不能接受，就别说想我。”

语气恶劣得像个玩弄过无数少女的渣男。

林诱愣了好一会儿，以为自己浑身的热血会冷却，可心潮依然起伏着，像是不甘，又像是愿意沦陷。

许久，她抬手勾上他的脖颈，像投身于烈火中：

“……我接受。”

她心里默念：我能保护好自己。

她知道结束的边界。

房间里灯光昏暗，像倾泻的流水，在骨骼和肌肉起伏的斑斓刺青上流动。

林诱探手勾着许燎的肩膀，好几次没勾住，手腕被重重的力度撞击得垂落至床沿，指尖蜷着。

他胸口的刺青像太阳神的光轮，炫目耀眼。她的指尖抚过他淌着汗水的锁骨，凑近轻轻吻着刺青的尖端。

像抚过他的伤痕。

滚烫的温度冷却，快深夜了，窗外响起下雨的声音。

林诱穿了件浴袍，领口敞开露出锁骨。她靠着枕头看博古架上的照片，身旁，许燎平躺着，似乎已经睡着了。

片刻，她看着窗外笑了一声，掀开被子慢慢滑进了被窝，转向许燎。

“晚安。”

说完，她闭上了眼睛。

也不知道睡了多久，她被一阵轻微的动静吵醒了。

林诱睁开眼，手臂随意地捞了一把，发现身旁空了。

她翻了个身，只见许燎已经穿好裤子，拉开衣柜找了件长袖，布料遮挡他后背的刺青后，松松地落到腰际。

——昨晚的狂野和狼性被封印住了，现在看着就是挺帅挺真实的一个年轻人。

林诱掀开被子起身，也开始穿衣服。

虽然有些不舒服，但她调整得挺快，穿好后刚想说："许燎，你送我去上班——"

才发现门打开了，他已经下楼了。

林诱抬了下眉，想起昨晚的话。

她若无其事地走到猫咖门口，停在门口那辆豪车已发动引擎离开，剩下昨晚落叶的痕迹。

看得出来许燎心情不好。

林诱低头笑了笑。

——但她现在心情很好呢。

第五章

热烈地爱我

因为心情好，林诱回律所上班时，得知自己的案子又被毙了一个也没生气。

洪森笑眯眯地看着她：“年轻同事要加油啊。”

笑得非常恶心。

周志有点看不下去了，拉着洪森到会客室里吵架：“这次又是为什么？”

洪森说：“我也不太清楚，反正委托人对她不满意。”

周志问：“为什么不满意？”

洪森：“我都说了我不清楚。”

他俩入职好几年了，周志拉不下脸，倒是洪森突然阴阳怪气：“周律师，您以前带过几个学生，我看您也没这么正义感十足啊。怎么带了个漂亮的女学生，就隔三岔五地帮她讨公道？”

周志气得脸涨红了：“我五十多岁了，没有那些见不得人的心思！”

林诱还不知道发生了什么，只见周志怒气冲冲地从会客室出来，随后回到座位后擦了擦眼镜。

林诱给他倒了一杯茶，问：“怎么了？”

周志摇了摇头，说：“你们女孩子真不容易。”

林诱深呼吸了下，笑道：“老师您别为难了，我最近忙着谈恋爱，巴不得少点工作呢。”

周志笑了：“你有男朋友了啊？”

林诱：“没，还在奔赴中。”

周志心情好了一点了：“行，加把劲。你条件好，那男生要是一般，你别被骗了，不合适再找，我给你介绍对象也行。”

好说歹说，总算说得周志的心情好转了些。

中午吃了饭，下午接着写案卷，快下班时，林诱起身松了松肩膀，拿起手机给许燎发消息：晚上吃个饭？

她重新坐下，许燎回了：有事？

林诱：没事，但我还不能和你吃个饭？

消息发出去有短暂的空当。

在这阵沉默中，林诱眼前几乎能浮现出许燎盯着手机，不知道怎么回答的画面。

她喝了杯水，收到回复消息了。

许燎：我不在海市了。

林诱：？

林诱：什么意思？

许燎：我刚下飞机，去了外地。

林诱：？？？

她平时性格镇定，头一次遇到手指头疯狂地在屏幕上戳问号的离谱事件，随即“唰啦”站起身，往人少的楼道过去。

她边走，边拨通电话，跨出门的瞬间“嘟”了一声，接通。

她呼吸很快，心“怦怦”乱跳，对面的人反应却很平静，能听到机场实时播报的温馨提醒。

她自己都能察觉到声音里的颤抖：“你去哪儿？”

许燎：“日城。”

林诱：“日城在哪儿？”

问的同时她打开了地图搜索。是靠近中国西南藏族聚居区的一个小城市，属于 318 国道上的旅游小镇，特别偏远，海拔还高，完全没听说过。

百科上弹出简陋的城镇照片，一条街就几百米，零星地散落着几座酒店和驿站，走出去便是人烟稀少的荒原，非常偏远贫穷。

许燎声音平静："我要在这边待几个月。"

林诱声音抬高："去干什么？"

许燎："帮朋友看店。"

看店？

林诱就差像机关枪一样吐出这两个字。

她深呼吸了好一会儿，才说："许燎，你想躲我，也用不着去这么远的地方吧？"

许燎那边响起别的动静，似乎有人在喊他："许哥。"

他声音较远地应了一声，重新回到手机旁，说："没事我就挂了。"

林诱抬高音量："有事！"

许燎安静下来。

林诱："你给我回来。"

对面的人没出声，只能听到很浅的呼吸。

林诱握紧手机，掌心被指甲掐得发疼："你回来，我们慢慢来，行不行？"

许燎："有人喊我了。"

林诱猛地吼了一声："许燎！"

电话挂断。

林诱胸口的怒气还没发泄完，没忍住冲着空荡荡的楼道，跺着脚猛喊了一声："许燎你王八蛋！"

等她骂完，才看见律所另一个男同事，打算来这儿抽烟的，神色惊呆。

林诱看了他一眼。男同事直接被林诱可怕的眼神吓得后退一步，脸上带着看到不该看的东西时的惊悚。

她发泄似的将头发揉得蓬乱，拿起手机粗暴地戳着屏幕，给许燎发了一条消息后，随即将手机狠狠地揣入兜里。

机场外，西南地区的冷风拂上脸，带着潮湿的水意，天空仿佛冻结着一层苍灰色的薄雾。

跟在许燎身后的杨霖打了个哈欠：“怎么飞来都傍晚了啊？你要来也早点来。”

许燎的目光从消息上那句“渣男”上挪开，他熄灭屏幕：“决定得比较匆忙。”

杨霖的车就停在外面：“在附近住一晚，还是直接开车过去？”

许燎：“随便。”

“那找个酒店住一晚吧。”杨霖摇摇头，“啧”了声，“这一段路天天出车祸，尤其现在天气冷，路段海拔高，泥土冻融，底下有暗冰，晚上还有滑坡泥石流，行车特别不安全。”

许燎“嗯”了一声，想起别的：“你跟汪诺什么时候结婚？”

“再说。”杨霖摸了摸自己的短发，“我姐现在在家带孩子，孩子没断奶她来不了日城，我帮她看店，也回不去海市。”

许燎闲聊着：“汪诺不着急？”

杨霖打开车门：“二十五岁着什么急？”他停下动作，好笑地看许燎一眼，“喂，你一个恋爱都没谈过的人，搁我这儿催什么婚？”

许燎刚抬手，杨霖立刻拱手求饶：“许少爷，我错了，您这是情种，我们见异思迁的人哪能跟您比。”

许燎作势要下车：“你再这样我买机票回去了。”

杨霖脸色严肃起来：“别，我已经叫客栈的厨子杀了两头羊，就等你过去，你别跟我一般见识。”

许燎停下动作，看着车窗外的风景。

片刻，他才说：“小杨子，跟你说个事。”

杨霖：“你说。”

他看着窗外转瞬即逝的街景：“我遇到林诱了。”

“哟，”杨霖语调升高，“然后呢？”

许燎说：“她表现得很想跟我在一起。”

杨霖回头看他，很是惊讶：“有点意思啊！”

杨霖想起什么，猛地拍了下方向盘，彻底明白过来：“所以我催你来找我玩，催了大半年你都不动身，你今天突然过来，不会是为了躲她吧？”

许燎笑了：“嗯，脑子还不笨。”

其实也不全算躲，有些事情他想自己思考一下。

杨霖驱车左转：“虽然我从来没指望我在你心中的地位能超过林姐，但你这样确实有点儿伤害兄弟感情了。”

许燎懒洋洋地靠着椅背，听杨霖瞎扯，感觉放松了很多。

杨霖停下车等红绿灯，转头：“既然你不顾兄弟情义，我也告诉你一件不太快乐的事吧。”

许燎：“嗯？”

“汪诺这几天来看我了。”

许燎：“然后呢？”

杨霖笑得乐见其成：“徐苗跟她一起来了。”

许燎眼皮抬了一下，没说话。

杨霖很快乐地补着刀：“你记得这个人吧？林姐的高中室友，关注了你三年，大学又追了你四年，被你狠狠拒绝后投身娱乐圈，现在小火。据说她依然对你念念不忘，是不是有这回事？”

许燎：“我怎么知道？”

杨霖“啧”了一声：“看吧，除了我们林姐，你对所有女孩的芳心都不屑一顾。”

许燎听烦了：“滚。把嘴闭上。”

他俩说笑这一会儿，许燎的手机响了几次，但他开了静音，没注意到。

和他俩隔了几千公里的海市。

林诱盯着屏幕上无人接听的红色号码，半晌，猛地把手机“哐当”砸在了办公桌上。

隔壁的白灵抬头看了看她，没说话，又低下头。

林诱失魂落魄，连小梨都看出来了。

翌日清晨，小梨拿着一瓶牛奶进卫生间，看见林诱站在镜子前洗脸，洗面奶敷满了脸颊，被她的手指按压到泡沫全无，还怔怔地站着发呆。

小梨惊住：“姐，你咋了？”

林诱这才回过神，舀冷水冲脸：“没事。”

“你那个前辈消停了没有，还欺负你？”

林诱苦笑：“哪有这么容易消停。”

“那怎么办啊？”小梨忧心忡忡，“这种中年油腻男最恶心了，不会非要你跟他好，才罢休吧？”

林诱摇了摇头：“不至于。”

不想再散发负面情绪，林诱收拾好，拿起包和外套出了门。

冬天的清晨清冷，晨雾中混着霾。

上班的路上，足够林诱思绪放空。

她没跟任何人说过许燎的事。这个人短暂地出现了一会儿，就从她的生活中消失，又变成了她的秘密。

她和许燎都很清楚，几千公里的距离意味着什么。

不过好在林诱的想法一直是，能多和他待会儿就多待会儿，不管结局怎么样，她并不在乎。

地铁在“叮”的一声响后打开门，她随着上班的人流走出站台。

到了律所，林诱习惯性地拿茶杯去接热水。茶水间站了两个同事，正在闲聊。

“挣钱的案子都被上面接完了，给我们的全是挑剩下的，我之前为两千块的案子跑了三个月！”

这两个同事比林诱早进来两年，正在抱怨工作辛苦，行业“内卷”。

说着，他们转头看到林诱：“林律师，你就没有我们的烦恼了。”

林诱疑惑地发笑：“我怎么就没有呢？”

“好的案子有周律师给你把关，会替你争取。我们就不一样，什么都得靠自己。”

林诱顿了顿，手指捏紧茶杯的盖子：“我也是靠自己啊，周律师有他的案子要忙，我拿的也都是大佬们挑剩下的。”

她说完，有个一向以直爽著称的同事嗤笑了一声。

林诱看着他。

“不用装，我要是有个这么漂亮的学生，遇到赚钱的案子肯定都给她，不用藏着掖着……”

饮水器响了一声，热水烧好了。林诱的声音冷下来：“什么藏着掖着？”

“哈哈哈哈哈哈，你们的事，我们又知道什么呢？”

“什么藏着掖着？”茶水间变得很安静，林诱微笑着，“我听不明白，请你说清楚。”

气氛冷了下来。

那同事还想打哈哈，但林诱再次开口：“请——说清楚。”

片刻，对方才开口：“洪律师说，星期天，看见你和周志从酒店出来，我不知道真的假的。”

林诱将茶杯“咔嗒”一声放在桌面。

律所的人差不多都来了，互相打着招呼。

洪森边抛着车钥匙，边笑眯眯地跟旁边的女生说话：“不懂就来问我啊。”

那女生眨了眨眼，看见从他身后走来的林诱。

有人打招呼，林诱都笑了笑，一派和气。

女生刚想说“林律师早”，就看见林诱伸出手，一把揪住洪森稀疏的头发，迫使他脑袋往后仰，随即抬手“啪”地扇了他一耳光。

非常响亮。

洪森的脸立竿见影地红肿起来。

那女生惊呆了。

洪森满脸错愕，抬手指着林诱，一时竟然说不出话来。

林诱说：“来，你有本事直接把我炒了。”

洪森的咆哮震耳欲聋。

“林诱！我要告你，你这是故意伤害，你这是违法，你好大的胆子啊！”

林诱没工夫跟他扯。

杨方澜匆匆从办公室里出来，吼了起来：“这是在干什么！”

洪森顿时不敢再说话了。

杨方澜又转向林诱：“你一个年轻女孩子脾气怎么这么大！”

看着周围看热闹的一群人，杨方澜皱着眉头：“你俩来我办公室！”

说清楚来龙去脉后，杨方澜对着洪森劈头盖脸就是一顿骂：“你多大岁数了？你孩子都上幼儿园了，还跟人家刚毕业的女孩子较劲？今天我做主，你给她道个歉。”

洪森被揭发，青着脸，但他身为职场老油条，最不缺的就是虚伪，假模假样地道歉反而把林诱架住了，仿佛她不原谅就是不懂事。

等林诱出了办公室，周志才得知原委，皱起眉头：“你这事办得太鲁莽了。”

林诱看着地面，听他训话。

“哪怕道理上你是对的，但洪森跟了杨方澜十几年，他俩的交情比起他与你一个刚毕业的大学生，谁更深？”

周志叹了口气：“更何况，人与人交往，最忌讳的就是撕破脸，哪怕你站在正义的一方。现在你在其他人眼里，完全就是个脾气大还开不起玩笑的女人，谁还敢跟你共事？”

他说得很对。

林诱张了下唇，发现自己能想到的，比起这群职场老油条，完全不算什么。

明明自己没错，但追究起来，自己却错了。

周志揭开茶杯，又叹气：“我看你这段时间状态不太好？”

林诱点头：“嗯。”

“早点调整过来。”

“好。”

林诱深呼吸，回到座位刚打开电脑，有人就敲了敲她的桌子：“杨经理说，看你这段时间挺累的，如果案子做不完可以找人帮你。”

林诱停住敲击键盘的手指：“不用——”

“他已经找了。”对方意味深长。

林诱怔了一下，没想到负面影响来得这么快。

她处理的好几件案子的委托人，都要求将她替换。这就是洪森的人脉。

林诱手指停在键盘上，顿了好一会儿，站了起来。

她声音有些低：“了解了。”

星期五晚上。

小梨开门进来，见林诱穿着睡衣，猫在沙发里看电视。她半托着下巴，盯着屏幕的眼神冷漠平静，完全没有被狗血夸张的内容吸引。

小梨惊讶：“你今天怎么没加班呢，工作狂？”

林诱：“工作出问题了。”

小梨坐到她旁边：“怎么回事？”

林诱不太想说太多负能量的话，只想自己消化，笑了笑说：“职场黑暗，菜鸟长教训了。”

“没事吧？”

“没事。”林诱盯着电视屏幕，“天塌不下来。”

小梨放下手里拎的东西，摆到桌面。

林诱很少看电视剧，漫无目的地换台，停在了纪录片频道，看主持人字正腔圆地介绍某地的一种特色菜。

正好是藏族聚居区。

她停下按遥控器的动作。

她一直是中规中矩长大的女生，除了读大学走得远，平时几乎不出市区，不像有些人生来就安顿不了，会满世界乱跑。

电视里，广袤的山地、草原和荒漠，难以想象距离海市有多远。

林诱喊了声：“小梨。”

“嗯？”小梨回头看她。

林诱问：“你听说过日城吗？”

小梨想了一秒：“没听过。”

林诱说：“西南少数民族自治区的小镇，一条网红进藏线的必经之地。”

小梨迷惑：“还是没听说过啊。”

林诱换台：“我也是。”

话是这么说，她的备忘录却保存着去的路线。

小梨侧头：“你要去旅游吗？”

“……不是，”林诱否认了，“我随便问问。”

关掉电视，她回到自己房间，拿出手机。

她习惯性打开了微信界面许燎的聊天框，今天发送的内容是：工作真的挺辛苦呢。

后面接着一个大大的红色感叹号。

边界，边界到底在哪里呢？林诱开始想。

与许燎重逢的那一刻她就开始寻找答案，放弃和继续的边界在哪里？很多次她以为结束了，但后来又继续开始。

高考后她以为是结束，没想到不是。

她以为那天晚上是开始，却是结束。

没有人教她遇到喜欢的人要怎样与其走到一起，怎样变得更勇敢。她猜不到许燎在想什么，他拒绝自己靠近，还是他甚至没意识到希望自己靠近。

林诱躺回床上，盯着屏幕上鲜红的感叹号。

如果不知道怎么走，只能尽量避免选择错误的路。

而在很久以前，她就决定，这辈子再也不要那样了。

第二天早晨。

周六小梨一般十点以后起床，她刚爬起来那一会儿，听到了门外的动静。

林诱站在门口，左手拎行李箱，右手挎着包，长外套垂到脚踝，正准备出门。

小梨错愕地瞪大眼：“你干什么？”

林诱：“请了几天假，出去旅游。”

小梨：“你昨晚不是说不去吗？”

林诱神色镇定：“我改主意了。”

小梨“哎”了声，跟在她身后：“你怎么突然去旅游啊？去哪儿？和谁一起？做攻略了吗？东西带没带够？”

林诱想了一会儿，看了看手表，示意时间紧：“来不及了，我先走了。”

“哎？”

小梨满脸莫名其妙，站在门口看她。

林诱感觉自己风风火火跟打仗似的，出门时都有些茫然，但超强的执行力很快支撑她到达机场，甚至在一个完全陌生的城市落地。

接着是坐火车。

火车上氛围热闹，部分人穿着民族服饰，皮肤黝黑，有种原始的味道。听到他们说自己不懂的方言时，林诱脑子昏沉，有一瞬间以为自己在做梦，梦到自己去了日城找许燎。

下车时，已经是深夜十一点。

林诱一路都没怎么吃东西，精疲力竭地拖着行李箱，来到市区。

她打起精神，准备找酒店先休息，明天再赶路。有个人操着当地口音，肤色黝黑，但眼睛很亮，问她："去哪里？"

林诱努力分辨他的话后，回答："日城。"

对方说了些什么，林诱能猜出大概的意思，是说他有车，问她去不去。当地有一些载客的黑车，这个人应该就是。

林诱准备拒绝，那人将面包车的车门打开，里面有几个小孩儿，笑得很淳朴。

那人说："这几个是我的孩子。"

林诱犹豫了会儿，闭了闭眼："走吧。"

这一趟车又开了三个小时。

不知道睡了多久，司机提醒下车时，林诱去拉行李箱，腿居然麻木地晃了晃。

道路两旁有"雪山酒店""草原客栈"，霓虹招牌灯火通明，像是特意给旅行的路人提供一个歇脚的地方。

这里昼夜温差大，林诱站在路旁，虽然穿了件羊绒大衣，但这会儿手脚还是冻得几乎成冰。

她深呼吸，努力让自己打起精神，问过一家客栈，再问另一家。她走进一个有围墙的院子，三排藏族风格的木楼，园圃种满大丽菊和向日葵。

中间的木楼传来年轻男女打牌说笑的动静。

林诱迈进去，左跨一步，看清了堂屋坐着的五个青年。

有三个在斗地主，吵得很凶。

他们背后，铺着毛毡的炕左边坐了个年轻男人，修长的手指搭着暖炉，懒洋洋地看一本书。

他右边坐了个年轻女人，眉眼漂亮，正低头无聊地玩手机。

光是这一眼，林诱就意识到今晚因自己的到来，这屋里会有多热闹了。

但她没声张，只是平静地屈起手指，在柜台上轻轻地敲了敲：“还有空房吗？”

斗地主的杨霖站起来，匆匆往这边走：“有空房，要几间啊？”

他身后，看书的年轻男人按住书页，也抬起眼。

就这么不偏不倚，昏暗的木楼里，许燎跟林诱对上了视线。

林诱神色平静，目不转睛地看着他。

许燎脸上没什么情绪，但目光死死落在她身上，眸子漆黑。

杨霖从柜台后拿出一个本子：“请出示一下身份证，我登记。”

林诱结束和许燎的对视，取出身份证放到柜台上。

“好的，现在只有双人间了，在进门第一栋房子——”杨霖边说，边看清了上面的名字和人像。

手中的笔停了两三秒钟，他抬起头，直勾勾地注视着林诱。灯光下，他仿佛看到鬼的表情一览无遗，十分精彩。

林诱微笑：“好久不见了，杨霖。”

杨霖无意识地骂了句脏话，仿佛被吓得不轻。

而堂屋里，接着响起清亮的女声：“林诱？”

林诱侧头，转移了方向，面无表情地看着徐苗和汪诺。

“还真是你。”汪诺语气复杂，有点嘲讽。

她俩的表情也非常精彩，混合着诧异、尴尬，甚至迷惑。

林诱接过房卡，淡淡地说：“我太累了，想先休息，有什么旧天亮了再叙。就先去睡了。”

她好像对这里发生的一切都不感兴趣，头也不回地走到门口，才像想起什么一样。

她停下脚步，看向许燎的方向，好整以暇地看他的眼睛：“明天一起吃饭，好吗？”

林诱去了客房。

只剩下双人床，没有暖气，房间的温度低得让人发抖。

她简单地刷牙、洗了把脸就往床上躺，躺下的那一瞬间，特别想干脆就这么睡着别醒来。

但早晨六点半听到闹钟时，她脑子仿佛被撞了一下，拼命说服自己爬了起来。洗漱的水冰凉，她敷了张面膜后取出化妆包，对着镜子开始收拾。

她化了整整一个小时的全妆，换了条咖色长裙，打开门。

高原上大部分是晴天，八点多阳光晴朗。林诱走出小楼那会儿，看到了从停车场过来的杨霖。

他看到晨光中的林诱，呆了两秒。

林诱笑了下："许燎呢？"

杨霖："估计在睡觉。"

他想了一会儿，满脸费解："不是，这大清早你装扮得像个女明星，站在这儿干吗呢？"

林诱："晒太阳。"

杨霖十分无语。

他俩刚说完，隔壁的木楼门打开，走出一道高挑的身影。

许燎似是刚醒，满头的黑发凌乱，被阳光照得微微闭眼。他穿了一件银白色的冲锋衣，侧头看到花圃旁好整以暇打扮得跟个女明星似的林诱。

许燎静了两秒，欲言又止："你——"

林诱一个字没变地回答："晒太阳。"

许燎安静了。

林诱边朝他这边走，边问："客栈提供早饭吗？"

许燎："提供。"

林诱扬眉："你能不能带我去？"

许燎看了她一会儿，转头往吃饭的厅堂走。

他给林诱拉开一把椅子，说：“只有稀饭、包子、馒头、鸡蛋、咸菜，十块钱一份。”

林诱反问：“你吃什么？”

许燎：“我也吃这个。”

林诱回头看了看杨霖：“来两份。”

杨霖神色复杂地站着，虽然心里告诉自己应该反抗这个女人，但听到指令，还是下意识地朝林诱哈了个腰：“行，马上来。”

桌上恢复安静，有几个赶路的旅人说说笑笑地出门去。楼上响起一阵动静，徐苗素面朝天地走到楼梯口。看到林诱的那一瞬间，她扶着栏杆匆匆返回。

林诱回头，调整了坐姿，淡淡地看着许燎。

许燎低头盯着桌上的筷子。

片刻，林诱先说话了：“为什么徐苗会在这儿？”

他说：“汪诺来找杨霖，他俩在谈恋爱。”

林诱“嗯”了声：“这两人还是姐妹花呢。”

许燎“哧”了声，半抬起眼皮看她：“不上班了？”

林诱：“工作出了点问题，打算休假几天。”

许燎沉默了会儿，问：“怎么了？”

林诱不想聊这个，带过话题：“没事。”见杨霖端着两份早餐过来，她侧了下身，随即拿起汤匙，“我快一天没吃饭了。”

短暂的安静。

许燎看着林诱拿起鸡蛋在桌子上敲了下，剥开丢进碗里，随即用汤匙搅碎了拌着稀饭往嘴里送，还夹了筷咸菜。

昨晚凌晨两点多看见她，他想想都后怕。他抬了抬下巴，声音不轻不重：“来过这儿？”

林诱：“没。”

许燎：“没来过你就敢乱跑？”

林诱“哧”了声，随即笑了笑，抬手指着他，口型夸张：“问你自己。”

安静了会儿，许燎靠着椅子换了下姿势：“有高反吗？”

林诱：“没有。”

“不舒服就来柜台拿药。”说完，许燎似乎没什么好问的了，他拿起筷子低头吃饭，片刻，听到楼上传来声音。

“什么时候走啊？”汪诺的声音。

杨霖在按计算机，嘱咐完旁边一个藏族女人，然后才说：“先吃早饭吧，不着急。”

伴着一阵“哐当哐当”的动静，汪诺下了楼梯。看到坐在许燎身旁喝稀饭的林诱，她怔了一下，没说话，到柜台里帮杨霖收拾东西。

她边收拾，边装作不经意地问：“她去不去呀？”

杨霖：“谁？”

汪诺示意林诱：“她。”

杨霖看过去，“啊”了一声：“不知道。”

汪诺又转向许燎，笑了笑：“你快吃好了吗？”

许燎应声：“快了。”

林诱停下筷子，接着，转头非常刻意地问许燎：“去哪儿？”

许燎说：“不远有个景点，杨霖说带我们去逛逛。”

林诱拉长尾音意味深长地“哦”了一声。

许燎继续吃饭，吃了估计十几秒，见林诱一直没动静，他停下筷子，看着她，问：“你要一起？”

林诱一笑：“要。”

许燎说了声：“行。”

声音刚落，汪诺放下手里的鸡毛掸子，着急地问：“你能改天去吗？林诱。”

林诱转向她：“我为什么要改天去？”

汪诺勉强笑了下：“车上只有四个座位，你来了坐不下。”

林诱：“你们只有一辆车吗？”

汪诺卡了一下："不是……"

"那你们三个一辆车，我跟许燎一辆车，"林诱说，"实在不行，我也能开车。"

"不是——"汪诺抿了下唇，皱眉有些烦躁，随即莫名笑了下，"不是，你跟他坐一辆车，不太合适吧？"

林诱放下勺子："怎么不合适了？"

汪诺笑着说："你们不是有过节吗？"

林诱也笑了："那是之前，现在没事了。"

一问一答，汪诺本来就挺勉强的笑收敛下来，冷淡地看向杨霖："你看看怎么解决吧。"

杨霖一脸憋屈。

他还没说出个所以然来，楼梯又传来脚步声。徐苗化完妆出来了，穿一条吊带红裙，披了白裘，裸着肩，高跟鞋大概十厘米。

杨霖看着她，愣了两秒："你是去拍艺术照吗？"

汪诺也愣了一下："我们不是去爬山吗？"

徐苗轻声说："没关系，我在车上等你们就好啦。"

她走到楼下，冲着林诱笑了笑："好久不见了。"

林诱侧头也朝她笑了下："你变漂亮了。"

徐苗："是吗？你也是。你今天这条裙子很好看。"

林诱用勺子杵着碗，随口问："我听说你考了戏剧学院？"

徐苗："对。"

林诱："现在是女明星了。"

徐苗翩翩一笑："没多大名气呢。"

林诱莞尔："那你加油。"

许燎吃完了饭，就看林诱拿着勺子边吃饭边社交，坐着没动。旁边汪诺气冲冲地说："杨霖你快点！"

杨霖点头，出门去园圃旁的停车场，往车上放东西："许哥，过来帮帮忙！”

许燎站起身，准备过去。

徐苗顺势款款而起，跟在许燎身旁，望着他温柔地笑道：“昨晚感觉好冷，怎么睡都不舒服，你觉得呢？”

她搭讪，许燎随口道：“还行。”

徐苗：“对，你的房间位置好，不像我那边通风，虽然就隔了一堵墙，但感觉温差好大，让人完全受不了。”

林诱拿着勺子，沉默了片刻，猛地放下。她看着许燎的背影，大声喊：“——许燎！”

门口，许燎回头看她，徐苗也停了下来。

林诱呼吸不稳：“开水在什么地方接？”

许燎指了指柜台旁边的柱子，边上伫立着一个开水桶：“你左边。”

林诱敷衍地看了一下：“哪儿啊？我没看见。”

许燎盯着她，有那么一会儿的犹豫，接着往回走。

没想到徐苗加快两步超了许燎，对林诱微笑着说：“我知道在什么地方，我来帮你接开水吧？”她又转向许燎，“那你去帮杨霖搬东西好了。”

听起来是个很好的折中方法。

许燎停下了脚步。

徐苗踩着高跟鞋，慢慢走到林诱跟前，满脸笑容，接着“咦”了一声：“你没带水杯呀？”

林诱眼睛也不眨，十分镇定：“走得急，我忘了。”

徐苗笑了下：“那你拿什么接水呢？”

话里步步紧逼，显然想让她打自己刚才问开水的脸。

林诱若无其事地看向许燎，问：“你的杯子能不能借我？”

徐苗嘴角僵硬起来。

空气中有些剑拔弩张的意味。

许燎站了一会儿，看着她们两个，从刚才到现在，眉心终于忍不住轻轻皱了下。

他思索片刻，径直走到林诱面前，从冲锋衣的兜里拿出一把钥匙，放在桌上：“自己去拿。”

钥匙上贴着房间的门牌号，上面系了串红结，只有一把。放完钥匙，他没急着走，而是看着林诱这身森女风长裙。夸张地露着白净的脖颈，下半身长裙开衩到脚踝。

许燎抬了下眼，简单道：“去把裙子换了，山上冷。”

林诱十分无奈。

“带棉袄了？”他声音挺低的，没什么情绪，但莫名让林诱浑身的攻击欲平息下来。

她顿了顿，老老实实地说：“带了。”

许燎言简意赅：“去穿。”

他也没看徐苗一眼，就跟林诱说话，说完准备走，又想起什么，回头看了看林诱那满脸华丽的妆容。

林诱被他盯得头皮发麻：“怎么了？”

许燎眸子漆黑，直勾勾地看她：“防晒涂了吗？”

林诱有点蒙：“涂了。”

她蒙了会儿，才想起高原日照强烈，不做好防晒，可能会晒伤皮肤。

许燎没再说话，转头走出了厅堂，背影消失在门后走廊。

林诱莫名其妙，抬头看着徐苗。

她本来还满脸微笑，现在脸上的笑容完全僵硬，像面具裂开缝隙，露出不堪的苍白。

寂静了好一会儿，她找补似的说了声：“那你去换衣服吧，我有点事。”说完，她扶着楼梯扶手上了楼。

林诱换好衣服走到停车场，车边站了三个人。

汪诺满脸气愤：“怎么办，徐苗不去了！”

杨霖思索着：“你再劝劝她。”

“我怎么劝啊？我都烦死了，明明说好四个人一起，现在多了一个人，她还怎么去？”汪诺看到林诱，翻了个白眼，“反正徐苗不去，我也不去。”

杨霖撑着车门，叹了声气：“你怎么又不去了？”

许燎站在旁边，一副事不关己的模样。

林诱走近问：“怎么了？”

“情况很复杂。”杨霖费力地思索着，“有了！我想到一个折中的办法，那就是我和许燎去玩，你们三个都别去，在客栈等我们回来——这样大家是不是都快乐了？”

许燎侧头，看了他一眼。

林诱直接被这个提议气笑了。

她笑了两声，清了清嗓子看着杨霖：“这儿有你什么事啊？”

杨霖摆了摆手，表示自己只是说了一个建议：“走了，既然徐苗不去，那就我们四个人去。”

汪诺厌烦地甩开他：“我说了，徐苗不去我也不去。”

“你！”杨霖皱眉，“你怎么什么都看她啊？以后结婚你跟她结好不好？”

汪诺一下炸了：“我是这个意思吗？杨霖，我问你，我是不是这个意思！你一个人跑来日城半年，帮你姐看店，每次都是我来找你，我要不是为了和你在一起，我至于吗——”

杨霖秒换态度，搂着她往另一边走：“姐姐别生气，我乱说的，我也不是这个意思……”

林诱打起精神，等着他俩吵出个结果。

但吵了半天全围绕着他俩的感情问题，她耳朵疼，胸口也觉得很闷，回头看了看许燎。

他俊朗的眉眼影影绰绰，没什么情绪，和她对上视线。

林诱用眼神示意他：去劝劝。

许燎站着，思考了会儿，过去客观地说：“别吵了，互相体谅一下。”

杨霖复杂地看他一眼：“那你还去不去？”

许燎：“我无所谓，改天去也行。”

杨霖点头：“好啦，那就改天去。”说完摸摸汪诺的头发，“今天都不去了，行不行？”

“滚。”汪诺深呼吸了一下，拿纸巾抹了把通红的脸，回头往木楼走。

杨霖叹息着跟了上去：“还生气啊？”

林诱眼睁睁看着这两人溜达进了木楼，停车场就剩下她跟许燎。

阳光刺眼，林诱回头，见许燎正盯着自己，她抬了下眉：“看什么？都是我害的？”

许燎没说话，但意思还挺明显。

林诱若无其事：“走吧，带我上街逛逛。”

许燎往木楼那边看了一眼，确定没人会来解救自己，心情有些沉重，踏上了街道。

杨霖的客栈靠近路边，还没到城镇，走了估计四五分钟才进入城镇。路上牛羊乱跑，来往大多数是穿着藏族服饰的人，还有操着各地口音的旅人。

许燎走路快，没走多远又得停下来等林诱。

林诱不紧不慢，路过一个当地人支起的小摊子，拿起一串手链。

她戴在手腕上，朝许燎晃了晃：“好看吗？”

她手腕白皙，被深棕的玉石衬着，很漂亮。许燎点了下头，没说话。

林诱一边将手链一串一串地往手上戴一边问：“多少钱？”

“十块钱一串。”

林诱招呼许燎：“你过来。”

许燎知道她要干什么，站在原地，拒绝：“不用。”

林诱拿起一串，走到许燎面前，将他的手拉起来比画：“试试。”

“不……”牵着他的手白皙干净，许燎本可以非常轻松地挣开，但被微凉的手指碰上时，他僵了一下。

林诱比画着他的指长，将木质珠串推到他的腕骨，低头仔细地看着：“挺适合你。”

许燎闭了闭眼，觉得呼吸沉重。他被她拽着手拉到摊子前，一样一样往手腕上戴。

片刻，林诱拿起一枚莹润的木质戒指，往他无名指上套，声音带笑：“‘许公主’的手真漂亮。”

许燎手背瘦削，指骨细长有力，戒指套进去，非常赏心悦目，尤其在无名指。

触感微痒，许燎“唰”地迅速收回手，将戒指取下来“哐当”一声放回木盘，头也不回地继续往前走。

周围全是来往的人群，人流像他现在的心情这么乱。

还夹杂着一些……焦躁。

身后，林诱似乎什么都没察觉到，转移话题：“街上有什么好吃的吗？”

许燎没应声，自顾自地往前走。

林诱声音抬高：“许燎！”

他这才停下步子，回头看着她。

林诱被人群挤得和他隔开了一段距离，双手插在羽绒服的兜里。她笑了笑，眼睛弯弯的：“我问你有什么好吃的？”

许燎闭了闭眼，看着她：“饿了？”

林诱：“没，我是说我们逛会儿街，中午去吃。”

许燎声音挺低：“前面有个店，烤羊排和牛肉锅很不错。”

林诱抬头寻找店铺，再三确认位置，甚至留意了一下周围的建筑，随即抬了抬眉：“嗯，记住了。”

许燎喉头干渴，看着她，转过视线。

林诱往热闹的地方走，之前是许燎带路，现在换成许燎跟在她身后。走过一堆卖虫草的、卖牛肉干的，她注意到路旁一家影楼。

墙壁贴满了藏族服饰照片，里面椅子上坐了个女孩儿，换上了当地服饰，正在佩戴头饰。

许燎见林诱停在影楼门口，仰头看了店面好一会儿。

他问："你想拍？"

林诱："我试试？"

许燎："拍吧。"

林诱现在真当自己出来旅游了，进门敲了敲柜台："拍照什么价格？"

坐里面的小哥说"280元一套30张，精修5张；380元一套40张，精修10张。"他看到了站在旁边的许燎，又补充，"情侣套餐600元，也是40张，精修10张。"

林诱回头去看许燎。

许燎指了指她，神色平静："她一个人拍。"

林诱微笑："对，我一个人拍。"

老板正在给一个小姐姐化妆，动作非常快，拾掇完小姐姐，小哥便领着她去拍照，然后示意林诱："进来选一套喜欢的衣服吧。"

林诱点头，跨进了里间。

她从视线中消失之后，许燎盯着满屋子的照片，紧绷的神经无意识地松懈下来，呼了一口气。

他刚松口气，林诱又出来了，看着他："来帮我看看哪套裙子好看。"

许燎沉默了一会儿，说："你自己选。"

林诱："我选不出来，都好看。"

——你选不出来，我能选出来？

许燎想问，但还没问出口，林诱又说："你就选你喜欢的。"

他踏进里间，架子上挂满藏族服饰，大部分是女款，非常漂亮。

林诱脱了厚重的羽绒服，里面穿了件白色针织衫，腰很细。她的头发也散了下来，乌黑浓密的自然卷，衬得皮肤白皙。

许燎指向最高那层：“这一套不错。”

林诱笑着点头：“那就它吧。”

老板取下衣服递给林诱。这套衣服里三层外三层，繁缛厚重，林诱拿不住，许燎过去伸手帮她接着。

老板奇怪地看了许燎一眼：“她要换衣服了。”

许燎：“嗯？”

老板：“你能先出去吗？”

许燎松开手应了声，低头大步往外走。等他到门口时，老板以为他俩是情侣，又开始找补：“不出去也行啊……来帮忙束腰带。”

许燎已经出去了。

他站在店铺的前厅，看着镜子里自己漠然的脸，低声骂了句。

没等多久，林诱便换好了衣服。一袭曳地的深红长裙，衣襟敞开露出里面的白色长袖上衣，腰以下收紧，底下穿了内增高的靴子，显得身材特别高挑。

林诱坐到化妆桌前，侧头问许燎：“好看吗？”

她脸小，笑容明艳。

许燎垂下视线，喉头又泛起轻微的渴意，他若无其事地抿了一下唇：“还行。”

林诱化妆，许燎就漫不经心地看墙壁上贴的照片。

没多久，老板说：“妆好了。”

林诱站起身。

许燎回头，她正好抬起目光。

他好像入定了，看着她，目不转睛。

林诱倒是镇定：“妆很适合这身衣服？”

许燎又看了她一会儿，眼睛里像是有什么东西，怔了下，确认地点了下头：“很适合。”

林诱站起身："走，去拍照。"

摄影小哥已经回来了，看到她的瞬间，眼睛都直了："这不得是个和亲的异域公主？"

许燎没忍住笑了声。

林诱回头看了他一眼，没说话。

拍照的地方在老街附近，建筑有当地的风格。摄影小哥除了拍照还兼职动作指导，看看镜头里的画面，再指挥林诱："腿伸直，踩到下面一级台阶。"

真要林诱对着镜头摆姿势，还是挺尬的。这会儿被摄影小哥指导，林诱换了好几个动作："这样吗？"

摄影小哥："不行，感觉不对。"

许燎在旁边看着，他都听懂了，林诱还在跟自己的姿势较劲儿。

摄影小哥急得满头大汗。

许燎舔了下唇，走到林诱身旁，轻轻敲了敲她的腿："往下放。"

林诱怔了下："哦。"

接着，他蹲下了身。

他瘦削修长的手指握住林诱的小腿，往下引，直到她踩在石板上。

他声音很低："这个地方。"

调整完她的姿势，他站起来走到镜头外。

摄影小哥说："对了对了……看镜头！"

林诱脑子空白，看着眼前漆黑的镜头。"咔嚓"一声后，摄影小哥非常敬业地说："好，现在换一个姿势，我们继续拍。"

——坐在窗台上的动作。

林诱看着这一米多高的窗台："我怎么上？"

摄影小哥声音豪迈："跳上去呗。"

搁平时，林诱估计能行，但现在穿着增高鞋，她根本使不上劲儿。

摄影小哥准备帮忙，但他看到旁边的许燎，示意道："帅哥，帮帮忙，给你女朋友搭把手。”

听到这话，林诱侧头看了看许燎。

他姿态懒散地站在墙根，听见这句话顿了一秒，没多说什么，径直走了过来。

林诱手撑着窗台，想使劲儿，但下一秒身体一轻，鞋尖离地被许燎抱起身。她还没来得及细思，后背已经抵住了窗台。

衣料摩挲时，她能感觉到许燎手指的力度，从她腰侧过去，带起一阵火烧似的热度。

许燎看着她，问：“坐稳了吗？”

林诱说：“稳了。”

他松开手，退到镜头外。

期间，摄影小哥指导林诱调整姿势，许燎一直盯着她的方向，眉眼沉郁，明显是怕她摔下来。

“好了。”摄影小哥示意结束，“我们可以换个地方拍了。”

林诱本来想跳下窗台，想到什么停住动作，看向许燎。

她探出双臂，说：“抱——”

许燎看着她：“你自己跳下来，其实不高。”

林诱眼也不眨：“可是我害怕。”

摄影小哥呆愣地看着，心说还没见过这么不解风情的男朋友。

许燎舔了下唇，走到林诱身旁，伸出双臂。

林诱轻轻搭着他的掌心，触感温热，随即感觉被他搂到臂弯里抱紧，安全感十足，脚尖轻轻落地。

她非常受用：“这就是当公主的感觉吗？爱了爱了。”

她松开许燎的手，跟着摄影小哥美滋滋地往另一个方向走。

倒是背后的许燎听见这句话，静了两秒，沉默地看着林诱的背影。

她走路腰背一直很挺拔，气场很足，高中时情绪一直也很平稳。

但是有一天，许燎在公交车站台前等到她下了车，她满脸失落，在被追问后，抬手捂住了眼睛，说：“你很烦。”

许燎再问，她松开手，眼泪大颗大颗地往下掉，哽咽着说：“我做错什么了呢？我不懂。”

印象中许燎就看见她哭过这么一次。那时候许燎才知道，林诱也只是个十六七岁的小姑娘而已，没有她表现出来的那么无所不能。

拍完照片，林诱心情不错，往跟许燎说好的饭店走：“走了，请你吃饭，算报答你替我摆姿势吧。”

还在店门外，许燎接到一个电话，停下脚步。

林诱等他打完电话，问：“怎么了？”

“杨霖叫我们回去吃午饭，他特意烤了一只羊。”

电话里对方兴致蛮高的。

林诱没坚持，说：“那回去，改天再来吃。”

他俩往回走。

不知怎的，林诱觉得时间过得好快，想到一会儿回去又得对着他们几张脸，心情不太好。

看着遥远的公路，她说：“走慢点。”

许燎：“嗯？”

林诱向他轻轻招了招手：“走——慢——点。”

也就是这么一瞬间，她记忆里某个场景晃动，似乎在很久很久以前，那些盛夏的天气里，阳光斑驳的路上，许燎跟她说过同样的话。

说过吗？

……还是没说过？

林诱侧头，两三步外，许燎眼皮垂着，始终没太多表情的脸，似乎和十七八岁的差别并不大。

注意到林诱的目光，他抬了下眼：“怎么了？”

“没事。”

林诱笑了一下，冷不丁地说：“我好喜欢你啊。”

她说完之后，许燎本来漠然的眸子看向她，目不转睛地、直直地看着，有那么一会儿没说话。

林诱也没再说别的，仰头沐浴着炙热的骄阳："天气真好。"

许燎欲言又止，但他静了好一会儿，没有说话，沿着路边一直往前走。

杨霖看到他俩时，一个在前，一个在后，中间隔了几米的距离。

杨霖问："你俩去哪儿了？"

林诱："我逛街，他带路，顺便去拍了套旅游照。"

杨霖表情复杂："那你俩还挺快乐。"

本来说今天不出去玩就是息事宁人，没想到这两人居然单独去逛街，要让徐苗知道不是更生气了吗？

他没说出口。林诱进门换了羽绒服，突然叫住他："杨霖，你们客栈所有房间都没暖气？"

杨霖："不是，就你那栋没有。"

"那行，能帮我换成有暖气的房吗？晚上冷。"

杨霖挠了挠头："我记得好像订完了。我帮你看看。"

过了一会儿，他合上本子，确认道："有暖气的房间都没有了。"

林诱颇感棘手。

这个地方晚上冷，昨晚林诱实在太累，加了好几件厚衣服才勉强睡着，今天爬起来时浑身骨头都冻僵了。

"真没了呀？"林诱问。

"真没了。"杨霖说，"有空的我给你留下来。"

林诱应了一声："谢谢了。"

她百无聊赖地走到厅堂内，见许燎坐在铺着毛毡的炕上，单手玩手机。

林诱取出他清晨给自己的钥匙："我还能留着吗？"

许燎看了看，想起来是自己的钥匙，准备伸手去接。

林诱扣着没给："我的房间很冷。"

闻声，许燎抬起视线。

林诱歪头，笑得跟猫似的：“我能不能搬到你房间？”

许燎想了一会儿，点头：“行，你搬去我的房间，我换到你的房间。可以。”

林诱直直盯着他，眼神散漫，半晌没忍住笑了：“你故意的吗？装这么纯？”

意味很明显。

许燎磨着齿尖，一字一顿道：“我认真的。”

林诱想也没想便道：“但我想和你一起睡。”

她刚说完，旁边打开手游界面准备找许燎说话的杨霖露出痛苦的表情，当作没听到似的，转头靠着栏杆戳屏幕。

周围还有其他客人，坐着边聊天边喝酥油茶。

许燎看着林诱：“你说话分点场合。”

林诱“哦”了一声。

随即，她往前走了两步，直到靴子尖触碰到许燎的鞋尖，两人的距离缩短到呼吸可闻，对方吐息的温度和气味都能感受到。

她看着他漆黑的眼睛，轻声重复：“我想和你睡。”

许燎喉头焦渴地咽了下，眸子里情绪复杂难解。他半垂眼盯着林诱的唇，再抬头，确认似的凝视她的眼睛。

他深呼吸了一下，想说什么没能说出来，侧身躲开她，怒极，反而露出一个似笑非笑的表情。

“行，你最好赶紧来。”

林诱眼睛眨了眨，不知怎的，想到那天夜晚。

接着，她久违地后退了一步，低头说：“……吃完饭我再搬东西。”

她没再看许燎的表情，用手扇着风，若无其事地转头问杨霖：“什么时候吃饭啊？饿了。”

杨霖：“呃，快了。”

这一顿烤全羊，不知情的人吃得很快乐，但知情的人吃得很痛苦。

林诱用叉子插了片肉放在碗里，蘸上孜然和辣椒粉，切成小块往嘴里送。她边吃，边偷看许燎。

许燎跟杨霖负责将羊肉分割，边切羊肉边跟旁边一个藏族小伙说话。他眉眼俊朗，侧脸犀利，但面无表情时始终有种冷峻的味道。

林诱一边吃，一边琢磨。

他刚才那句话，是她想的那种意思吧？

是不是……

是不是暗示吃完饭，去他房间睡觉？

林诱一想这个，额头便浮出一层薄汗，心跳频率异常。

林诱说服自己镇定，继续吃肉。她胃口还行，桌上徐苗跟汪诺都放下筷子，她还没吃饱。

有其他的旅客聚在一起喝酒，林诱感觉没什么意思，吃饱就下了桌子了。她没跟许燎说话，转头去房间收拾衣服。

许燎的房间在最里侧的木楼，楼道挂了个牛头骨、民族色彩的面具和编织品，走廊很窄。

林诱拿出钥匙，打开门。

房间宽敞，墙上挂着红黑色布幔，地上铺了彩色的手工毯子，图案神秘，床也不是其他客房那种冰冷的床，被子柔软。

林诱心里感叹杨霖还挺够朋友的，放下行李箱后，她在房间里扫视了一会儿，随后听到楼梯传来脚步声。

她走到门口，看到许燎从走廊尽头过来，他似乎有一瞬间没想起她为什么会在这儿，随即停住步子。

再往前走，林诱闻到淡淡的酒味。

很淡，一瞬间却让感官变得朦胧。

许燎声音喑哑，眼底混乱："你在等我？"

林诱意识到危险的气息，硬着头皮答："嗯。"

应完，她又不太确定地道："刚才，我们不是说好了吗？"

她听到低沉而有节奏的呼吸声，从许燎的胸腔传来，低沉而沙哑的声音，不知怎的弄得她耳朵通红，手指发软，脑子里变得空白一片。

林诱确认似的：“我……没理解错吧？”

许燎关上门。

他很低地笑了声：“你想这么理解，也行。”

说完，他将她白色的针织衫往上推，接着，他修长滚烫的手指抚摸到她后背衣服上的蕾丝窄边，虽然动作不怎么娴熟，但掌控力很足，费力地解开细小的金属排扣。

林诱顿了好一会儿，探出指，试探地撩起他衬衫的下摆。他右侧腹肌上有一轮太阳刺青，但光线好像变成了流动的鲜血，往下淌。

她迫切地想看到光线的尽头。

许燎又低又热地喘着，想扣住林诱不老实游走的手。

但林诱看他一眼，往下，抚摸到了刺青的尽头。

他的指节从林诱发缕穿过，抓着她浓密的头发，将她白净的手猛地捏紧，倒扣过来紧贴着门……

门外响起有人走过的动静。

暖气开得很大，发出“嗡嗡”的电流声。林诱躺在枕头上，旁边许燎早已穿上了衣服，一件白色T恤，底下是一条深色长裤，肩宽腿长，背对着她坐在床边。

她看着白炽灯，过了会儿，坐起身来。

许燎侧头看到她时，垂下视线。

林诱喊他：“许燎。”

“嗯？”

“我的行李箱在门口，你帮我打开，拿几件干净的衣服。”

许燎走到门口，打开行李箱，里面的东西码放得很整齐，内衣是内衣，裙子是裙子，化妆品单独放在袋子里。

他从里面找了几件，拿过来，放到床上。

林诱没穿衣服，许燎目光有意无意地躲开，但人没走，在床头坐下。

她边穿衣服，边看他，说：“你以前好像没碰过女人。”

许燎磨了磨牙，抬头，看她的眼睛，似乎想笑，半晌嘴角嘲讽地牵了一下：“你很懂吗？”

林诱意识到他误会了：“我不是那个意思。”

她很真诚地说：“除了你，我也没碰过其他男人。”

林诱穿好T恤，掀开被子，往许燎怀里钻。她坐到他腿上的那一瞬间，他声音极度压抑：“你……先把裤子穿上。”

她没照办：“你给我找条裙子。”

许燎皱眉，似乎在进行激烈的心理斗争。

片刻后，他回到林诱的行李箱前，将她的裙子一条一条地拿出来：“穿哪条？”

林诱指了指一条白色半身裙：“这个。”

许燎站起身，听到她又说：“内衣旁边是打底裤，你帮我拿一条，不然会冷。”

许燎看了她几秒，才问：“什么裤？”

林诱笑出声：“就是长得像丝袜，但颜色跟肤色很像的那种打底裤。”

许燎垂头，重新看着她的行李箱。

箱子上层是内衣，跟上次看见的差不多，素净的蕾丝窄边，还有巴掌大小的内裤，各种颜色的衣服和裙子。

许燎手指微烫，觉得心跳很快。

他不是没见过女生性感潮流的着装，款式不同的裙子，但他从来没走到过这么私密的位置，看到他喜欢的女生的衣橱。

许燎拿起林诱想要的衣服，放到床边。

这种行为真的很奇怪……

那是彼此的秘密开始撞击的感觉。

林诱穿好裙子，重新趴到许燎的腿上。

他脊背微微绷紧，随即，垂头看她：“怎么了？”

她指尖勾着他的 T 恤下摆，往上掀，指尖轻轻抚过他腹肌的刺青：“很漂亮。”

许燎的手指无意识地攥紧，他看着她，嘴角的弧度压低：“是吗？”

林诱眼睛很亮：“你什么时候弄的？”

许燎不太想说这个话题，但林诱一直挺有兴趣。他侧头看别的地方，过了会儿才若无其事地说：“你走了以后。”

林诱的动作一下子顿住。

空气中的温度骤降。

那段时间，他喜欢上了这种被刺痛的感觉，之后陆陆续续做了很多次，大部分是在林诱的生日那天。现在他感觉有点非主流，平时都不想承认。

许燎拉下衣服，走到桌子边，看了看手机，说：“楼下煮了奶茶，供客人饮用。你昨天来晚了没喝到，今天要不要过去尝尝？”

林诱想了会儿，说：“许燎，我——”

“不用说以前的事情了。”许燎侧头，漫不经心地看她，“不管你怎么解释，有什么理由，这些年我经历的不会变，我也不认为你说句对不起，我就会简单地原谅你。”

林诱站在床边，看着他：“那要怎么办呢？”

许燎嘴角牵了个微不可察的笑：“要么，你就好好地爱我，爱到我回心转意。”

他眸子漆黑，看着林诱的眼睛，仿佛能将人吸进去。

“——我要你热烈地爱我。”

第六章

七年没换的号码

许燎先开门出去了。

林诱抱着膝盖坐在床上，侧头看着地毯上的纹路，乌黑的长发垂落下来。

他的后半句是：

“尽管如此，我也不一定会原谅你。因为这是你欠我的。”

她拍了拍脸，提醒自己振作起来，到行李箱里翻出羽绒服，穿上后打开门。

到了傍晚，温度极低，但木楼的厅堂很热闹。这就是客栈，每天都有人来，有人走。

客栈提供晚餐，但大部分人会选择日城知名的餐厅吃正宗的当地菜，此时只有七八个年轻人坐着，喝杨霖煮的奶茶，热闹地聊着天。

林诱进门，几个年轻人在那儿聊文学，聊马尔克斯，聊解构与反解构。

一瞬间让她想起了研究生时一个追她的清高的文学男。

她左右望了望，看到坐在里侧的许燎，他的身影被阴影遮了一半，眉眼影绰，手里捧着一杯热气腾腾的奶茶，指骨很长，泛着灯光的苍白的釉质感光泽。

林诱本来想往前，脚步又停住，转身出了客栈。

她记得从客栈到中午她想吃的那家店的路，进去之后，一个本地的大妈迎上来：“吃什么？”

林诱翻了翻菜单：“来个牦牛肉火锅吧。”

大妈点了点头，看了她一会儿，问：“还有一个人呢？”

林诱：“什么？”

大妈笑着说：“中午，还有一个年轻男人。”

林诱没想到自己在她店门口逛了这么久，连大妈都记得了，没忍住笑了：“他不来，我一个人吃。”

本科到研究生这段时间，林诱学习一直很努力，室友玩游戏或者谈恋爱的时候，只有她一个人风雨无阻地往返于图书馆。

开始是不得不如此，后来就习惯甚至喜欢一个人待着，觉得思绪能够休整，也能够更加理智地思考。

她一个人来这儿吃晚饭的本意也是想放空，但听到老板问起这句话，她脸上笑着，心口却酸了一下。

赶在负面情绪涌上来之前，她侧头，看到了趴在小马扎上写作业的藏族小朋友。

林诱走近，看着他写作业。

小朋友抬头看了看她。

林诱微笑：“你写，姐姐就看看你写得对不对。”

小朋友拿笔的手开始颤抖。

不得不说，林诱非常有女老师的气质，她教资早考过了，只不过选择了从事律政行业，教师职业技能都是有的。

看小朋友写完算术题，准备好的牦牛肉火锅端上桌。林诱开始吃东西，还开了瓶度数很高的酒。她解压时喜欢喝酒，但其实心里有数，喝到想睡时就差不多了。

等她喝到一半，手机收到消息。

杨霖：林姐你上哪儿去了？回来恰饭啦！[猫猫大吼.jpg]

林诱回复：我都快吃完了。

杨霖发消息喜欢加表情包，必须一句话发一个那种，不然他就浑身不爽，觉得自己表达没到位。

但不知道为什么，接下来几句都没有。

杨霖：在哪儿?

林诱：街上。

杨霖：名字。

林诱看了看门口的立牌：雪域牦牛肉火锅。

杨霖：什么时候回来?

林诱：吃完了就回去，客栈半夜关门吗，你在催什么?

接下来的消息又开始发表情包了。

杨霖：没催了啦[猫猫委屈.jpg]，就是担心你一个女孩子在外面不安全嘛！[猫猫咆哮.jpg]你早点回来！[猫猫招手.jpg]

林诱反扣手机，继续吃饭。

旁边突然响起一个男声："小姐姐，请问你这火锅多少钱一份啊?"

听声音不是本地人，林诱抬头，看见三个青年，正笑看着她。

林诱说："一百八。"

几个人似乎在商量点什么菜，说了声谢谢，回头坐在她旁边的位置。

林诱给自己倒了杯酒，片刻，旁边又响起声音："小姐姐，这儿的烤羊排三百块钱一份，我们三个人吃不完，你想和我们一起拼吗?"

林诱没有跟人拼餐的习惯，说："不用了，中午才吃过，现在不想吃。"

"那真可惜了。"说这话的是个挺矮的男人，戴顶帽子，他看着她的脸，"你长得真好看，小姐姐。"

林诱笑了下："谢谢。"

没想到那男人直接坐到她旁边："你是哪儿人啊?过来旅游的吧?怎么一个人吃饭呢?"

前几句林诱还觉得对方可能是陌生旅人，现在，她侧头盯着他："你哪位啊?管这么宽?"

她似笑非笑，让人碰个软钉子。男人"嘿嘿"笑了笑，转头回到了自己的座位。

林诱继续吃饭，但有点吃不下去了，结账后走出店门。

离开餐馆一段距离，她无意间回头，发现背后跟着三道身影，黑压压地并成一排，都点着烟。

从饭店到客栈中间有几百米的距离，宽阔的公路上，零星分布着建筑物。

现在，天已经全黑了，除了灯光什么都看不见。不远处还有个大音响在放歌，将其他声音都盖住，呼救的可能性微乎其微。

林诱浑身血液开始倒流，加快了步伐。

但当她回头时，发现那三个人开始跟着跑，还发出了“嘿嘿嘿”的笑声。

她浑身发抖，边回头看边跑时，猛地撞进了一个宽阔的怀里。

“啊！”

林诱吓出一头冷汗，脑子都蒙了，只想绕过对方，但又被拽着手腕重新拉了回来。

许燎：“跑什么？”

林诱抬头，才认出是他。

下一秒，林诱反拽住他的手腕，没给他反应的时间：“后面有几个神经病，快走！”

男人的手腕虽然瘦削骨感，但力道很足。林诱拉了下没拉动，许燎站在原地，垂眼看她：“什么？”

“后面那三个人，一直跟踪我！”林诱确定地说，“绝对不会错！”她强忍着慌张分析道，“我们先回客栈，找人过来帮忙。快走！”

下一秒，许燎轻轻推开她的手，声音很低，确认似的：“他们三个？”

不远处的三个人看到林诱被人拦住，分不清是敌是友，迟疑地停在原地。

许燎朝他们走去：“你们在干什么？”

那三人还在迟疑。但他们只看到许燎一个人，并不是很害怕。

其中一个问：“你谁啊？”

话音刚落，就被走近的许燎探手揪住衣领，重重一拳砸在脸上，痛得直接惨叫出声。

旁边两个人本来想走，看到同伴被打，现在又夜黑风高，二话不说朝许燎冲来。

许燎侧身躲过，抓着一瘦子的头发。背后有人冲上来，被他起身抬腿踹出去，倒在地上打滚。

林诱这才想起高中时许燎在校篮球队当队长，有一脚把木板踹烂的壮举。

没到一分钟，那三个人就倒在地上喘气和抽搐。林诱开着手机电筒走过去，许燎半蹲着身，眉眼被额角垂落的发缕遮掩，居高临下地俯视他们。

“给她道歉。”他声音冷漠。

那三人直接破防了，半爬起身，疯狂地给林诱鞠躬：“对不起，小姐姐对不起！我们鬼迷心窍了，对不起！对不起！”

林诱唯一后悔的是刚才没拍视频，报警都没证据。

解决完事，她还有点蒙，感觉酒还没完全醒。

许燎回到她身旁，目不转睛地看她：“喜欢乱跑？”

虽然知道自己或许、可能、大概有责任，但林诱挺茫然地看着他：“你不是也大晚上乱跑。”

许燎嗤笑：“我还不该出来了，是吧？”

“我不是这个意思……”

林诱头皮发麻，想起来说：“谢谢。”

许燎粗暴地说：“谢什么谢。”

林诱知道他生气了。

这地方人员流动性非常大，治安也会差一些。

比如刚才跟踪的三个人，要是没碰到许燎，他们把人拉到路边的沟壑里，第二天坐车就走，谁也拿他们没办法。

林诱这时才感到后怕。

她侧头，看了看许燎："你还生气啊？"

许燎没说话，但走路的速度也不快，让林诱能跟得上。

但即使是这样，林诱也没说什么，直到许燎回头看她。

林诱："对不起，我腿软了，走不动。"

她表情依然很平静，经过这么一会儿她就冷静下来了。只有许燎还能想起，刚才林诱拼命地攥着他手腕，说我们快走，被吓得浑身发抖。

她一直都是波澜不惊的性格，所以高中后，许燎仔细回忆，发现感觉不到她喜欢自己。

到现在，她依然是这种性格。

让人觉得，没有什么能让她害怕，因此，大部分时候她也不值得关心。

许燎本来满腔的怒火，这时候简直没脾气，走到她身旁："我背你？"

林诱摇头："你抱我一下。"

许燎双臂绕过她的后背，将她抱进怀里。

刚抱上的那一瞬间，林诱额头抵着他胸口，又搂住他的腰。

"吓坏了？"许燎问。

林诱点头："嗯。"

许燎静了会儿，又听到她补充："不是被他们。"

她声音带着鼻音："是被你。"

许燎低头，见林诱打了个酒嗝，然后又说："虽然我好像没资格这么说，但你现在……对我很不好。"

她自顾自地解释："就是没有以前那么好了的意思。"

许燎垂眼，握着她纤瘦的手腕。

林诱后退一步，没再继续抱他。

似是意识到什么，她声音变得冷静："我感觉我好像喝多了。"

许燎也很冷静："没喝多，你也不会说，是吗？"

林诱侧头，看着他："那我就实话实说——我不喜欢你这么跟我说话。"

客栈门口亮着灯。每天都这么热闹，年轻人在厅堂里斗地主，而杨霖就跟这群陌生人聊天，混得如鱼得水。

林诱现在心神疲惫，不想再去社交，往许燎的房间走过去。

她走到房间门口，看到栏杆上倚着一道身影。

徐苗穿了件咖色长大衣，也不知道在等谁，看到林诱笑了笑："你找谁啊？"

林诱吐出一口酒气："我回房间。"

"你房间不是在……"

她话音未落，林诱绕过她往里走，到门前拿钥匙拧开了锁。

林诱知道会伤害到她，但还是想说清楚："我和许燎睡一个房间。"

徐苗调整了一天的脸色又变得苍白。

林诱关上了门。她现在累得浑身无力，脱掉外套往床上一躺，直接丧失知觉。

但楼下的氛围却很热闹。

骆质日夜兼程总算在大半夜赶到了这家客栈，找到许燎的第一件事就是汇报他离开海市这几天的财务状况。骆质气喘吁吁地猫在厅堂一侧的炕上，手指敲击着电脑键盘。

许燎对钱不感兴趣："说点别的。"

骆质才开始叙旧："您什么时候回去啊？"

许燎垂眼，不知道想到什么，嘴角莫名牵了下："应该比预想的快。"

"啊？"骆质"啧"了声，"我还打算跟着您消遣一段时间呢。"

“消遣什么，”杨霖探出个脑袋，“许哥现在遭老罪了。上午陪人逛街，下午也不知道干什么，两人关着房门待了一下午，晚上还心神不宁到处找人，一整天都围着女人转了，消遣什么啊消遣？”

骆质听出猫腻：“什么意思？详细讲讲。”

杨霖一句话简单概括：“你们准备好迎接老板娘吧，估计快了。”

骆质震惊地转向许燎：“有这回事？”

许燎神色微妙，连他自己也不确定，片刻转移话题：“说点别的。”

骆质非常好奇：“到底是谁？”

杨霖只能提供出一点消息：“林诱。”

骆质想了半天，脑子里才将信息拼凑起来，半晌道：“上次那个律师？”

杨霖笑了一声：“看来你们还是不懂，人家是许哥的白月光呢，整整三年，少当一天跟屁虫他都不姓许。”

许燎懒得跟他们废话，从椅子里站起来：“我去睡了。”

杨霖“哦”了声又补充：“忘了说，现在他都和人家姑娘睡一屋了。”

骆质的表情更惊悚：“真要有老板娘了啊？”

许燎走出木楼。深夜温度很低，路上的草木都结上冰霜，楼梯扶手的触感也冰凉。

他拿备用钥匙开门，房间里非常暖和。床上躺着一道身影，头发揉乱在枕头里，盖着的被子十分凌乱。

大概在今天早晨八点，这还是他的床，现在离奇地睡了另一个人。

他才看了一会儿，林诱“嗞”了声，睁开眼看着他：“想喝水……”

许燎怔了下，确定是有个人在使唤自己。

他到桌前倒了一杯水，手背贴着玻璃杯试了试水温，才将杯子递到林诱面前。

林诱接过，“咕噜咕噜”干了。

许燎看着她，没忍住：“你喝了多少酒？”

“一瓶老白干。”林诱递过水杯，状态还是不太好，“我头痛。”

从来都是许燎喝醉了别人伺候他，他还没伺候过别人。听到这句话，他想了一会儿自己醉时喝的东西，起身说：“我去给你泡蜂蜜水。”

他回到楼下。

杨霖在帮旅客拍照，被许燎叫过去。杨霖问：“怎么了？”

许燎：“有没有蜂蜜？”

杨霖：“你要蜂蜜干什么？”

许燎知道瞒不过，坦白：“林诱喝醉了，头痛。”

杨霖挑了下眉，回头到柜台找蜂蜜，啧声：“我怎么有种历史重现的感觉呢？”

许燎皱眉，直接气笑了：“你别阴阳怪气了行吗？我拿她又没办法。”

在柜台翻找一番后，杨霖托着蜂蜜罐出来：“我不说话可以了吧。”

——他还没见过拿别人没办法还这么理直气壮的。

许燎接过蜂蜜罐，回到房间。

林诱坐在床沿，人还有点儿茫然，直到看见许燎揭开罐子往温水里兑蜂蜜。

他泡好蜂蜜水递到林诱面前：“喝。”语气一般，但许少爷这也算屈尊纡贵了。

林诱接过杯子小口啜饮，给自己做心理建设。

喝完，她滑到被子里，侧头看着他：“你什么时候睡？”

许燎散漫地坐进椅子里，单手玩手机：“你先睡，我一会儿再说。”

林诱知道他在想什么。

她静了一会儿，在床上翻来覆去，最后又转向他：“许燎，你过来。”

“怎么了？”

“你过来。”林诱坚持说。

许燎熄灭手机屏幕，站起来，到她跟前时还得蹲下，问：“嗯？”

他以为林诱还是不舒服。

没想到她盯着他的脸四五秒，说：“我有件事想和你说。”

许燎应了声：“你说。”

林诱舔了下唇，看着他的眼睛，爬起来半跪在他身前，凑近，偏头在他嘴角轻轻吻了一下。

许燎没反应过来，林诱又亲了亲他下颌：“你好可爱。”

许燎：“嗯？”

他偏头躲开林诱的吻：“别——”

下一秒，他又被林诱亲了亲耳垂。

没有多少暧昧性质，林诱就是嘴硬，但动作非常轻柔，好像在亲吻最心爱的小东西。

她笑得眼睛弯起来，再次重复：“你好可爱。”

许燎皱眉。

他其实不想跟林诱继续这种不清不楚的生活，之前的账还没算完，现在要是又多一笔，以后更难捋得清楚。

但许燎被她撩拨了几下，忍无可忍，抓着她手腕将她按倒在床，身影随之落下——

“说我可爱是吧？”

他的吻跟林诱的完全不同。

而在陷落之前，林诱只记得这句话……

房间里的温度趋于平稳。

许燎从浴室走出来，拖鞋鞋底的水渍沾到毛毯。他到床边坐下，手指从林诱的发间穿过，确定吹干以后，掀开被子坐到床的另一侧。

他刚睡下，林诱的手机便响了。

应该不是闹钟，大半夜的，更像是某个人发来的微信，“叮叮叮”非常频繁。

许燎从枕头下摸出她的手机，递过去：“有消息。”

林诱睡眼惺忪地看了一眼：“不重要。”

他准备熄屏放到床头柜，但掠过的那一瞬间，看到一个猥琐的中年男人头像。

他也没想看林诱的微信，主要是几条新消息“唰唰唰”地霸占了满屏。

洪律师：我老婆睡了，我给你发几条消息。

洪律师：这几天在外地玩得开心吗？

洪律师：考虑好了就回律所呀，我不忙，还可以来接你。

洪律师：吃一堑长一智就好了，你还年轻，我陪你成长嘛。

许燎看了一会儿，关掉手机。

林诱起床时，许燎已经不在了，她打开窗户，雪白刺眼的阳光照得她微微眯起眼睛。

楼下有人出发去新的地方，说话声热闹，伴着开关汽车门的声音。

她在栏杆旁站了会儿，屋檐下走出两道身影，许燎跟杨霖并肩从不远处过来。

“喂！”林诱站在二楼，喊道。

底下的人继续走路，手里拎着几只塑料袋。

林诱吸了口气，大声喊：“许燎！”

她这一声吼得挺大，周围的人都抬头看她。许燎也停住脚步，侧头看向她的方向。

林诱莞尔一笑：“早安！”

许燎看了她一会儿，低头，进了木楼的屋檐。

杨霖直乐和：“林姐谈恋爱了？这么甜。”

许燎好笑，将手里的袋子全递给杨霖：“你自己滚去收拾。”

“好嘞。”杨霖美滋滋地顶着手帕溜了。

许燎看了看他的背影，回头往外走，刚跨到门槛那一刻，面前突然出现一道纤瘦的身影。

阳光晴朗，林诱又把她那长裙子穿出来了，双手轻轻背在身后，长发披散，懒洋洋地抬眼看他：“干吗呢？”

许燎停下脚步，本打算去找她，抿了下唇说：“没干吗。”

林诱：“我饿了。”

他往旁边让让，等她进门：“想吃饭自己点。”

林诱抬眉：“你吃了吗？”

“还没。”

林诱轻轻拍他的肩膀：“走吧，一起。”

“算了，我还有事儿。”话音一顿，许燎跨过门槛的长腿停了下来，似乎想起了什么。

他漫不经心地将外套丢到了桌上，拉开旁边一把椅子坐下：“行，随便吃点儿。”

他坐下，手指有一搭没一搭地轻敲桌面，腕骨有颗黑色的小痣。

林诱挨着许燎坐下，意识到许燎似乎有事。

他嘴角弧度压平，眉梢抬了下：“聊聊？”

林诱：“怎么了？”

许燎眼睫落入客栈垂落的灯光，鼻梁蒙着淡淡的阴影，顿了顿才说“昨晚给你发微信的中年男人，是谁？”

林诱不答，看他的眼睛：“你翻我的手机？”

许燎：“不。”

林诱挑眉笑了：“虽然我现在对你很着迷，但你翻我手机还是不太好吧？”

许燎不知该怎么接话。

林诱轻飘飘地道：“下次不要翻了。”

许燎唇瓣微抿，阻止她演戏：“我给你递手机时无意间看见的。”

林诱揭开保温杯喝了口热水，淡淡道：“哦。”

哦什么哦？不解释吗？

许燎在椅子里欠了欠身，没想到林诱优哉游哉小口啜饮热水，白雾溢出，染湿了乌黑的眼睫，看起来无辜淡定。

原本在掌心转动的打火机停下，他肩膀往左偏了一下：“说他是谁？”

林诱放下保温杯，神色揶揄：“你吃醋了？”

这句话好像引燃了空气中某种氛围，许燎漆黑的眉毛动了一下，目不转睛地和她对视，拿起保温杯也喝了一口后，将瓶盖拧紧，喉头滚动。

他下颌骨轻磨了下，直视前方，没对这个问题给出答案。

在林诱身上栽了太多跟头，许少爷连一句服软的话都不想说。

林诱确定：“是吃醋了。”

许燎并没回答这个问题，将指间把玩的打火机往桌上一丢，漆黑的眼睛望向她：“说他是谁，很难？”

林诱笑得见牙不见眼。许燎越在意，她越欢喜。

笑了一会儿，她才说：“他谁也不是，我有什么好说的？”说完，铺了毛毯的桌椅底下，她轻轻踢了踢他的脚背。

轻浮至极的举止，许燎本来该不耐烦的，这会儿却不知道该说什么。

——林诱乐意看见他争风吃醋的样子，这是唯一确定的。

既然如此，他轻抬凉薄的眼皮，也懒得再嘴硬：“那把他删了。”

林诱没听清，看向他：“什么？”

许燎重复：“把他删了。”说完，再简单补充了句，“看着恶心。”

林诱眨了下眼，一下子沉默了，表情意外。

许少爷并不觉得自己的话有什么不妥，他侧过脸，眉眼低垂，鼻梁高挺，不说话时相当冷冽，仿若这事完全没有商量的余地。

该不该说……他的要求越过了某道界线。

林诱的唇小幅度弯了弯：“不喜欢我微信里有别的男人？”

许燎没说话。

林诱狭长的眸子盈亮，优哉游哉：“那简单陈述，你现在是以什么身份要求我。”

话里促狭的意味明显。

许燎没说话，林诱唇瓣微张，用气音补充了三个字：“男朋友？”

许燎眉梢抬了一下。

林诱赶在他来脾气前端正了态度，不再逗他，认真道：“其实是我有工作要和他沟通，除非从律所离职，不然不方便删。”

许燎声音轻飘飘的，伸手：“你把手机给我。”

林诱不明所以，将手机递给他。

许燎点进她和洪森的聊天框，垂眼从上往下扫了半分多钟：“不方便删是吧？但他骚扰你挺明显的。”

林诱：“嗯。”

他将手机递还给林诱：“那我改天找他聊聊。”

林诱敲了个鸡蛋拌着稀饭一起吃，莫名笑了下。

许燎抬眼：“怎么了？”

“没。”她拿起勺子，尾调微微拖长，“就觉得，有个人替我出头挺好的。”

她的人生，一直都是单打独斗，很难听到有人说帮她出头。

虽然这种场面，仔细想想有些幼稚。

不过，想到有个人挺维护自己，哪怕最后解决不了问题，但心情还是很不错。

许燎似是单纯觉得她无聊，看了她一会儿，才开始吃饭。

碗里的稀饭快见了底，林诱问起别的：“你刚才跟杨霖从哪儿回来？”

许燎说：“对面有个围栏，养了马和羊，刚才过去看了看。”

林诱笑：“那带我也去看看。”

许燎探指在她面前敲了敲：“先吃饭吧。”

阳光晴朗，客栈园圃种满了各种花卉，非常漂亮。通往围栏的那条路是特意铺的草坪。沿国道这一带旅游景点开设的客栈，很多都种植了花草，充满当地特色，在大晴天尤为体会到繁华入眼。

林诱踩着草坪往围栏那边走，阳光晒得浑身暖洋洋的，走到石头堆砌的一堵墙壁后，许燎说："到了。"

里面养了三四马、八只羊，有种世外桃源的感觉。

"真可爱。在城市里待惯了，好少见活的小马、小羊啊。"林诱手撑膝盖站在围栏外，一只手将裙子轻轻掖过，目视眼前的栅栏。

阳光洒在她白皙的耳颈，泛起莹润的光泽。

许燎抛起掌心的打火机又接住，转过视线，无意识地说："是可爱。"

不远处，客栈的客人苏醒了，三三两两地站在阳光晒热的坝子上，准备开车离开。

"谁可爱？"林诱不经意地抬眼，嘴角笑意荡漾。

许燎的心跳短暂地停了停。

他站在两三步外，手中拔了根不知道什么草，百无聊赖地扔到一边儿。

林诱目光定格在他身上，喊："许燎，你过来。"

他眸子被阳光照成褐色，迟疑了一下，走到林诱跟前。

林诱的脸在阳光下白皙明透，笑着问："刚才吃早饭的时候，你真吃醋了？"

不等许燎开口说话，她往前一步抱住他，偏头吻上去。

高原的风这一瞬吹得缓慢了。

她唇瓣微凉，靠近后迅速升温。林诱被他捏着下颌推开，他下意识地看了看周围，和她目光对视："干什么？"

"你吃醋，我哄哄你呗。"林诱又笑，再吻了上去。

许燎停住动作，像是在反应。她现在大胆了许多，他也没有对她的撒野排斥。手扶到她的腰际，掌心温度滚烫，另一只手捏着她白净的后颈，调整方位变为主动。

半晌，林诱松开他。

她没化妆，但现在眼尾微红，唇也红肿，格外昳丽。

“天气真好。”她笑出了雪白的牙齿，转头走出了围栏，被阳光照得再次闭上眼。

头晕目眩的感觉，好像爱情。

许燎跟在她身后几步，亲这一会儿被他亲乖了，没那么刺。

他看着她的背影：“今天有什么安排？”

“没安排，就是来追人的，你去哪儿我跟哪儿。”

许燎扯了下唇，压住了莫名的笑意：“想不想骑马？附近有马场。”

林诱看了看他：“好啊。”

木楼里，骆质和杨霖一人端了张小板凳坐台阶上晒太阳、嗑瓜子，同时看着他俩这个方向，可以从口型判断出这两人正在疯狂“吃瓜”。

许燎低笑，停车场另一头停着骆质昨晚风雨兼程开来的路虎揽胜，他取出车钥匙，说：“上来。”

林诱上了车，引擎发动，许燎将车开出客栈。

马场附近风景特别好，森林底下是辽阔的草原。

林诱下了车，满脸惊讶，立刻被当地人围住。

“美女，骑马不？”

“200块一小时。”

“来，来骑我的马，我的马壮实。”

林诱看了一圈，回头看向许燎。

他抬眉：“你随便，想骑就骑。”

林诱精挑细选了一匹银色的马，被当地的大叔扶上马。她理了理裙子，骑着马在草原上溜达。

林诱回头：“你不骑吗？”

“我不骑。”许燎示意她往前看，“注意安全。”

林诱现在玩心比较大，当马匹缓慢奔跑时，她轻轻叫了一声，随着马匹奔跑速度加快，她的声音也变成了含笑的轻呼。

许燎从车上拿了相机，目光沉静地注视着草原上的长裙女人。

一些回忆进入脑海。

高中时的林诱，有些内向、阴沉，不爱说话。许燎约她去游乐园玩，她也只喜欢在旁边看着，并不喜欢亲身体验。

现在，她落落大方了许多，不再像以前那样孤僻安静。

许燎屈膝蹲下，跟在林诱身后帮她拍照。

回到等候区，旁边一群拿着包包的男人，一位大叔也看着草原的方向，问："等女朋友啊？"

许燎喉头卡了一下，想说不是，但喉结滚了滚，他含糊地吐出字眼："嗯。"

大叔"啧啧"感叹："小姑娘真漂亮。"他侧头看了下许燎，"嚯"了声，"你俩挺般配啊！"

许燎嘴角微抬："一点儿吧。"

大叔很健谈，旁边有个年轻女孩儿不敢骑马，正在犹豫，他笑着说："现在大家都忙，好不容易出来旅游一趟，就开开心心玩吧。这种地方，高原荒芜偏僻，普通人可能来了一次就再也不来了，以后没机会再体验。"

许燎百无聊赖地听着。

林诱骑马的时间结束，她踩着马镫往下跨，但动作非常不熟练，导致晃了一下差点摔倒。

许燎扶住林诱。

林诱已经调整好状态，若无其事道："没人看我吧？"

他确认她的小腿没剐伤，才问："你没出门旅游过？"

林诱接过了他手里的相机："刚才拍的照片我看看。"

她刚才也听到了大叔的劝，笑了一下。远离了马场，她才说："有些事情一生只有一次机会经历，确实应该体验体验。"

许燎抬眼，她似乎在暗示什么。

不过林诱没再展开讲，笑着递回相机："拍得很好，一会儿继续。"

许燎轻轻磨了磨牙，敢情把他当丫鬟了。

两人沿着路边逛了会儿，很快到了吃午饭的时间。

林诱转向许燎："有没有推荐的地方？"

许燎从手机上挪开眼，示意道路另一头："前面有家石锅鸡，杨霖说很不错。"

林诱早饿了，进店发现是一个家庭经营的餐厅，老板都是当地人。

她选了个座位，拉开椅子坐下，在菜单上选了一些后，递给许燎："你看看有什么想吃的。"

等菜陆陆续续全都上来了，她拿起汤匙做了个吃饭的动作，面向许燎："来给我拍一张。"

许燎拿起相机，对着她"咔嚓咔嚓"连拍。林诱跟换了个人似的，没管周围其他食客的目光，对着镜头换了好几个姿势。

她微微噘嘴，好像挺可爱。

女生好像总有这种奇怪的开关。

许燎拍了会儿，感觉好笑，直到林诱喊停才开始吃饭。

桌上安静下来，林诱看了看相机，还有许燎手机里无意抓拍到的照片，似笑非笑："许燎。"

"嗯？"

"一会儿把照片传给我。"

许燎应了声："行。"

林诱拿出手机，对着他晃了晃，眼睛明亮："那先加个微信？"

许燎脸上浮现出一丝生硬表情，想了一下，取出手机，对着林诱的二维码扫了扫。

跳出林诱的微信界面，还有句话：已添加至黑名单，你将不再收到对方的消息。

动作停顿，死寂中蕴含着说不完的潜台词。

片刻，林诱抬眼，若无其事地看着他："你七年不换号吗？"

这些年，因为身处不同的城市，很多人的手机号码都换了，高中的一些同学彻底失去联系。

之前林诱被电信诈骗，账号冻结过几个星期，她也想过干脆换一个新的社交账号。

不过，每当打开聊天框看到许燎存在过的“遗迹”，她又放弃了这种想法。

尽管后来，她都不认为自己会和许燎有未来，但一直埋藏心底，也许自己某天能看见动态中跳出许燎的消息。

没想到，许燎居然还是这个号码。

许燎：“你不是也没换？”

林诱拿起酒杯轻轻晃着，头发垂落，神色无所谓。

她嘴角扬起浅浅的笑意，其中的意思许燎立刻明白了。

有一种可能，他们怀揣着相同的想法。

以至于当初那同时播撒的种子，现在一起发了芽。

第七章

总要有人看到她哭

吃完饭，许燎开车带林诱去昨天没去成的景点。

一座高原上的山，顶端用五颜六色的经幡搭起了金顶，不远处有寺庙，雕琢着经文的石头绵延成一堵墙。山顶风猎猎地吹着，天空是晴朗的深蓝色，周围群山起伏。

林诱沿着台阶一步一步往上走，裙子被狂风吹得飘扬。她笑意明亮，好像绽开的高原之花。

许燎跟在她身后四五步，抬眼看她。

男女单独在一起，很容易产生爱情的错觉，尤其是那么多人都无意识地将他们当成情侣。

在山顶时，许燎一直帮林诱拍照，旁边有个热心的小姐姐问：“需要我帮你和你女朋友拍照吗？”

许燎刚想说“不用”，林诱已拉着他手腕将他拽过去，大方道：“谢谢，不过他还不是男朋友，我还在追。”

小姐姐露出八卦的微笑：“哇，是吗！”

“麻烦你了。”林诱摆好了姿势。

许燎耳侧的发缕被轻轻压下，女人偏头靠了过来，传来一股沐浴露的清香。

他无意识地攥紧了指骨。

现在这种虚幻的真实感，过分靠近的亲密，诉说出的承诺，都让许燎心里好像塌了一块。

并不是喜悦，目视着漆黑的镜头，他脑子里却混乱地闪过似曾相识的场景，嘴角的弧度趋于僵硬。

阳光炫花了眼睛，绿意回到了那年的夏天。

…………

许燎代表附中打篮球比赛，主场定在林诱就读的六中。当时的他身穿附中篮球校队队服，袖口露出瘦削结实的小臂，肩胛骨像只展翅欲飞的鹰，灌篮野得像吹过荒原的风。

少年又酷又野，好多女生聚在树荫底下，为耀眼的身影欢呼。

在篮球场之外的教学楼窗户后，远离了人群的喧嚣。林诱将笔尖轻轻推了推，揉了揉酸涩的眼睛，从题目上挪开视线。

从喧嚣的外界到空旷的教室，就像戛然而止的唱片。

热闹距离她无比遥远。

那时谣传了她暗恋老师的事，少女变得更加沉默寡言。隔着窗户看了会儿操场上的身影，她指尖轻捏着肩颈，从抽屉里拿出了一个火影的公仔。

操场上无数人为之欢呼的少年，刚来这学校比赛前却先跩得二五八万地给了她这个礼物，还问："一会儿来看我打球？"

林诱扯了下唇："一堆作业——"

"不听理由，"许燎打断她的话，"就说来不来。"

骄傲的少爷模样，少女校服下瘦弱的肩膀动了动，点头："好吧。"

不过她到现在还没下定决心。

思绪中断。公仔被塞回抽屉后，林诱走出教室，越往操场的方向走人越多。天气燥热，她脱掉了校服外套，露出统一的校服T恤。少女腰肢纤细，高马尾下耳颈雪白，她脊梁挺得笔直。

隔着操场的防护网，三三两两的学生在说话。

"离谱了，附中校队怎么这么猛啊？"

"把咱们学校打得分崩离析，不想活了！"男生语气懊丧，"那张学明脑子不好，根本不会带队。咱们校队的确不是A级水平，但被附中打成这样还是太离谱了。”

“附中水平也就中等偏上吧？但他们有匹上等马，实力相当炸裂，不得不服，看看同学都被他迷成什么样了——叫什么来着？”

“长得还帅……”男生酸溜溜道，“叫许燎？忘了，谁记他名字。”

林诱站在树荫底下，慢吞吞地往操场上看，名字传入耳中时，心跳加快了一拍。

也许是天气原因，她耳朵微热。

中场休息，视线穿过重重的人群，隔得很远，护栏后的少年映入眼底，黑蓝条纹的球衣底下探出肌肉紧实的肩膀，汗湿的黑发遮住眉骨，半眯的眼睛让视线内敛，有种生人勿近的冷冽。

他无意识地用舌尖顶了下腮帮，目光放在人群中，似乎在寻找什么。

旁边有人和许燎说话，他不紧不慢地点了点头，继续移动视线。

——“一会儿来看我打球。”

许燎的话回到脑海，林诱的心里泛起涟漪。他在人群中东张西望，很有可能在找她。

她想往前走，但又停住了。

她站在一株小叶榕树底下。球场周围围满了人，她隐匿在这里，不容易被许燎看到，却能很轻松地看到他。她低头无意识地看了看自己洗得发白的校服，沾了墨渍的袖口，被笔尖磨出薄茧的手。

这一瞬间，她觉得站在阴影里窥探耀眼的许燎就好。

一场比赛打完，听到结束的哨声，接着是其他班的比赛。林诱往后退一步准备回教室，身后传来清晰的声音。

林荫下站着两三个女生，阳光落在肩头，正东张西望。

“快去啊！想去就去，别藏着掖着了。”

“不要推我。”

“恨铁不成钢，快去啊姐姐，不然他一会儿被人围住，跟校队的一起上了大巴，你真什么都没有了！”

说话的是汪诺和徐苗。

学校对学生的着装不做强制要求，此时徐苗穿着百褶裙、小白鞋，显得两条腿修长笔直。她似乎化了淡妆，唇瓣透出粉釉的色泽，皮肤白净透亮。

——跟两天前在卫生间面红耳赤地争吵，几乎动手的样子截然不同。

林诱下意识地转头要走，但脚步忽然停住，没明白自己为什么要躲。

“水都给你买好了，许燎现在应该很渴，送过去——”

对面的声音，在看到林诱的那一瞬间戛然而止。

笑容一瞬间僵硬在脸上，像面具骤然被撕裂。两个声音顿时变得很轻，眼珠定住，视若无物地转过去，没看到林诱一样。

那两人平静地说话。

徐苗：“水呢？给我吧。”

舍友间的关系一直不太好，像平静水面下掩藏着湍急深流。有些校园暴力不像电视剧里演的打耳光揪头发那么激烈，而是慢性地侵蚀。好像她们两个人不是显著的恶意，只是小公主有点儿娇气，对不喜欢的人时常带感情色彩贬损几句。

只是她俩天性活泼，家境也很好，班里女生课余时约着玩，逛街，打游戏，两人都是人群的中心。林诱则不一样，放假时她坐车跨市区回家，周日下午才来，回家后也不怎么看手机，和同学的关系非常疏远。

也就是在不知不觉间，大家看林诱的眼光开始变得异样，课间去接杯水，旁边的声音也会突然安静下来，等她走后才重新响起。

但也只有少部分人这么对待她，大部分同学对她友善正常，这也是林诱后来得知她们在背后说自己坏话的原因。

“走吧。”汪诺推着徐苗走向候场区。

目标显然是许燎。

林诱抿了抿唇，眼皮耷拉下去，往前一步走到阳光被树叶遮挡的阴影里，目光随着她俩而转动。

一个球员正和许燎说话，一只手搭在他肩膀上。他微侧过头听球员说话，鼻梁高挺，眼皮染了一层淡淡的阴影，让眼角深邃了几分。

周围响起“哇”的一声起哄。

许燎抬眼，只见徐苗穿过人群，走过来。

旁边的球员“嘿嘿”笑了两声：“牛啊，这个漂亮！”然后往后一坐，让位给徐苗，睁大眼睛看好戏。

距离太远，林诱听不到那边的声音，只是耳边响起了兴奋的讨论，球场上不少人都注意到了这一幕。

徐苗将一瓶盐汽水递给许燎，指尖到手臂白净透亮。许燎低头看了一眼，没有伸手接，说了一句什么。

徐苗本来嘴角带笑，但听到话的瞬间笑容定格在脸上。

她有些迟疑地顿了一秒，随后缓慢地摇头。

许燎抬了抬下巴，似乎在思考她的话，随即示意不需要她的水，转脸重新看向场外，单方面结束了对话。

徐苗的手还伸在半空中，伸也不是，收回也不是。

旁边的球员拍了拍大腿，站起来满脸笑容地接过了徐苗手里的水，给她鞠了三个躬，说：“送我吧，谢谢谢谢！”

虽然没听清对话，但林诱也能猜到许燎没要徐苗的水。而旁边的球员担心徐苗尴尬，帮忙收了，不过那座位上已经放了好多瓶饮料了。

徐苗往回走的脚步很快，怒气冲冲。林诱觉得没意思，准备离开操场时，意识到徐苗是冲自己来的。

她索性停下脚步，静静等着徐苗走近。

徐苗笑得很柔和：“你在看我吗？看得开不开心？”

这柔声细语的她和在宿舍里漠然的她完全判若两人。

边上的汪诺意识到不对劲，脸色变了，从后走来紧张地拉住徐苗的手腕，却被一下子甩开。

燥热的操场，气氛瞬间冷了几度。

林诱抬了下眼皮，没说话，脸让阳光照着，上面有几枚小小的雀斑，不过肤色略显苍白。

徐苗直勾勾地看着她。

安静了片刻。

林诱见徐苗还没走，在等自己说话，意识到这次是非回答不可。

她说："没必要找我撒气。"

徐苗笑得有点夸张："你在说什么，我没找你撒气啊。你不是认识许燎吗？怎么不给他送水，他现在可没水喝。你完全不关心他？怎么这样？他刚才还问我你在哪儿呢。"

尾调上扬，好像开玩笑一样。

可这正是她破防的原因，话语异常尖锐。

林诱看了徐苗一眼，抿紧唇。她本来不想跟徐苗说话，一方面也是觉得女孩子给欣赏的人送水被拒不值得被笑话，所以平静地回了徐苗一句，没想到徐苗反倒不依不饶。

她胸口好像有股火气蹿上来了。

"怎么不说话？你干吗装死？"徐苗咬着牙关。

"装死？"林诱重复了一遍，抬起尖尖的下巴，挑眉，"好，不装。"

她转过身往回走，操场旁边有个小卖部，遮阳伞下堆放着一箱箱的矿泉水。她掏出校园卡买了一瓶两块钱的矿泉水，捏在掌心，指腹摩擦出一片冰冷的触感。

林诱心里十分平静，没有任何受愤怒驱使的感觉。她走向操场时经过了站在原地的徐苗，对方的表情看起来像是要哭出来一样。

她低头往候场区方向走，正是外校学生坐着的地方，有人起哄："又来送水了，还得是咱们许哥啊！"

"算了吧，感觉他也不会收。"

"建议送给我。"

水泥台阶的表层斑驳，林诱低头走到许燎身后。

杨霖扭头看见她，嘴里"哟！"了一声。

许燎背对着林诱的方向，在看球赛。他似乎热得不行，肩膀沾着汗水，在阳光底下泛出一片亮色，头发蓬松，几绺汗湿的黑发遮在耳郭后。

林诱没说话，许燎也没回头。

杨霖叫得更大声："哟哟哟！"

闻声，许燎终于侧过脸，视线落在一脸莫名其妙的林诱和龇着大牙直乐和的杨霖身上，随即，目光在林诱身上定格。

也就一秒。

林诱挥了挥手："送你——"

话音未落，许燎若无其事地偏头看向另一侧，好像没看见她似的。

很明显不想看她。

林诱蒙了，她好不容易鼓起勇气来送水，没想到他居然是这态度。

不过她并没有怀疑自己会被拒，她以为他和旁边的队友有事，耐心地等了十几秒，仍没看到许燎扭头和自己说话。

有点儿尴尬，但那瞬间她意识到了什么，开口喊："许燎。"

许燎没回头，背影冷淡。

林诱唇瓣翕动，声音轻缓地再叫了声："许燎……"

人还是站着，没回头。看他的背影不知他是生气还是不生气，但不想理人是真的。

整个人看着像极了备受追求，但无心无情的样子。

杨霖看不下去了，笑得见牙不见眼："'许公主'，找你呢，刚才人没来望了半天，人来了又在这儿装。"

"谁装了？"许燎这才转过脸来。

他眼皮耷拉着，扯了下唇，眉梢似乎压着点儿戾气，屈起两根手指敲了敲手腕的表。

他目视林诱，没说话。

但少年沉不住气，眉眼间的不满几乎可以溢出来。

林诱知道他的少爷脾气，但不懂他的意思，问："怎么了？"

许燎手蹭了下耳垂，坐回椅子里："还有半个小时比赛结束回学校。

你不想找我可以直说，不用这么敷衍，浪费大家的时间。”

林诱眨眼。

许燎有脾气她一直都知道，可没想到他会为这个生气，一时有点儿好笑。

杨霖给他竖大拇指：“好家伙，有脾气。”

“别这样。”

知道许燎生气，但现在的位置是球员专用，林诱不方便待太久，再递了递水：“水给你，拿着吧。”

谁知道许燎非常硬气：“不要。”

说完，他坐在椅子里，别过脸，视线望着另一边，眼下蒙了层阴影，显得无所谓又冷淡。

林诱一下噎着了，无奈：“什么啊。”

什么意思，怎么这样？

但许燎毕竟是个少爷，从小不顺心如意的事很少，林诱知道他这是不满自己现在才来。她耐着性子，往前走了一步，将水递得更近一些。

在人群中，林诱头皮发麻，声音压得更轻：“给你，拿着。”

少女声音本来就好听，这时候绵软湿糯，还有点恳请的意思，尤其清甜。

杨霖特别懂地点头：“对，这么撒娇就对了，男人得哄。”

没想到，许燎只是抬了一下眼皮，眼底藏着一点儿伤心之后的漠然：“不要。”

很决绝，很坚持。

杨霖替他补充：“好话还没听够。”

十六七岁的男生，被惯出一身少爷脾气，任性得不行。林诱知道他因为自己迟迟没来生气，只要稍微说两句好话就够了。

她虽然有耐心，但此时，周围响起骚动：“那儿干吗呢？”

不想在人群中站着，她叹了声气，打消和他拉扯的念头：“好吧，不要算了。”

但说完，她再多等了一秒，确认许燎会不会识趣地接过水。

很好，并没有。

许燎坐在椅子里纹丝不动，他的蓝黑色球衣被风吹斜，锁骨瘦削分明，摆着张生人勿近的臭脸。少年高挑，骨架也大，长腿往跟前的椅子腿下一伸，膝盖微弯，耷拉眼皮，一脸不爽。

……行吧。

林诱认栽地捏着水瓶往回走，人声喧嚣，听到椅子挪动的轻微声响，不想挡住其他人看操场的视线，她加快步伐。

许燎收不收这瓶水她无所谓，不过毕竟是和徐苗抬杠，估计下去了还得和她吵两句，这就很头疼。

果然，不远处，徐苗望着她这个方向，脸色并不太好看。

林诱心里想着这事，走到楼梯下的横梁时，背后有女生说："回头，回头！"

叫了好几声。

"回头呀，同学！"

林诱确定对方是在对自己说话。

"什么？"

夏季的阳光很晒，晒得耳颈皮肤滚烫。林诱依言转过脸，阳光刺眼，一阵眼花之后，闪入一个少年的高挑身影。

逆光，眉眼看不清，鼻梁的线条直挺得近乎冷漠。

她心跳猛地顿了一拍，还没来得及说话，少年的声音传入耳膜："别回头了。"

他两只手掌压着她的头发，指背轻轻触碰了下她的耳骨，泛起一阵冰凉的触感。随即，像被火烧了一样，温度向着不可遏制的方向攀升。

少年嗓音低："往前走。"

林诱眼底残留着与太阳对视后的眩光，耳朵热得不可思议，她怔住："许燎……"

"走。"他简短地示意。

林诱茫然地往前走，被他碰过的耳侧触感鲜明，凉意和热度交替，不知道为什么，胸腔中的心跳声开始无限扩大。

“咚咚咚——”

“咚咚咚——”

好像要侵占她全部的感官感。

走了好一会儿，世界的真实感才回到眼底。而许燎跟在她身后，正好踩到她被阳光拉长的影子。

操场上进行着田径比赛，教练吹口哨提醒学生离开赛场。

塑胶跑道被阳光暴晒出味道，林荫里蝉声嘶鸣。林诱回头看他：“去哪儿？”

许燎：“没人看的地方。”

林诱狐疑：“干什么？”

“我们能干什么？”他嗤笑。

硝烟味很足。

林诱认命地继续往前走，躲开周围同学的视线。她白净的手搭在心口，回想刚才骤然转身和许燎对视的炫目感，和莫名慌乱的心跳。

一直以来，她都觉得自己对许燎没什么心动的感觉，但刚才那个瞬间让她感觉很微妙……说不清。

她心不在焉地走进林荫，来往的学生越来越少，拐过一栋教学楼时，背后传来懒散的男声：“道歉。”

林诱回头。

许燎指间夹了瓶矿泉水，已经空了一半，劲瘦手背反射了一片雪白的光。他拧紧瓶盖，随手将水瓶放在一旁的花坛，摆明不再往前走。

少年就站在那儿，高高瘦瘦，漫不经心地拽了下汗湿的领口，垂落的视线和林诱对上。

林诱耐心也有限，说：“许燎，我没惹你。”

“没惹？我找你的时候怎么说，让你看我打球。我这都打完了，你人才来，我对你就这么不重要？”

把积压的怨气都发泄了，许燎说这话的语气淡淡的，但蕴含的意味挺特别。没等林诱回复，他又勾唇嗤笑了声：“而且，说不要水，你还真走啊？”

话里的味儿真是复杂到极致。

林诱只能说：“那我要怎么办？”

许燎：“你不会再说两句？”

林诱一直是沉默寡言的性格，说话比较直来直去，也许是和养父母关系的僵硬，她对亲密关系抗拒，说不出太多除正常交流外的软话，有点儿内向沉闷。

听到这话，她觉得十分无奈，只好看着许燎。

许燎：“怎么了？”

林诱斟酌着话语，说：“你能不能别这么……”

“这么什么？”

林诱摇头：“我站在那里，会挡到别人。”

说完，林诱不再吭声了。她身上雪白的校服被斑驳的阳光照着，胸脯微鼓。即使是最炎热的夏天，她也穿着学校统一发放的藏青色长校裤，眼下有点儿黑眼圈，肤色苍白。

许燎垂下视线，片刻后，伸手握住她的手腕将她轻轻拉过来，语气平静了下：“站在太阳底下，不知道热？”

手腕的触感微烫。

林诱吓了一跳似的，把手腕藏在背后：“不热。”

“耳朵都晒红了。”

许燎叹气的声音极低。

他嗓音具有变声期后的少年感，但又带了一点磁性的低哑，触入耳膜。

非常好听，让林诱心跳猛地停了一下。

许燎说完，移动目光看了一下附近，准备和林诱坐下说会儿话。没找到座位，但他回头看见林诱仰着脸，漆黑的眸子目不转睛地看着自己。

少女对他满脸打量。

许燎再次发出那种低沉磁性的声音："怎么了？"

林诱忍不住说出心声："你能不能别故意压着嗓子说话？"

"嗯？"许燎满脸不解，"你在说什么？"

他现在的声音听着实在是让人脸红心跳。林诱眨眨眼，重复道："我说，你压着嗓子说话听着难受。"

许燎一脸无语，说话也毫不客气："我看你是故意找话气我是吧？"

林诱眨了眨眼。

不知道为什么，看见许燎这副恼火的样子，她一点儿别的感觉没有，反倒有点儿想笑。

这几天发生的事让林诱心情一直低落，郁闷得不行，心口好像压着什么让她喘不过气的东西。到现在，终于轻松了，她忍不住弯唇笑出了声。

她本身不太爱笑，眉眼漆黑，生得有点儿冷淡，现在黑润的眸子眯起，身上让阳光镀了个圈儿，看起来终于脱离了苍白，有了些许暖意和温度。

林诱忍着笑："不是，玩笑都不让开吗？"

许少爷眉梢往下压了压，本来挺烦躁的，但看林诱这副难得的皮模样，喉头滚了滚，火气也不知道跑哪儿去了。

半晌，他烦躁地闭了下眼："行，开，开玩笑好。"

林诱转眸，逆着阳光看他，笑意藏不住。

一直以来她都和人有距离感，不说没分寸的话，态度很冷淡，不和任何人产生一丁点的联系。

也许是出于对世界的警惕心，也许是性格的无趣，林诱一直走在最安全的红线内，不做任何逾矩的举止。

如果有人天性阳光，那她就是天生沉默，喜欢在安静的角落看别人。

她也很少笑，觉得与外界格格不入，好没意思。

如果别人的世界是五彩斑斓的，她的则始终蒙着一层淡淡的阴霾，像棵木讷的树。

只有和许燎在一块儿时，亮色才能驱散阴影，让她心里变得舒服干净，能够在她察觉到安全的范围内，放松舒服。

林诱久违地放松微笑时，感觉到许燎身影的靠近。少年的心意像是要溢出来，男鞋和女鞋的鞋跟不断靠近，直到抵住了雪白的瓷砖站定。

天气热得空气黏稠，好像让一切都变得模糊。

林诱听到他靠近耳边的呼吸和声音，少年身上散发着热气："所以呢，什么时候才会在意我？"

…………

那个燥热的夏天，两个人在花坛后，说着纯真和青涩的对话。

林诱的回答是拒绝。

可她对他微笑时，他有一瞬间觉得她对自己并非无感，所以他愿意等，而这些记忆最后都变成了他想撕碎的相片。

回忆逐渐模糊，后来都变得扭曲。

对于林诱，许燎只有无安全感的深渊。

林诱拍完照，检查完照片，抬头才注意到许燎的异样："你怎么了？"

许燎没有说话。

她想再问，高原的风吹了起来，许燎背对金顶日光，红幡在他身后狂舞，斜处落下的影子笼罩住她，堪称阴沉。

他浑身阴郁的气息弥漫，一个字一个字地说："别耍我。"

沉默蔓延在两个人之中，气氛骤然绷紧。

林诱并不知道发生了什么，抬头莫名地看着他。

一旁拍完照的小姐姐完成任务，转身走了，让两个人面对面站着。

林诱指节轻轻拨弄相机的开机键，脸颊白皙，染着淡金的阳光。

她似乎在思索许燎这句充满攻击性的话。

片刻，她抬头，无畏地笑了一下："许燎，我知道你不信我。"

顿了顿，语气沉静却清晰入耳，“但在雪山，没有人会在神灵面前说谎。”

“哐”的一声，副驾驶座的门被关上，林诱垂眸看相机里的合照，几绺头发松散，耳珠白净。

现在已经是下午了，高原的山峦好像蒙上了一层深蓝色的滤镜。

方才的波澜仿佛不曾发生，林诱说：“听说这边的星空很好看？客栈也会组织旅客观赏。带我去看看？”

许燎握紧方向盘。

不知道为什么，在感情中，他远远没有林诱那么沉稳的心态。

他松开手指，平淡地说：“今天累了，改天再去。”

他俩在日常相处中时不时会陷入这样突然的低迷，显然是曾经有太多问题没得到解决。林诱放下相机，似乎想说什么，但也没有强求。

客栈里杨霖照样忙着接待旅客，汪诺坐在炕上，给旅客倒酥油茶，看到他俩一前一后下车进了屋，把勺子“哐”地投进桶里。

很响。

徐苗坐在她身旁玩手机，抬了抬眼。

“今天玩得开心吗？”杨霖打了个哈欠，揶揄，“现在出门也不打招呼了，一去就是一整天，本来让你到客栈帮我的忙，现在好了，还是我一个人忙。”

许燎淡笑着问：“有什么要忙的？”

“真没有。”杨霖指了指后厨，“炖的羊肉汤好了，今天的特色菜，你去尝尝味道。”

林诱见他们聊天，挑了下眉：“那我回去换身衣服，傍晚快降温了。”

许燎“嗯”了一声。

林诱前脚刚走出门槛，后脚徐苗就站起身：“我也累了，回房间休息。”

两人一前一后离开。许燎没在意，杨霖从烤羊肉中分出视线看了一眼，似乎察觉到什么，但挠了挠头又忘了。

林诱脱掉这身招摇的裙子，换成了偏厚的羽绒服。卧室内虽然有暖气，但大堂没有，此间夜晚会降温到零度以下，与白天的温暖完全不同。

她换好衣服，走出房门准备去吃饭，楼道走出一道窈窕的身影。

徐苗直勾勾地看着她。

徐苗脸上已没了精致的妆容，素面朝天，没有笑意。

林诱手揣在羽绒服兜里，抬眉："有事？"

徐苗没像前两天那么装，直视她的眼睛："你们在一起了？"

林诱想绕过去，但被拦住："在没在一起，怎么了吗？"

徐苗笑了："你根本不喜欢他吧？"

话里的意味深长，林诱过了好几秒，才问："什么意思？"

"不要跟我装了好不好，林诱，我真的很了解你。"徐苗漂亮的脸上满是嘲笑，"我知道你在正明上班，你们正明是许燎公司的外包律所，你想要什么他都能给你。"

林诱没说话，只是看着徐苗。

徐苗的情绪似在崩溃边缘，声音控制不住："你以前就是这样！你明明说了不喜欢他，我问你为什么要钓着他，为什么要霸占他，你怎么跟我说的？我问你你怎么说的！"

林诱没吭声。

徐苗声音尖锐："你也许忘了，但是我记得清清楚楚！你当时就那么轻描淡写，完全不在乎地说，他长得帅，家庭条件也好，现在不喜欢以后总会喜欢，跟他在一起又不会吃亏，你是不是这么说的！我问你！"

没人知道她为什么突然情绪爆发。

徐苗用手拼命地抚着胸口，试图让自己冷静下来。她一直很讨厌林诱，高中那个纯洁爱做梦的年龄，是林诱第一次让她见识到恶心。

她不知道林诱的木讷、别扭，只知道林诱不争不抢，却什么都有。

林诱后背冰凉，褐色的眸子转动："我是这么说的。"

徐苗眼珠几乎瞪出来：“所以呢？你高中根本就没喜欢过他，现在你长大了，后悔了，你知道跟他在一起可以得到你想要的东西，你回心转意了，你就能轻易得到他，凭什么！我想知道凭什么！”

林诱尽量冷静地说：“你想知道的是凭什么吗？不是，你想知道为什么这么多年，他就是不喜欢你。你气不过，你恨我，你嫉妒我。”

徐苗眼眶红了：“是，我气不过，我恨你，我嫉妒你。你以前不喜欢他，但你为了让我嫉妒你，故意钓着他，这些我一句话都没说错吧？”

她似乎就想彻底得到一个答案。

林诱静了一会儿，看着徐苗因为痛苦而扭曲的脸，点了点头：“对，确实是这样。”

“啪！”

她刚说完，就被徐苗抽了一耳光。

林诱后退了一步，在走廊的阴影里，她深呼吸了一下，抬手蹭了蹭脸颊。

有些东西并不会因为过了很长的时间就不存在了，它只是放在记忆里，等待着随时被唤醒。比如迟来的爱情，比如年少时的隐忍。

当年林诱受到的伤害，可一点儿都没得到补偿。

所以脸颊猝然的疼痛，好像让什么东西苏醒了。漆黑的发丝遮挡住了目光，她抬眼，漠然地轻轻碰了一下脸颊。

接着，林诱猛地伸手拽住徐苗的头发，紧紧掐住她的下巴，用力反扇了两个耳光——

“你有什么资格打我？”

两个人脑子都空了，跟炸弹被引爆了似的。楼下热闹，远山平静，只有她俩在黑暗的走廊，非常疯狂地掐架。

说实话，男生打架也就算了。女生打架先不论有没有什么杀伤力，首先是真的非常不好看。

毕竟女生比较要脸，凡事不如阴着来。

林诱被徐苗挠出了一脸的血痕，头发也被薅掉了好几绺，她对着地板吐了口带血的唾沫。

喘气的同时，旁边有人听到尖叫声冲上来。灯光照在眼底，林诱升起一种头晕目眩的感觉。

以前的回忆不住地往上涌，逐渐回到了故事的最开始。

她和徐苗恩怨的起源始末。

也是这一切的渊源。

…………

高中林诱跟许燎不在同一所学校，两人初三的交情不算深，虽然许燎爱找她说话，但她真的很不想理他。

林诱在六中，许燎在附中，唯一的缘分是杨霖也考来了六中。

某个周末，林诱跟徐苗出学校逛街，在奶茶店碰到了许燎。

那天阳光不错，许燎坐在凳子上玩手机，看到林诱时嘴角牵了一下。杨霖开始喊："这不是我们许哥的小精灵吗？"

那个莫名其妙的外号。

林诱本来想打个招呼就走，却被徐苗用力拽了拽手臂。她犹豫了会儿，顺着徐苗的意愿进了奶茶店。

那时候她跟徐苗也不熟，但分到一个宿舍没有别的选择，默认以后会成为很好的朋友。所以林诱对徐苗比较友好，看徐苗对许燎有意思，她就尽量坐在奶茶店让他俩聊天。

但许燎对林诱比较感兴趣。

杨霖笑得意味深长，说："来打个赌，赌许哥会不会去隔壁给林同学买奶茶，她喜欢喝豆乳玉麒麟。"

许燎回头看林诱："你喜欢喝那个？"

林诱摆出一张死人脸："还行吧。"

许燎在男生的起哄声中站起来，吊儿郎当地往外走，没多久给林诱拎了一杯奶茶回来。

但从许燎出门时，徐苗的脸色就不对，所以林诱也很冷淡地没喝，许燎问她话她也不想说，总之满脸的自闭。

那时候在她眼里，许燎真的没有一个朝夕相处的室友重要。

出门后林诱试探地将没开封的奶茶递给徐苗，说：“你喝吗？”

徐苗笑了声：“我是乞讨的吗？”说完就把奶茶丢进垃圾桶。

林诱虽然觉得这句话刺耳，但也没多想。

徐苗的妈妈是学校教导主任，爸爸在体制内，家庭条件很好，平时也有公主脾气，但那个时候林诱还并不觉得她难以忍受。

后来又发生了一些让林诱感觉莫名其妙的事，比如一起去食堂吃饭，徐苗和汪诺不给林诱占座位，林诱只好一个人坐；比如早上不打招呼就出门，听到林诱的招呼，徐苗也不回头，但问起就笑着说没听到；比如在林诱写作业时，徐苗和汪诺大声聊明星的八卦和学校哪个男生更帅。

林诱明显能感觉到不对劲，但到周末，徐苗突然换了一张脸，亲切地喊她：“我好像看到许燎在校门外。”

林诱有些蒙，问：“怎么了？”

“你去约他吃午饭好不好？”徐苗笑得好像这几天的疏远不存在，“我和你一起。”

林诱也开始迷惑这段时间的冷暴力到底存不存在，以为是自己的错觉，问：“你欣赏他吗？”

徐苗笑着说：“嗯。”

林诱挠了下头发，说：“行，我帮你问问他，但他要是不想和我吃饭，我也没办法。”

“谢谢你啦！”

走到半路，徐苗突然问：“你对他有意思吗？”

林诱摇头：“我没想过这些，而且……”

她顿了顿，似是想到什么，认真地说：“我高中绝对不谈恋爱，我妈妈知道会打死我。”

徐苗脸色更好看了，拉着她的手腕，姿势非常亲热。

约好后，他们在学校附近一家店吃石锅盖饭。林诱拿着筷子听他俩聊天，头一次感觉徐苗这么善解人意又温暖，没忍住好笑。

许燎垂眼看她：“你笑什么？”

林诱也不知道怎么自己笑了一下就被逮住了，摇头，继续吃饭。

许燎开始跟她说话：“你不是约我吃饭吗？”

林诱：“嗯？”

许燎嗤笑，眉眼懒散：“那你怎么一句话都不说？”

林诱尴尬了两秒，看了看徐苗，硬着头皮说：“你们老师课程讲到哪儿了？”

许燎：“没讲多少，都只上了一个单元。”

林诱斟酌着找了个借口：“那以后多交流学习呗，你们学校挺不错的，全是数一数二的名师。”

许燎轻轻地应了一声。

从那以后，许燎就隔三岔五来找林诱聊学习的事情，搞得林诱很迷惑。他在她印象中一直是个纨绔少爷，玩心很大，什么时候对学习这么感兴趣了？

接着就发生了徐苗拿她手机把许燎的联系方式删了的事情。

周日下了晚自习，林诱去卫生间洗衣服，回宿舍就看见徐苗拿着自己的手机，轻飘飘地说：“我刚才听见你手机一直响，吵得我没办法写作业，就把你手机铃声关了，可以吗？”

林诱还觉得挺抱歉：“不好意思，你随便关。”

等她拿起手机，本来她在问许燎他们月考的试卷，发现他的联系方式没了。林诱拿着手机问徐苗：“那个，我手机——”

徐苗一副理所当然的样子：“我看到许燎一直给你发消息，你知道我对他的企图嘛，要不以后你问其他同学，问他我觉得不合适。”

仔细一想，林诱也觉得她说得有点道理。

但自己的手机被擅自动了，林诱心里还是有点不爽，说：“那你告诉我，我来删。没我的允许，拿我手机挺不好的，是吧？”

徐苗平时拿汪诺的手机也是随便玩，就没被人指责过，听到这句话，她柔情蜜意地说：“哦哦哦，那真的很对不起！”

……说不出来的感觉。

林诱觉得徐苗没有诚心道歉，但想了一下，又没有追问的必要，拉开椅子坐下，憋屈地写作业。

宿舍矛盾就是这样的，没有什么面对面的冲突，都是由无数件小事堆积而成。

那个年纪的少男少女总有很多奇思妙想，每个班都有几个“街溜子”，下课了就在走廊站成一排，班上一些莫名其妙的东西全是他们搞出来的。

后来班上开始了一种评选班花的潮流，徐苗肯定是第一人选，但林诱的人气也很高。

那天傍晚林诱在大扫除，校服挽到小臂的位置，头发高高地扎起马尾，但因为动来动去头发松垮了不少，垂下发缕，额头全是汗。

门外徐苗跟男生聊天，笑得花枝乱颤，突然就喊她：“林诱你过来一下，好不好？”

林诱拎着抹窗玻璃的帕子，不明所以地走到她面前：“怎么了？”

自从最近开始选班花后，徐苗每天都偷偷涂口红、画眉毛，将短裙的腰收得很高，显得腿特别长。她跟旁边的男生说：“这就是林诱哦，我们的班花。”

男生是隔壁班的，怔了下：“就这？班花？为什么他们不选你啊？”

徐苗笑着说：“可能大家都觉得林诱比较好看，其实我也觉得她更好看！”

当时根本就没选出班花，就几个二货在那儿投来投去。

男生看了看灰头土脸的林诱，又看了看徐苗，认真地说：“我觉得你比较好看，长得很高级，她比你差点意思。”

林诱拎着帕子，“唰”地砸在地上：“你们有病吗？”

这句话就是冲他俩说的。

徐苗捂住嘴，似乎被吓到了，跟男生说：“快给她道歉！她生气了！你在说什么呀？哪有跟一个女孩子说这种话的？”

林诱当时气得骨头发痒。

她死死盯着地上的帕子，半晌后捡起来，回教室继续擦玻璃。

但没多久，不知道怎么就有了一个传言，说她没拿到班花头衔，跟隔壁班的男生生气，还对徐苗生气。

自那个时候起林诱对徐苗就特别失望，宿舍只有三个人，汪诺也觉得林诱是个小人——明知道徐苗对许燎有好感，她还跟他勾搭不清；明明很在意自己的外表，又在那儿装出不在意的样子。

林诱被孤立后，习惯了也觉得挺好，每天跟她俩不冷不热地聊几句，有时候一整天也不说话。

但——

一到周末，徐苗就会变得完全失忆，满脸笑意地来找林诱，说能不能约许燎出来见个面，圣诞节了。

很明显，她自己约不到。

林诱没打算约，拒绝了。

过了会儿徐苗又来找她，神色复杂：“许燎已经在校门口了，说想见你，让我传个话。”

林诱走出去，看见树荫里许燎捧着一束很小的花，还拎着礼物，看到她时笑了一下：“我得罪你了？”

林诱挺莫名其妙的：“什么？”

“删了我干什么？”许少爷也不是没脾气，“你有病啊？”

林诱沉默了一会儿没说话。

她接过许燎的礼物，想了半天，说：“不是我删的，是徐苗删的。”

许燎侧头看她，挑了下眉，似是意外：“是吗？我听她说你讨厌我，是你自己删的。但我感觉我也没惹你生气过。”

林诱摇头：“讨厌不至于。”

没想到，许燎似笑非笑地补了一句：“但也谈不上喜欢，是吧？”

下着雪。

林诱怔了一下，抬眼看他，觉得眼睛里也落进了雪花。她有点懂许燎的意思，伸出手，又把礼物还给他。

“我不要了。”

许燎“哧”了声：“怎么又不要了？”

林诱硬着头皮，鼓起勇气：“我懂你的意思。”

不管是从徐苗那里，还是自己模糊的感觉，她大概知道许燎对自己有感觉。

“想多了吧你？”没想到许燎否认了，转头看向另一侧，也不知道想挽回面子还是怎么，硬声说，“你真的很自信。”

她还没反驳，就听见许燎不太正经的声音，尾调微微上扬：“难怪没选上班花还要生气。”

林诱都不敢想象这件事到底流传了多远，但真感觉很离谱，张张嘴：“什么啊？”

许燎抬手在她头发上碰了碰，说：“走，带你看圣诞老人。”

林诱一脸茫然地跟着他走了。

广场上有一棵很大的圣诞树，旁边有好多圣诞老人分发礼物。许燎都去要了一份，还买了只红色的大袜子，装满礼物后递给林诱。

林诱说：“我不要。”

“那我扔了。”许燎眼睛都没眨，眉眼轻慢到不行，“我们直男才不要这种亮晶晶的东西。”

林诱想了一会儿，在许燎将东西扔到垃圾桶之前把它抱住。

她低头看着鞋尖，半晌，确认似的再问：“你真没那意思？”

许燎耳侧头发沾了几片雪絮，似笑非笑：“真没那意思。”

林诱抬头看他，觉得他的话好像落雪，让周围的一切都模糊起来。

她点了点头："好吧，我相信你。"

她那时候已经知道许燎有点儿吊儿郎当，说话不正经，但不知道为什么，像欺骗自己，信了这句话。

广场上伫立着明亮的彩灯，许多人头上戴着红色小帽子，欢声笑语。林诱其实对节日的热闹不太感兴趣，时不时左右望望，掌心抓紧许燎送的礼物。

一直没说话的许燎眼皮抬了下："气氛尴尬了？"

生怕回到更尴尬的话题，林诱只好找话说："你们数学学到哪儿了？"

"三角函数学完了，接下来学圆锥曲线。"

林诱抬头，少女目光干净，眸子写着意外："你们不按必修课本学吗？"

"不按，老师先讲重点内容，不重要的让我们自学，到时候他花一两节课讲讲。"

林诱点头："原来是这样，你们老师好有个性。"接着，她感叹，"不愧是海市最好的高中。"

许燎眉心轻轻拧了一下。

气氛又陷入了沉默。走了没多久，林诱若有所思，侧过脸问："你们化学学到哪儿了，反应原理学了吗？"

许燎一点下巴："学了。"

"那你们物理——"

林诱简直为附中的学习进度吃惊，早听说过好的学校会在一年学完整个高中的课程，没想到真是这样。附中的优异有目共睹，让林诱有了紧迫感。

不过她好奇的问话还没说完，被许燎简单中止了。

"聊点别的。"

少爷不配合了。

林诱："哦。"

不过接下来，他们持续了大约半分钟的安静。

静得许燎舌尖抵了下腮帮，忍不住笑了："不说学习，你就没话聊了？"

林诱总感觉许燎似乎有别的诉求，眨眨眼："啊——"

许燎站在漫天灯火里，眉眼懒散。看了林诱一会儿，他像是终于认输了还是怎么，轻声道："行吧，我就是个上分工具人。"

那是林诱过得最快乐的一个圣诞节。

但不管再快乐，总有到头的时候。所有的华灯，也有熄灭的时候。

她回到宿舍时，心里的激动已经开始平复，宿舍里一片冰冷。

汪诺不敢出声，徐苗的床帘子拉着，传来阵阵夸张的抽泣。

后来就出了造谣林诱暗恋老师，导致走在路上都能被陌生同学狠狠推一把的事情。

林诱其实一直忙着学习，很少跟同学交际，都不知道自己在其他人眼里已经变成了这么个形象。

她承认，那时候起，她跟许燎一来一回，确实有故意气徐苗的成分。

每周末，她都精精神神地出校门见许燎，跟他聊题目，聊学校的事情，还一起看电影，漫无目的地到处游荡。

她能感觉到，许燎落在她身上的目光，越来越温柔炽热。

有一次她鞋带松了，许燎想也没想蹲身给她系好。

有一天下雪，许燎替她拂雪，在她耳边表白心意，她心里非常冷静，说了对不起。

但她想到了看见徐苗低迷时的快意。

她着了魔似的，侧头看向许燎，眼眸静谧，若无其事地说："但我爱跟你一起玩，下周你还来找我吗？"

…………

照着客栈回廊的灯光特别刺眼，画面从脑子里一帧一帧地闪过，纷纷扬扬，又被回廊的低温驱散。

林诱皱眉，看到满脸错愕的杨霖。

他身后的柱子底下，站着一道挺拔的身影，许燎半个身子被阴影笼罩，看不清脸，但明显出乎意料。

林诱刚想走，又被徐苗拽住，狠狠被掐去了手腕上的一块皮。

林诱扬手就想扇徐苗。

但她手腕被握住，回头，许燎的神情透露着说不清的诡异：“还要打吗？”

杨霖也蒙了：“你俩是真的猛啊……”

面子完全被撕开，林诱被逮住的第一反应不是丢人，而是打架打没打赢。

听到许燎说话，她才意识到头皮和手腕的痛楚，嘴唇似乎也磕破了，总尝到血腥味。

许燎看了眼徐苗，挪开视线：“杨霖，你看看她有没有怎么样，先送去诊所，医药费帮我垫着。”

说完，他牵着林诱往楼下走。

林诱被拉拉扯扯着，走到楼下时，看着他：“带我去哪儿？”

“柜台应该有药，先处理一下，再去街上的诊所。”

林诱脚步停住：“我不去。”

许燎拉她，她不动。

他再拉她，她还是不动。

许燎眸子漆黑，耐着性子：“怎么了？”

此时此刻，林诱头发蓬乱，脸上沾着血渍，皮肤异常地红了几块。

但她眉眼依然平静，看着许燎的眼睛，说：“那边人多。”

许燎：“嗯？”

林诱舔了下裂开的唇，低下头：“会丢人。”

许燎听着这句话，眉眼落下阴影，似是不知道该说什么。

说现在知道丢人了？那刚才打架那么凶猛。

说不去？脸上的伤怎么办？

气氛诡异。

片刻，许燎没说话，杨霖从身后出来了："柜台里有药，许哥你拿去用。别去诊所啦。这儿医疗水平还不够，摔断腿给你打石膏都能打歪。"

他大步往这边走："上次有个旅客高反肺水肿，送到医院，他们第一句话是你赶紧买机票回去治吧。没办法，理解一下，这里的条件太差。"

气氛缓解了些，许燎说："你在这儿等我。"

他径直去了客栈前堂，片刻后手里拿着一包东西，回到林诱跟前。

他的呼吸送来热意："回房间，给你处理伤口。"

林诱跟在他身后，看到披头散发的徐苗。这一瞬间她才意识到，自己的形象应该也好不到哪儿去，用手指薅了薅打结的头发。

许燎侧头看她。

林诱现在像个刚打完架的社会女，衣服皱乱，头发乱糟糟的，脖子上还有指甲印，双手揣在大衣兜里，一副不在意的样子。唯独神色发怔，不知道是不是出于无意识，眼眸微微发红，难得有了脆弱感。

许燎捏着药袋的手指攥紧，进门示意："坐。"

林诱坐下。

他走到她身旁，先检查她的伤口。

她脸上有被抽过的红肿，侧脸有个月牙似的伤口，额头也浮着指甲印，对方明显奔着她的脸打的。

许燎垂头，俯身再靠近了一些。

他声音很低，音色微哑，有种瞬间能把氛围变奇怪的磁性："疼吗？"

林诱看着地面，摇头："不疼。"

说完，她听到许燎不加掩饰地"啧"了声。

林诱抬眼，两人距离很近，他端详她的脸和头发，近到能察觉拂过她鼻尖微弱的气息。

他平时半合的眼皮，认真抬着，这个角度的他和记忆里的盛夏少年开始重合。

那是她从家里跑出来的某一天，明明觉得自己无比倔强，冷静强大，但被许燎追问之后，她忍了忍，眼泪大滴往下掉。

倔强的人很奇怪，当感觉没人关心自己时，会咬牙变得强大。但有个人温柔以待，却会被触及内心的柔软，不知所措，直接哭出来。

此时，林诱眨了眨眼，意识到眼眶发湿。

许燎看到她蓄水的眼眸，停了下："怎么了？"

林诱说："还是有点疼。"

他用棉签蘸了酒精，看她的眼睛："没有碘伏，你忍一下。"

棉签擦上伤口，清凉刺痛，林诱眉梢挑了一下，但抿紧唇没说话。

"很痛？"

林诱："还行。"

许燎停下手里的动作，看着她，顿了顿才说："没有必要在我面前逞强。"

林诱抬手蹭了下眼尾的潮意，无意触碰到伤口，火辣辣的，她忍了几秒没忍住。

"我真的烦死她了。"

许燎应声，低头换了根棉签蘸酒精。

林诱抬头，伸手薅出几绺断发后，满脸挫败："烦死了。"

像是情绪的发泄，许燎听着就好。

但下一秒，林诱抬头看着他："以后你不许跟她说话。"

这完全就是小孩子怄气了。

许燎手指顿住，直视林诱的脸。

她很少任性，很少对别人抱有期待，一直安静的眉眼，此刻微微瞪大，带点凶狠，又看了看满手被扯断的头发。

像小朋友打架圈地似的，把这个人归类为自己的东西，拒绝与他人共享。

占有欲明显，但非常幼稚。

许燎以为她开玩笑，继续换棉签。

林诱喊出了声：“你听到没有？”

说这句话时，她声音有些发抖，不知道是气的还是委屈的。

但声音很大。

许燎好像明白了，这是姑娘拿他撒气呢。

他指尖把玩了酒精瓶几秒，嘴角莫名牵了点笑意，很淡，立刻被收回。他抽了根新棉签，说：“听到了。我不跟她说话。”

沉默了一会儿。

林诱坐在原地没动，感觉到许燎的指尖抚过她脸侧，轻轻捏着她下巴，摩挲耳后的皮肤。

轮到整理头发时，林诱顿了两秒，抱住他的肩膀。

身下的人动作僵硬了一下。

接着，许燎继续给她梳头，因为被暴力硬拽过，头皮红了好大一块，他动作很轻。

明明头皮火辣，但硬是没怎么痛。

梳头发的时间不长，梳完，许燎说：“好了。”

但林诱没下来，还是紧紧地抱着他，像一只树袋熊。

许燎犹豫了一下，随即，手臂搭着她的腰。

门外响起杨霖的声音：“许哥，我能不能进来？”

许燎准备应声，提醒怀里的人下去，但人纹丝不动，摆明即便天王老子来了我也不下去。

僵持的这两秒，门被打开，杨霖站在门口直啧声：“汪诺在给徐苗处理伤口，人家是女明星啊！脸都被打肿了，现在哭得不行……”

看到被许燎搂在怀里的林诱，他眼皮掀了掀，识趣地转移目光：“林姐怎么样？”

林诱说：“我自闭了。”

许燎觉得两人的姿势有些古怪，但林诱搂得更紧，他只好抬头看杨霖：“她脸上也有伤口。”

“徐苗倒是没破相，就是脸肿，还说……”杨霖言辞模糊，“要请律师处理这件事。”

律师林诱偏了偏头：“是吗？”

“哎……”杨霖扇了扇手，“我们普通人哪里懂你们神仙打架这些事情啊？话说回来，许哥你要过来处理一下吗？”

现代社会，打架受罚最轻的是在学生时代，训两句就完了。但只要从学校出来，互喷几句都有可能上法庭。

许燎猜这事会闹大，有些事情早了解清楚好，准备起身：“行，我过去——”

他用手抵着林诱的肩膀，往外推。

但林诱纹丝不动。

她回头看向杨霖，神色平静：“跟他有什么关系？”

杨霖愣了一下。

真实情况是徐苗现在情绪很不好，哭着要找许燎。而杨霖就是个铁直男，两个女生起纠纷，他的同情心会不由自主偏向哭得更凶的那个。

林诱回头看向许燎：“不许你去。”

许燎说：“我马上回来。”

林诱丝毫不让，静静地看他：“你刚答应我的。”

杨霖咳嗽着说：“许哥，我觉得还是过去看看吧。不管出于什么角度，毕竟是因为你打起来了，连客气话都没有一句，人情世故上，显得你很无情，是不是？”

林诱站起来，说：“那你去吧。”

但她微微咬了咬牙，一脸平静。

每当她做出这个动作时，许燎其实很清楚，她又把心封闭起来了。

因为只有自己先不在乎，才不会被刺伤。

许燎安静地站了一会儿，片刻，侧头跟林诱说话：“我现在过去看她，不是为了什么所谓的人情世故。”

“我和你，是站在一条线上的。”许燎看着林诱的眼睛，“但打架这件事可大可小，如果闹大的话，对你或多或少会产生影响。”

许燎拉着她手腕握紧：“我代表着你，去和她解决问题。明白了吗？”

林诱顿了一会儿，回到床边坐下。

杨霖还站在门口等，等着等着，看见许燎半蹲下去，跟只需要被摸头的狗狗似的，仰面跟林诱小声说话。

杨霖印象中的许燎一直众星捧月，身旁讨好他的人不计其数，这导致他一直以来性格多少有些少爷病，自我为中心，不尊重人，脾气大，动不动就摆着一张酷哥冷脸不知道给谁看。

尤其刚上大学那会儿，他刚决定这辈子把林诱当仇人来恨，那时他跟谁说话都很冷硬，还狂，又偏执，阴郁敏感，时不时还得发一阵疯，搞得大家跟他交流都费劲。

到现在，林诱这个不正常的人出现，他就显得正常多了。

“你去吧，快点回来。”林诱松口了。

许燎起身，快步走到杨霖面前：“过去看看。”

他俩往楼下走。

夜色寂静，温度很低，木楼下不见人影。杨霖没忍住，问：“你俩好了？”

许燎似是没听清，“嗯？”了一声，但没有反驳。

杨霖知道他清楚自己问的是什么，只是这个人心口不一，拒不承认，但也懒散得不屑于说谎。

走了一会儿，杨霖问出了自己心里长达十年的疑惑：“她有什么好？”

许燎侧头，看着杨霖：“我也想问你，汪诺有什么好？”

林诱来对质他们都知道了，汪诺以前帮着徐苗干过些傻事。

杨霖说：“她性格善良。”

“是，她善良，但容易被当枪使。”

高中的时候，徐苗无法接近许燎，三天两头在宿舍里哭，生怕其他人不知道，哭得似乎要得抑郁症，还时常流露出要伤害自己的迹象。这导致汪诺同情心泛滥，选择相信徐苗的话，认为林诱是那个冷漠心硬的罪魁祸首。

会哭的孩子有糖吃，林诱不爱哭也不爱闹，发生矛盾时面无表情地站在一旁，大家理所应当地认为她是施暴者。

许燎不清楚那是什么时候了，或许还是中考前。家长会的原因，林诱爸爸终于来了一趟，在校门口使唤她买烟。

林诱跑了两次，第一次是老板不卖给学生，第二次发现校门口的价格要贵几块钱。

等她第三次气喘吁吁跑回来，伸出手，被她爸一巴掌猛地打在手上，烟掉在地上，手背通红。

男人凶狠地说："给我捡起来！喊你买包烟，不情不愿的，半天买不来！"

林诱看了爸爸一眼，弯腰捡起那包烟，双手递给爸爸。

男人抬高手，作势还要揍她，她下意识地后退一步，却又停下脚步，脸色苍白地站着。

许燎想往那边走，被身旁的同学搂住肩膀："打游戏呗，许哥请客？"

他站了一会儿，想了想，跟同学转身离开了。

…………

可能是从那个时候开始注意林诱。

所有人看到她在笑，但总要有一个人看到她心里在哭吧，不然这个世界也太不公平，也太残忍了。

"你们都不是看到她哭的人。"许燎声音清晰。

"只有我是。"

第八章

网恋超甜

解决完徐苗的事情，许燎回了房间。

他本以为林诱没睡，进门之后却发现，她侧身躺在床上，被子半遮在腰际，睡得特别熟。

这个心理素质……不愧是她。

他走到床边，用指尖勾开被子。

刚才在徐苗那边，人确实是哭得凶，但他不吃这套。徐苗知道自己先动手，不占理，便不停说车轱辘话说林诱是坏女人，他听了一会儿就回来了。

坏女人都这样，伤害了别人，自己却心安理得。

许燎嘴角勾了丝笑意。他到衣柜找衣服洗澡，才发现里面的衣服位置改变了，本来挂着衬衫的地方，多了林诱的一条蕾丝睡裙和一件棉质T恤。

女人骨架小，衣服尺寸也比他小一圈，挂在里面，很像家庭生活中的夫妻。

他手指停了下，翻开下一层抽屉，又看到林诱整齐的粉色内衣，旁边是他窄边的黑裤。他放洗衣机没拿出来，林诱倒是若无其事地帮他收好了。

她就这么悄无声息地侵入到他的生活。

许燎再看看床上横躺的身影，思索一会儿，拿着衣服和裤子去了卫生间。

林诱半夜醒了一次。

估计是跟徐苗干了一架的原因，高中时的很多事情回到脑海里，形成了一个光怪陆离的梦境。

她梦到周末临近返校时，她在房间脱掉睡衣，换上黑白色的校服。这时候她感觉门外有一双眼睛在看着她。

她赶紧换好校服打开门，客厅散落着饭盘、药盒、肮脏的抹布，女人坐在沙发上跷起二郎腿，漠然地看着电视剧。

她到门口会经过厨房，中年男人正在里面磨刀，雪白的刀锋，反射着灯光。

她心脏猛地绷紧，压低声音，走到门口，门却不知道为什么锁住打不开。她听到背后的脚步声，回头，中年男人举着刀，满脸奇怪地问她："你为什么要去那么远的地方？"

…………

林诱猛地睁开眼，一时没想起身处何地，下意识地看了看门口。

——不是她家的门锁。

她浑身冷汗，终于想起来这是日城，而她在客栈。

但她不敢放松，紧紧盯着门锁，似乎那里随时会蹿出人影，手里还举着刀。

神经高度紧绷，意识混乱……林诱浑身僵硬动弹不得。

片刻，她察觉到身旁有什么东西轻轻翻了一下。

她一片寂静的耳里传来了均匀低沉的呼吸声。

林诱握拳的手松开，靠向另一侧，碰到温暖干燥的手背。

……是许燎。

随即，她像得救了似的，闭上眼，大口大口地吸气，僵硬的脊背猛地松弛下来。

她手指靠近许燎，握住男人瘦削修长的手，同时湿润的眼泪从眼角溢出。她瞪大眼睛盯着天花板，面无表情，但眼泪怎么都止不住。

林诱再醒来时，许燎又不在了，床位空着。

房间里暖气燥热，林诱揉着昏昏沉沉的脑袋，“啧”了一声，穿好衣服起床。

不知道为什么，有一点寂寞的感觉。她打开门，裹着大衣来到走廊。太阳强烈得让她睁不开眼，懒洋洋地打哈欠。

她嘴巴张得很大时，听到楼下微沉的男声：“醒了就来吃饭。”

林诱没看是谁，转头下楼。

走到许燎身旁，他正把腰际的围裙解下拿到手里，看到林诱闭着眼睛走路，拉过她的手腕。

林诱站定，察觉到轻柔的呼吸落到脸侧。

确定许燎在查看自己的伤口，她睁开眼。

他眸子漆黑，直直看了她几秒，随即转身：“走吧。”

今天，端上来的早餐不是稀饭、包子、咸菜和卤蛋，而是换成了蔬菜粥、牛奶、炒肉和水果拼盘。但做得都很清淡，看起来就没什么食欲。

林诱才反应过来，看他：“你做的？”

许燎坐下，说：“女孩子脸上留疤不好看。”

他一副云淡风轻的样子。

林诱眨了下眼，拿起勺子舀了口蔬菜粥。口感还不错，温度也适中，喝到肚子里暖乎乎的。她忍不住感叹道：“真幸福，一觉醒来有饭吃，还这么好吃。”

许燎略感意外地看她一眼。

他本来坐姿随性，长腿肆无忌惮地横在过道，手上闲不住想掏烟。听到这句话，他手指停住，将打火机塞回口袋里，沿着椅子往上稍微坐得正经了一点。

林诱还在想味道怎么会这么好，问他：“你一次就成功了吗？”

许燎看着桌面，片刻道：“……煳了一次，咸了一次。”

林诱眸子明亮，又吃了一口，眉梢上扬：“我真的好幸福。”

她本来就是感慨而已，没想到许燎开始咳嗽，坐立不安，若无其事地起身：“我看看汤怎么样了。”

不知道是不是错觉，林诱发现他耳根有些红。

许燎腿长，走得很快，埋头走进内厅时差点跟杨霖撞上。

杨霖看着他破防的样子，没忍住：“你俩好像小学生谈恋爱。”

许燎白杨霖一眼。

杨霖：“三句话，让东德二世祖给我做早饭。”

许燎对杨霖的调侃不置一词，片刻，抬头看杨霖的眼睛，压迫似的确认：“你听见刚才那句话了？”

杨霖：“哪句？”

“她说，她觉得幸福。”

许燎想尽量装作若无其事，但没忍住，嘴角扯了点笑。

杨霖看他这表情，满脑袋问号：“我在看十几年前的偶像剧吗？”

许燎没和他说话，轻轻吹了声口哨，侧身绕过他去后厨，心情似乎非常不错。

杨霖：我真的无语。

他走到前厅，见林诱吃了会儿饭，没忍住拿出手机拍照，大概是想留个纪念。

——但是这一幕在杨霖眼里就很诡异啊！

酷哥酷姐陷入爱情都这样吗？

林诱拍完照片，滤镜都没加，朋友圈除了上次发夜店照片唬相亲对象很快又删掉，这都半年没更新了。

而此时，她也不知道哪儿涌出的分享欲，发照片还配上文案：味道很不错。

发完，林诱竟然闲得，开始等朋友圈点赞。

不过没几分钟，手机收到了新消息。

看到消息的那一瞬间，她心里沉了一下。

柳萍：现在几点了，才吃早饭？今天不上班？

林诱愣了几秒，不知道怎么回复，接着，手机屏幕跳出一个视频通话请求。

她下意识想挂断，但手停在屏幕上方片刻，迟迟按不下去。她如果挂断，说自己在工作，柳萍会马上打电话给周志，确认自己说的是不是真话。

林诱站起身，走到木楼外，接通视频。

柳萍的脸出现在屏幕里，薄唇，眉眼稍显尖刻，双眼皮，跟林诱长得一点都不像。

她扬声问：“你的脸怎么了？”

林诱说：“没怎么，换衣服时不小心被拉链挂着了。”

柳萍的关心便是指责：“这么大人了还犯这种错？活该。”她对林诱的伤不感兴趣，问别的，“你现在在哪儿？我看你背后不像律所。”

林诱实话实说：“我跟同事发生了矛盾，请了一周假，现在在外地旅游。”

“旅游？”柳萍声音抬高，“你有闲钱旅游了？对，叫你把每个月工资给我管，你也不同意。怎么和同事吵起来的？”

林诱深呼吸了一下，说：“就是一个前辈，和他吵起来，他有点针对我。”

“那肯定是你的错。别人是前辈，你不要得罪他啊！你蠢吗？有什么错就去好好赔礼道歉，我不信人家通情达理，会一直难为你。”柳萍说，“听妈妈的，赶快道歉，回律所上班。”

林诱拿着手机，沉默了一会儿。

她觉得有些呼吸困难，脑子里冒出一大堆反驳的话，想了半天才说“嗯，我知道了。”

柳萍从她的沉默中敏感地听出什么：“我说你，怎么不情不愿的样子呢？”

林诱胸口涌出情绪，尽量平静地说：“没有啊，妈你听错了。”

“你还跟我演戏？”柳萍冷笑，“我知道你最会演戏。”

林诱抬头看了看天色，低头踢石子，踢了会儿，踢出了笑脸：“是吗？我哪里会演戏啦？说了马上就去给他道歉，这几天就回去工作，你别担心啊。”

“哼。”柳萍说，“我不关心你谁关心你？你爸吗？他天天就知道打牌，一分钱不往家里拿，我连饭都快吃不起了。”

林诱声音惊讶：“是吗？爸爸这么过分？”

柳萍说：“你爸爸过分，你也过分！妈妈连饭都吃不起，你还有心情旅游，你可真是一点不懂事。”

林诱说：“妈，我每个月就只有那么点钱，发工资每个月转给你们四千，我自己交房租五千，交通费一两千，水电物业，吃饭，和同事应酬都要钱。不是我不给你，我也没钱了。”

“那你还旅游？”

林诱脸不红心不跳地撒谎：“我旅游是微博抽奖抽的。”

柳萍翻白眼：“你就知道骗人。”

林诱满脸无辜温柔：“我真没骗人，我怎么会骗妈妈呢？你不信我给你看截图。”

柳萍快被林诱气死了，想破口大骂，但又觉得对方没说什么，气得她先不行：“我怎么懂你们年轻人那些？不说了！”说完，把视频一挂。

屏幕变黑。

林诱温柔的表情立刻变了，直勾勾地盯着手机。

她半晌没说话，就看着手机，目光非常锐利。

许燎在背后一两米外，本来想叫林诱尝尝汤，不过看到林诱打电话就没上前，停住脚步等她。

电话内容他没听清，只觉得林诱声音温和亲昵，就跟家里人正常聊天一样。

但走近看清她的表情时，他脚步停住。

林诱看到他，神色恢复如常，笑道："怎么了？"

许燎想说汤，但他顿了顿，眉梢微微上挑，出声："你没事儿吧？"

林诱走到他身旁："没事，就是感觉得回去上班了。"

许燎应声："什么时候回去？"

"再待个一两天吧。"林诱往客栈里走，想起什么，回头笑，"要不要跟我一起走？"

这话问得很像要不要跟我一起私奔。许燎嘴角挑了点弧度，跟在她背后，说："再说吧。可能不了，还有一周杨霖生日，我至少给他过了生日才走。"

林诱拉长尾调"哦"了一声，"哦"得意味深长。许燎本来继续往前，林诱突然停下脚步，挡在他跟前，好整以暇地看他。

许燎问："怎么了？"

"要不然，我俩先把关系定了？"

许燎看着她的眼睛，确认："什么关系？"

林诱："男女朋友关系。"

本来是很郑重的事情，但林诱说得过于坦率，反而显得不那么认真。许燎停了会儿，似是找不出话说，唇抿成一条线。

林诱挑了下眉："你还没回心转意？"

话说到这个地步，许燎的指节微微收紧，片刻后看向另一方，低声说："你和我都再考虑考虑。"

他准备往前走，林诱却左跨一步，拦住他，看着他的眼睛。

气氛顿时有些微妙。

阳光落在林诱的眼底，乌黑漂亮的头发松散地别在耳后，单眼皮有种坦率的魔力，就这么看着他："为什么还要考虑？"

许燎沉默。

他脑子里回想起了很多以前的事情，这也是他无论跟林诱多么亲密，却始终难以走到那一步的原因。他漆黑瞳孔内的光泽聚敛，直盯着林诱，说：“你心里应该清楚。”

他从心平气和，俨然有逆反的架势。

有些事情没说开，还是心里头那根刺。

高二暑假前林诱过生日那天，许燎翘了晚自习来找她，偷偷带她去听驻唱歌手的演唱会。

林诱听到现场震耳欲聋的鼓点和噪声，有些害怕，却被许燎牵着手，半骗半哄地拉进去。

许燎给林诱点了杯果汁，问她：“有没有想听的？”

林诱平时歌单里全是民谣和流行歌曲，许燎拿着她手机走上舞台。

没一会儿，主唱开始唱她喜欢的歌，说：“这是应一个男孩子的请求啊，唱给他欣赏的小女生听。”

当时，全场沸腾。

灯光落在眼底，五光十色。林诱脸涨得通红，没一会儿许燎又下来了，似笑非笑地看她：“等出去了，我给你唱《生日快乐歌》。”

那晚好开心，回学校的一路，全世界的灯光仿佛跟在他俩身后。

但许燎再次表达心意，林诱怔了一会儿，觉得所有的灯光又暗了下来。

她说：“不行。”

许燎满是不解：“你不是喜欢我吗？”

林诱沉默了好一会儿。

少年眼中充满痛意，像是被欺骗和背叛，声音压抑发抖：“林诱，你觉得一直这样对我有意思吗？”

林诱说不上来，也不知道这样有什么意思，既不同意但也不拒绝。她跟许燎冷战了两周，然后实在受不了了，跑去和他解释，说自己高中阶段不想谈恋爱。

她的手机放在家里，父母会随便翻看，所以她每个月回家前要删掉和许燎的聊天记录。她每天忙着学习和家务，玩手机的时间很少，也不怎么回许燎的消息。

有人约她出门玩，爸妈不同意，久而久之，她自己就会主动拒绝。

当时林诱主动去许燎学校，因为许燎已经半个月没找她了，她也不知道怎么回事，就默默地哭，拿校服的袖子擦眼泪。

许燎拿着篮球站了好一会儿，似在进行艰难的抉择，最后像是服了：“行，你高中不谈恋爱，那我就等，等到高考之后我再问你，行不行？”

林诱眼巴巴地点头：“行。你别不理我。”

许燎确认地问她：“你答应了？高考之后？”

林诱脸红：“嗯。”

许燎把篮球一丢，走到她面前：“行了，别哭了。”

他对着天叹了一口气：“还有一年，我等就是了。”

…………

后续的结果当然不用多说，林诱高考完也没同意，自己填了个志愿，跑去首都学法律。

心理学上有一种概念叫“反应性虐待”。把期待放在别人身上的时候，无论如何，都要做好受伤的准备。

高原的阳光强烈。

许燎转移视线，进木楼时丢下一句话：“我们都好好考虑，考虑清楚，适不适合在一起。”

等他走后，林诱垂头看着脚边的石子。

她叹了一口气，漆黑的眸子有些失神。

心里有种发胀的感觉。

这种感觉一直在提醒她“应该放弃了”。

但她深呼吸了一下，等冷空气进入至腹腔，那种感觉消失，重新变得平静而坚定。

林诱看向木楼，被阳光照得眯起了眼，再次走进去。

厅堂内的人在讨论今天吃什么，后厨刚杀了几头羊，杨霖翻着菜单：“那只比较嫩的羊适合烤着吃，老一点的炖汤好了。明天我要进一趟城，有什么想要我带的东西没？”

汪诺第一个出声：“买药！徐苗的伤还没好呢。”

杨霖：“知道，买药。还有给你买防晒霜，你的不用完了吗？再给你买两件厚衣服。”

许燎说：“买几瓶好点儿的酒。”

杨霖嗤笑：“我知道，记得住。”

他回头看林诱，“哎”了声：“林姐，有什么要我给你带的？”

林诱摇头，问：“从这里去成市要多久？”

“开车十五六个小时。”

林诱点头，问：“你明天几点走？”

杨霖说：“下午走，晚上在雪城住一晚，后天一口气开到成市。”

林诱抬了抬下巴：“带上我吧！我明天也回去了，后天晚上的机票，感觉差不多该走了。”

杨霖手顿了顿：“这么快？”接着习惯性地表示，“多玩几天呗？”

汪诺看了他一眼。

许燎坐在铺了毛毡的炕上翻书，手指顿住，也看向林诱。

林诱无奈：“上班啊。玩了几天，已经有些心虚感，再不回去老板看我这个态度，说不定直接把我炒了。”

“行，”杨霖说，“我明天载你一起。”

不知道是不是林诱说要走，客栈里的气氛轻松了不少。汪诺看了看她，说：“明天降温，穿两件厚衣服走。”

林诱点头：“好的。”

她来的时候摆明了要带许燎一起走，现在还是一个人回去，不用说大家心里都有数。

杨霖问林诱：“有没有什么想吃的，今天搞顿好的，给你送行。”

不过，林诱脸上完全没有丝毫狼狈，气定神闲地往许燎身旁一坐：

“不用，就随便吃。”

她问许燎：“中午还给我做饭吗？”

许燎手指顿住，黑色的眸子看向她：“做。”

“那就好。”林诱笑了笑，撑着手臂往后靠，打了个哈欠。

汪诺跟林诱又聊了几句。

汪诺：“听说你现在当律师？”

林诱：“嗯。听说你学的英语？”

汪诺：“嗯，我没别的本事，高中就英语好。”

林诱简单道：“我记得你语文也挺好的。”

汪诺露出回忆的表情，片刻，摇了摇头：“成绩最好的还是你。”她继续说，“以后有机会出来吃个饭吧。”

林诱没回答，出门遛弯去了。

等她出门，杨霖才松口气，如临大敌地看向许燎：“意思又是掰了？”

许燎摇头。

杨霖对他俩的感情线完全看不懂，但他也知道感情这东西本来就很复杂，抬头看了看林诱在阳光下走远的背影：“林姐不会很伤心吧？”

许燎顿了一下。

“林姐一直比较能装，连我都知道。”杨霖道，“估计林姐现在很伤心。”

许燎低头，手指无意识地抓紧。

杨霖很迷惑：“你们刚才不还你侬我侬的吗？怎么一瞬间她又要自己回去了？”

许燎看着虚空中的一点，被反复催促，才苦笑了一下：“我过不去。”

杨霖：“什么过不去？”

“以前那道坎，我过不去。”许燎说，“我害怕了，你知道吗？

我害怕对她刚有期待，又面临失望。只要陷入爱情，我就是被动的一方，我怕再被耍得团团乱转。”

杨霖安静了下，看着他：“她有这么可怕吗？”

“对你们来说不可怕，”许燎说，“但对我来说，她就是毒药。”

杨霖张了张嘴，欲言又止，片刻后说：“那你好好想想，我什么都不劝了。”

许燎走到门口。

客栈装修得颇具民族风，有当地的原汁原味。除了木楼，偌大的院子和停车场种满草坪和花。

阳光雪白刺眼。

林诱一个人走到尽头的花圃，蹲下身，抱着膝盖面向另一头，不知道在干什么。

看姿势，很像在哭。

冒出这个想法后，许燎本打算帮杨霖算账，却停下步子，视线落在她身上难以挪开。

她蹲了好久，似乎在轻轻拭泪。

许燎站了站，觉得自己可能有点疯了，朝林诱的方向过去。

“林诱？”他到她身后，取出纸巾。

没想到林诱转身，手里捧着一束掐断根茎的花，怒放夺目，细心地扎成一小捆，五颜六色，非常漂亮。

许燎后续的话顿住。

他脑子里混乱了一会儿，心想自己有病才会觉得她会躲起来偷偷哭。

林诱晃了晃头发，看清是他，露出笑。

随即，她探出手，将扎好的花束递到他面前。

“送给你。”

许燎站着，感觉这一刻似乎比一个小时都长。

他看着林诱。

她还举着花，似乎他不接就不会收手。

许燎想了一会儿，将花束接到手里，拉着林诱站起身后又将花递给她，若无其事道："别人送我的花，现在送你了。"

林诱嘴角勾出笑，看了看花，接过去，非常来劲地说了句："那我可得好好谢谢你啊。"

都说不清这笑点在什么地方。

许燎复杂地看了她一会儿，说："回去了。"

第二天，林诱中午就走，怕时间来不及，上午开始收拾东西。许燎进屋时，看见她取走衣架上的衣服，房间重新变空。

还有桌上的化妆品，也一件一件往箱子里放。

许燎走近，拿起一瓶香水放到鼻尖闻了闻。

是她身上的味道。

林诱侧头看他："我昨天洗的那条裙子呢？我放洗衣机洗的。"

许燎："我帮你找找。"他走到衣柜前，打开柜门，翻找了一会儿，从他的外套堆里翻出了她的长裙。

林诱接过，笑了一下，折好放在行李箱。空气中飘浮着暗香，让许燎有些走神，他觉得自己眷恋这些很快会消散的气味。

有那么一瞬间，他也想抱住林诱，跟她说别走了，或者我们一起回去。

但很快，他克制住了自己这种冲动。

吃完饭他帮林诱将箱子提到楼下，杨霖拿着车钥匙过来："林姐东西都收好了？一会儿开车走就不会回来了，贵重物品别落下。"

林诱干脆地应声："了解。"

"行，那我们马上就走了。"杨霖去了驾驶座，引擎发出轰鸣声。

林诱看着许燎，阳光下眉眼白净，笑了笑："我也走了。"

许燎心口好像被什么东西撞了一下，没说再见，反而问："你好好考虑过吗？”

没由来的一句话。

林诱手扣住车门，抬头看他，目光明澈：“我考虑很久了。”

“嗯？”

“从高考结束到现在，我考虑了七年，现在是行动的时间。”林诱眉梢微挑，懒洋洋道，“你可以继续考虑，等你想清楚了，随时给我打电话。”

她手在耳边轻轻晃了晃，随即转身坐进车里，关上车门。

许燎喉头没忍住轻咽了一下，看着远去的车影，胸口有种异样的躁意。

片刻，他莫名笑了一下。

真的好自信一女的。

和以前有很多不同，但本质上又相同。好像在不断地提醒着他，他的女孩儿长大了。

回到客栈厅堂，许燎看到徐苗坐在炕上翻他之前看的旅游杂志。看到他时，她笑了一下，声音温柔：“杨霖走了呀？我还有东西要买，忘了告诉他呢，动作真快。”

他本来想找个地方坐，脑子里冒出林诱那句别再跟她说话，不自觉地停住脚。

“前两天的事情吓到你了吧？”徐苗摸了摸已经消肿的脸，“让你看笑话了，其实我跟林诱以前关系还可以，她人也挺好的，就是有些作风我不太看得惯，说了两句，没想到还打起来了。”

她将书放在心口，笑着说：“真的很尴尬呢。”

汪诺忙着管柜台的账，侧头看了她一眼。

许燎还是没想好说什么。

徐苗自言自语似的：“如果她真的喜欢你，我早就祝福你们俩啦。我也没那么神经病啊，但和她同班三年，真的……她这个人……”她明显察觉到许燎反应冷漠，笑了一下，“算了，我也不是很了解她，你当我乱说的吧。”

许燎没说话，去了楼上找骆质玩游戏。

为了避免下楼再碰到徐苗，晚饭还是骆质亲力亲为端上来的，他实在厌倦下楼。

傍晚，他走到楼下，看到角落站着的身影，以为是徐苗，刚准备认真说她几句，没想到是汪诺。

汪诺是故意等他的：“许哥，你一下午去哪儿了，我一直找不到你。”

她是杨霖的女朋友，许燎对她的印象比徐苗好：“找我有事？”

“没。”汪诺怔了一下，左右看了看确定没人，然后说，“中午你和徐苗聊天，我在旁边听了，有件事我想跟你纠正一下。其实也没我什么事情吧，但总觉得不说心里不舒服。”她表情非常憋屈。

许燎看着她：“怎么了？”

“就是，”汪诺深呼吸了下，然后说，“我记得林诱高中喜欢你。”

还以为是她跟杨霖的矛盾，没想到是这句话，许燎顿了下，有点烦躁。

汪诺自顾自地说：“她高中写日记，一个本子上交应付语文老师，一个是她自己的秘密。”她眉眼尴尬，“反正徐苗把她日记翻出来看过，我也看过，写了很多关于你的事情。”

林诱高中时话不是很多，有点儿文静阴郁，总穿着肥大的校服，坐在台灯下学习和写东西。她交给语文老师的作文篇幅不多，但有一次路过，徐苗发现她写的日记篇幅很长，跟交上去的对不上。

日记本藏在书柜最里层，被教辅资料盖住。周末她出去跟许燎见面，徐苗翻出来，一脸开玩笑地说：“让我们来看看她的小秘密。”

内容是关于一个她喜欢的男生，但她似乎羞于承认，全用“他”代替。

汪诺抓了抓头发：“但那人肯定是你，因为扉页写的就是你的名字。我当时觉得挺不好意思的，看了两眼就没再看了。有些事情……”她犹豫了下，“可能不是徐苗说的那个样子。”

说完，她手指放在唇边，满脸紧张：“你别去找徐苗对质啊，也别说是我说的，她又要生气。”

降温后的夜风吹得面颊冰凉。

许燎说：“我不会说出你。”

他往楼上走。

得知这个秘密，似乎在意料之中。从重逢之后林诱不讲道理地寻找他，气势逼人，又执着到令他意外的地步，好像注定应该是这个答案。

但他此时的心情，却比想象中要平静。

许燎打开房间门，走到衣柜旁拿衣服洗澡，闻到里面还没散去的柔软馨香。进淋浴间，架子上还放着林诱扔掉的隐形眼镜盒。回到床上，枕头上还落了几根很长的头发。

掀开被子，发现中间放着一团杏粉色的布料，边缘缀着蕾丝，一眼就能认出是什么。

他瞳孔缩紧，坐了估计十几秒，随即眉眼复杂地拿出手机。

他在与林诱的聊天框里，删减再三才打了一行字“你是不是又忘带东西了”但准备发出去的那瞬间，想到什么，修长的手指顿住。

半晌，他重新打字“真没见过你这种女人”，但这几个字也没发出去。

许燎眸底压抑，眉眼似是暴躁，嘴角嘲弄似的勾了下。

另一头，林诱站在宾馆外的阳台，置身漆黑夜色中，给许燎打了个电话。

出人意料，没有接听。

半晌，对方才满含敌意地发了个“？？？”。

林诱看着手机屏幕，眉眼泛起几分恶趣味得逞的笑意，从嘴角舒展到眉梢，觉得一下午坐车的疲惫都得到了纾解。

回到海市，林诱在家调整了一天作息，觉得打起精神了才重回律所。

进门，周志抬头看见她，闲聊：“哟，这几天出门玩得开心吧？”

“没有很开心，一心都挂念着工作，就想马不停蹄地赶回来，出门就后悔了。”林诱认真严肃地说，“我的心里全是工作。”

周志笑了声：“你跟我扯这些？玩得开心就是开心，等我跟你师母退休了全国旅游，还要找你做攻略呢。”

说了没几句，林诱又看见洪森拿着保温杯在她背后晃来晃去，要不是上次直接撕破脸，估计还要来阴阳怪气几句。

周志看他走了，说：“别管他，好好上班吧。”

林诱坐下，看着桌上堆积成山的案卷、资料，白纸黑字迅速将思绪侵占。她想起那个荒凉高寒的藏族聚居区，莫名有种恍如隔世的感觉，好像自己其实没去过，只是做了一场梦。

她拿出手机点开和许燎的聊天框，看到消息更新，心里才稍微踏实了一点。

不是梦。

她想了想，给许燎发了条消息：我上班了，你呢？

片刻，许燎回复：刚起床。

林诱笑了笑，打字：真好，新的一天快乐啊。

简单说了几句后没再继续聊，林诱出门帮周志领了份资料，忙到中午简单吃了个饭，下午就去咖啡厅见委托人聊案件。

她现在接的案子比较小，但暗暗留了个心眼，如果洪森再明目张胆地针对她，那她搜集完证据准备直接跟他走法律途径。

最坏的情况无非是鱼死网破，洪森名声败坏，而她换个律所继续生存。林诱最近闲下来就翻翻招聘网站，总之天无绝人之路，总会有办法的。

周末才闲下来和小梨出门逛了会儿街，她对林诱这一趟旅行的结果很不满意：“意思是费了好大劲儿，人还没弄回来？”而且她是第一次意识到，“你还有这么段情史？”

林诱镇定自若：“有些事情急不得。”

“急不得是一回事，没辙也是真的吧？”小梨说，“你还挺会给自己找心理安慰。”

林诱心态真的不错：“事实摆在面前，不如往好的地方想，免得心情不好。”

小梨真心佩服：“我最喜欢你这种品质。”

跟林诱住了几个月，觉得她心态真的不错，不太爱胡思乱想，解决事情的能力也比她这个学生强得多，重要的是很有干劲儿。

小梨津津有味地八卦：“接下来你们怎么办？”

林诱静了静：“不怎么办，就等他回来。”

这话说得像那个苦守寒窑十八年的王宝钏。

说完，她站在灯火通明的商场，愣是怔了一会儿。

她没想到自己会有今天，在感情上完全是被动一方，就等着对方选择和垂青。

林诱多少觉得有点脸红了，出于自尊心。

但是，已经到这个地步，她克服偶尔会冒出的羞耻后，一直都特别淡定地给许燎发消息。

聊天框里一堆“想你了，在干吗呢”。

林诱也懂教科书上的撩男人方法，要高冷，表现得毫不在乎他，千万不能黏人，消息绝不能秒回，一定要矜持——

但每次矜持的时间，都是容易滋生胡思乱想的温床。索性放开以后，她想到哪儿发到哪儿，自己顿时感觉舒坦多了。

好在，许燎都会回她。

第一句“想你了”，他回“……”。

第二句“想你了”，他回“咳咳”。

第三句“想你了”，他回“怎么了吗”。

第四句“想你了”，他回“今天下雨了，多少有点无聊”。

第五句“想你了”，他回“你在干吗”。

林诱忙起来了也不回许燎，可能等个半小时，就看见许燎发来一个问号。

潜台词都能看出来：女人你在搞什么？不是你追我吗？为什么让我等消息等这么久。

回去的路上，小梨被男朋友一个电话叫走了，林诱自己坐地铁回家，兴致来了给许燎打了电话。

路上冬天的冷风吹进衣服里，林诱听到那边杯碟碰撞的清脆响声，伴着热闹的欢呼，问：“怎么了？”

许燎声音传来：“杨霖生日，疯呢。”

他似乎也在跟人喝酒。

林诱无意识地晃着手提包，想起来问：“你生日过了吧？”

“过了。”许燎应声。

就在他俩重逢前小半个月。

冬天，空气冷得要结冰，林诱前面站了对情侣，男生左手抱着一大袋零食，右手搂着女孩的肩膀，护着她走在马路牙子上。

看到这一幕，她想到高中周末时，许燎送她回宿舍，也是如此。

林诱看了一会儿，在原地站住，鞋尖踢了踢：“我也送你个礼物，要不要？”

被热闹的气氛感染，许燎声音微醉：“什么？”

林诱说：“你等着。”

她平时做事会尽量避免幼稚，但现在脑子发热，拿出手机“哐哐哐”开始捣鼓。

那边传来杨霖的声音：“谢谢诸位谢谢诸位，我真的很开心，天南地北，我们可以在这个地方相聚，简直是一种缘分。我——”

那边尖声大笑。

许燎没说话，静静等林诱的动静。

高原上的风吹进木楼厅堂，顷刻被热情的氛围驱散。他单手搭在椅子的木扶手上，姿态懒散地歪着，片刻后手机响了好几声。

林诱说的礼物，是指几张截图。

高考后那个秋天的“许燎，生日快乐^-^”。

第二年秋天的“许燎，生日快乐哦”。

第三年……

第四年……

直到现在，整整七年，十二点过一刻就会发来一排字。

不过后面始终有个红色感叹号，表示消息没发出去，但是又执着地继续发着，也不知道在慰藉什么。

截图中还有其他信息。

看得出来这些年，车马忙，林诱在不断地奔波，学习、考试、求职，在她匆匆忙忙的生活里，在早已形同陌路的这几年，在光阴流转的现实中，她唯独有这么一些压抑的偏执。

可能这已经无关他了，单纯是林诱自己的事，她现在赤裸地袒露，把一颗心都捧出来，说：“看，我一直记得你生日。”

耳旁，所有的声音仿佛收拢，被聚集在这一条消息当中。耳侧有种被震后的酥麻感，许燎垂眼看手机，听到自己很低的声音：“嗯，谢谢。”

林诱说：“下次一起过？”

许燎似乎犹豫了一会儿。

他说完“好”，身旁骤然爆发出巨大的欢呼，铺天盖地，是杨霖直接把十瓶香槟当自来水开，气氛炸裂。

林诱不太听得清那边说了什么，轻声道：“那我先挂了？”

许燎静了一下，又说：“好。”

赶在电话结束前，林诱说：“爱你，晚安。”

声音有点嗲，但真不是装的，单纯跟许燎说话她就忍不住变成这样。

也来不及害臊，她心里反而更舒坦一些了。

林诱再也不想过那种拧巴的生活，压抑自己的感情，患得患失，畏首畏尾。大大方方地说出来，不管结果怎么样，至少她心里真的舒服。

她一路回家的步伐都很飘。

——又是用爱意将许燎包围的一天，达成。

脑子里莫名其妙冒出这些中二病的台词……林诱又笑了下，仰头看着漫天夜色，感觉自己确实有点开心了。

第二天去公司又是一场忙，林诱重新争取到了两个新案子，现在撞上了和委托人见面的时间，下午就中途休息了几分钟喝了口水，其他时间一直在和来访者交谈。

回家终于可以休息，她拿手机给许燎发了语音："在干吗？"

片刻，许燎那边回复：打游戏。

他俩没什么共同语言，一个游手好闲的纨绔，一个事业狂，林诱洗完澡后就和他闲聊：什么游戏？

许燎：LOL。

林诱听说过这个，在年轻人中很火，读大学的时候好像有这游戏比赛的联赛，当时男生宿舍全疯了，大半夜嘶吼咆哮以至于被导员痛骂。

林诱就想和他找话题："要不我也下载一个吧，我和你玩。"

远在几千公里外的另一头，杨霖专门在青藏高原炮制的电竞房，色调昏暗，显示屏上正在播放直播视频。这个地方网速很一般，他俩打游戏老卡，但坚持在玩。

坐电竞椅里的男人身高腿长，戴了个耳机，明明在玩游戏，但时不时垂头看一眼手机。

"许哥，我都上了你还在后面罚站，干吗呢！刚才为什么不打他啊，我进去抗塔被活生生打死了！"

杨霖吼得两眼通红。

许燎摘掉头戴式耳机，修长的手指在屏幕上点了一下，是条林诱的语音消息。他侧头示意杨霖："别吵。"

杨霖咆哮："你网恋呢！"

许燎重复："别吵。"

他拿过手机听语音。

“在干吗？”点到了前面的一条。

杨霖歪头，忍不住竖大拇指：“就这三个字能看出我林姐追你全凭个人经验，完全没向任何朋友取经。”

许燎嗤笑：“你住嘴吧。”

播放下一条的时候，他补充：“我觉得挺好。”

杨霖：“666。”

林诱的语音播放后，杨霖反应过来：“她想和你玩啊？”

确实是，很明显。

不过许燎放在键盘上的长指却顿了一下，垂眼。杨霖先替他说出了疑惑：“我林姐高中乖乖女，清纯女大学生，严肃法学研究生，到现在上班了也是‘卷王’，她还能玩游戏吗？我先说，你带她玩就别想和我玩，我不受这个罪。”

许燎静了静：“她肯定不会。”

“这还用问？现在追人不都找共同话题，就跟你以前追她似的，明明对学习不感兴趣但也死命学，为的就是能和她讨论题。林姐现在不也一样吗？”杨霖一把将耳机摘了，“我们是兄弟，我站你。建议你趁着她现在追你，把以前吃的苦都让她尝尝，好好折磨折磨她。”

许燎甚至没装：“我有病我折磨她？”

杨霖耸肩，又把耳机戴上了：“就知道你舍不得。我说实话，许少爷你固然帅气，但在感情方面纯属弱者，一点儿男人的本事都没有。”

他骂不了林诱还骂不了杨霖？

许燎：“你有病！”

杨霖表示：“你现在心思都不在游戏上了，得嘞，我自己开，你专心网恋去吧你。”

许燎索性起身推开电竞椅，坐到靠墙铺着毛毡的沙发上，垂头看手机消息。他耳郭被暗光镀了一层阴影，抬手无意识蹭了一下，长指抚了下黑曜石耳钉。

林诱消息来了：人呢，等你半天消息。

行，挺凶。

没见过这种追人的态度。

许燎想想还是给她降低了难度：算了，我也不怎么玩，换个其他的吧，斗地主会不会？

欢乐的声音响起时，杨霖笑模笑样地回头："说了你没本事。"

许燎垂下眼皮，不耐烦地"啧"声："你闭嘴。"

林诱打了语音电话过来。

许燎猝然看见屏幕上的通话请求，长指顿了一下，点击接通。

声音有刹那的断续，林诱看了一眼屏幕确认接通后，说："喂。"

静了会儿那边才回应，声音低，似乎态度冷淡："嗯，听得见。"

林诱躺着看手机，脑子放空："在干吗？"

许燎停顿了一下："我刚回过你了。打游戏。"

林诱笑："不好意思忘了。"

对面沉默了，他俩现在好像有点尬聊。

林诱直接问："什么时候回来？"

"看心情，不知道。"

林诱说："那怎么办，我很想你。"

许燎舔了下唇，眉头稍稍拧起，似乎对这几个字反应很大，但尽力在克制。杨霖摘下耳机，对他做口型，眉眼惊讶："直球选手？"

许燎开口，声音还是冷淡："别想了，我一时半会儿不回来。"

林诱无聊地"哦"了一声。

也没有什么沮丧或者失落的情绪，她挑眉："没想我？"

许燎皱眉，又要受不了这句话了。

他盘腿坐在沙发上，手机放在一侧的扶手上，指尖轻轻点击了几下屏幕。眉眼被阴影渲染得模糊不堪，漆黑的长眉压得有点疼，但他轻描淡写地说："没太想。"

杨霖给他竖大拇指："6，你可以直接不回她的，这样只会暴露你很想她。”

聊天的气氛有几分古怪。林诱想了想，说：“今天上班挺累的，遇到个不讲道理的甲方，说话态度嚣张，好像那种要把钱砸我脸上的土豪，还特别看轻我的能力。”

许燎接话：“什么人都有。”

“你呢？”林诱轻轻晃动着小腿，在屏幕上点了点，出了个炸弹，“今天干了什么？”

“上午给一只小羊接生，中午帮忙去市里拿了点货，下午——”许燎说着话。

杨霖痛苦地看他一眼：“没必要回她的话啊，哥哥！”

那动静，林诱这边快听到了：“你旁边还有人？”

许燎冷漠地目视杨霖：“嗯，杨霖在打游戏。”

林诱轻轻按了下指关节，意味深长地“嗯”了声：“那我小点声说。”

许燎：“没必要，都是朋友。”

“没事，”林诱放轻了声音，“有些话让他听见不好意思。”

空气中安静了一会儿。

许燎：“是吗？”

“是。”林诱回答镇定，“知道旁边有人，我的羞耻心会升高很多。”

许燎没忍住笑了下，笑完，发觉气氛好像没那么尬了：“就你说的那些话，好像也没什么。”

林诱若无其事：“更羞耻的我还没说。”

话题好像若有似无地往那方面引导。许燎耳根一下烫了点，抬眼，杨霖正在疯狂鼓掌：“直球！好牛的直球！”

许燎受不了这个小丑了，垂眸目视手机，起身：“我回房间。”

林诱听到了木门被打开，鞋子踏上木质地板，还有风刮过原野的声音。等了会儿，她问：“到了吗？”

“没到，不过周围没人。”

林诱“哦”了一声。

她正在泡脚，出租屋里很安静，隔壁小梨和男朋友在外面住。整个世界与外界的隔阂清晰，窗外闪烁着万家灯火，让林诱一瞬间有点寂寞。

她轻声问：“真没想我？”

女人的声音从扬声器传出，带着一点儿失真的音效，尾音勾人至极。许燎停下了脚步，此地的夜晚寒冷无比，他耳后泛起一片灼热。

“你想听什么答案？”

林诱：“你想我了。”

许燎没反对：“那就是。”

林诱勾了勾唇，在屏幕的另一端无声地笑。

他俩现在的年龄，好像失去了高中时候的青涩和忸怩，又因为有了身体接触，说起有些话反倒更亲密。

林诱开口：“说点我想听的。”

许燎顿了会儿，低下去的嗓音沉静：“我有必须说的义务吗？”

“没有。”林诱轻轻叹了声气。

他俩现在就隔着那一层纸，林诱在试图捅破，而许燎还在严防死守。

这种感觉挺奇妙，林诱明确地知道许燎喜欢自己，可他又恨得理由充分，一切好像只需要她付出，等着许燎想通的这一天。

林诱温柔得很：“愿意和我说话吗？”

那边声音停了停：“如果不愿意我会拒接，没必要纠结这个。”

愿意和她亲近，但是意愿又只有那么一点儿，还挺凶。

林诱叹气：“那你还要这么对我多久？”

女人的声音柔软，还略带几分楚楚可怜，林诱没有那么多手段，这一切都是她的真实感受，听起来还挺委屈。

许燎胸口好像被揪着，他重新皱紧眉。说实话，用这种语气和他说话的女人有，他都很不爽，可对象如果换成林诱，那好像是梦里才有的经历。

许燎拿钥匙开门进了屋，咬紧牙关：“看心情。”

这可能是他说过的最狠决的一句话。

果然，林诱显然被伤害到：“怎么这样……”

声音还是很软，可她的话里没有任何悻悻或者心虚，就是一种诚意十足的歉意，还有一点小凄惨。

女人声音一向自信坚定落落大方，但偶尔软成这样，黏糊糊，让许燎心里莫名泛起一股灼烧和酸胀。

他咬牙，干脆地切换了话题：“还有事吗？”

林诱真诚地说：“没有事，但想和你说话。”

许燎焦躁地换了只手拿手机，他劲瘦的手背绷紧，青筋延长了指骨的观感，显得手背尤其性感。在夜色中，房间里似乎有点儿燥热。

他漆黑的眉蹙紧，完全不知道拿她怎么办。

不过脑海中杨霖那句话回来了，“感情弱者”“没出息”。

他闭了闭眼，沉沦感侵占大脑，决定找点事做摆脱现在的情况：“我现在准备洗澡睡觉了，你先挂电话。”

谁知道，林诱“嗯”了一声，提问：“可以不挂吗？”

“嗯？”

林诱语气很从容，要求也坦然：“我想知道你在干什么。”

许燎垂眼看手机，没辙，片刻后说：“无所谓，不过我没工夫和你说话。”

“没事，”林诱体贴大方，温柔懂事，“你去忙。”

许燎看了手机好一会儿，通话时长不断跳动增长，不过两个人都没再找话题，陷入了安静。他脸颊染了点橙黄的灯光，唇瓣抿紧，神色若有所思。片刻后他拿起几件衣服，去了卫生间。

出来时已经十点，通话时间还在增长，不过对面没了声音，不太确定林诱睡了还是在忙。

许燎倒了杯水，门被敲响，杨霖鬼鬼祟祟地探了颗头进来，满脸八卦："怎么样？你俩拉扯得怎么样了？"

许燎指了指自己的手机，掩上门大步走出去："电话还通着，没挂。"

杨霖："嗯？"

许燎抬了下眉梢："她说不想挂。"

杨霖："嗯？"

许燎侧目，没懂他的疑惑："怎么了？"

杨霖表情复杂，确认似的梳理关系："等于是谈也没谈？但是互相打电话根本不挂是吧？"

"没谈过恋爱，"许燎垂眸，"请问这有什么问题？"

"看出来你没谈过了。"杨霖直说，"我和我女朋友热恋期时天天都这么连麦，一分钟也不能离开对方。不是，你俩这跟谈了有什么区别？"

许燎不轻不重地瞟了他一眼，没说话。

杨霖真诚地发问："难道这是你俩情趣的一环吗？"他摇了摇头，"实在搞不懂，断又不断，谈又不谈。你俩到底在搞什么？"

这句话成功地让许燎顿了一下，他半低下头，侧脸浸在昏暗的夜色里，鼻梁线条挺直优越，似乎在短暂地失神。

见他这样，杨霖也不说话了："好好想想吧，我睡觉了。"

楼梯的脚步声消失，许燎开门回到房间内。手机屏幕上语音还通着，不过两个人都没说话。林诱刚才临时被叫去写材料，也没想着挂断。

几千公里的距离，由漆黑屏幕上跳跃的数字维系。哪怕和对方短暂的相处无比虚幻，但因为不断记录着的数字，一切变成触手可及的真实。

许燎看着屏幕，想起杨霖说的话。热恋期时，他和女朋友天天连麦，一刻也分不开。

像现在，他和林诱似乎并未甜蜜地热恋，可彼此……似乎也分不开。

如果……如果林诱现在真是他的女友，他们用更柔软的方式相处，会滋生让他沉沦，难以自控的危险陷阱吗？甚至像以前的无数次一样，飞蛾扑火，被她伤害？

许燎看着手机，侧脸染着阴影。

似乎只是简短地幻想了一下，他勾唇，浮出一个莫名的笑。

第二天，林诱没等闹钟响自然而然就醒了，起床后立刻喝了杯水，随后洗漱，擦了水乳后，简单化了个妆。

出门时拿起手机，语音通话居然还连着，她本来以为许燎睡前会挂断，现在看到屏幕上的632分钟，她轻轻抬了下眉梢，心情意外变得很不错。

因为心情好，她拿手机“咔咔”拍了一张自拍——头发蓬松，容貌美艳的女人，眉眼略带惺忪，但精神头还不错。备注：上班了。

在楼下的早餐店喝了碗皮蛋瘦肉粥，林诱也没忘了给许燎分享一张自拍，总之挺闲，想到就能分享。

律所不少人都来了，互相打招呼，周志正在等林诱：“走吧，去星巴克见趟甲方。”

还是这几天难缠的案子。林诱忙起来就不顾人了，大概到十一点看手机，另一头的许燎才回了消息：醒了。

林诱指尖敲击手机打了一句话：少爷这睡眠质量没得说。

片刻后，许燎回了六个点：……

许燎其实醒得挺早，早上八点多，打开手机正好看见林诱发来的自拍，想了想不知道该怎么回就没回，只是点了保存。于是一整个上午，林诱时不时就发来消息且配着她的自拍。

——吃早饭了。

——买了杯咖啡。

——写材料。

——窗外有只白鸽挺好看。

——在堵车。

——还没起床？挺能睡。

…………

好像隔着屏幕能看见林诱神色镇静，在外高冷御姐，私下偷偷找时间给他发照片的样子。他很了解林诱的性格，话少，不爱闲聊，有点冷淡。她愿意和他说这么多完全没必要的废话，除了真的喜欢，想不到别的。

许燎眉眼染着层叠的阴影，垂眸看着手机，勾了下唇，抬头时，杨霖在柜台里，将计算器摁得“叭叭”响：“网恋开心吗？”

许燎无所谓地把手机揣兜里：“跟你有什么关系？”

“唉。”杨霖看向门外炽烈的高原艳阳，像极了临刑前的安陵容，“说好来陪我三个月，我看，你估计马上就得回去了。”

许燎低头，兜里的手机传来收到消息的提醒振动。

他嘴角又若有似无地勾了勾，语气无谓。

“我没那么好追。”

“啧，不是看不起你，”杨霖摇头，“她对你真是有致命的吸引力，勾勾手指你就过去了。”

许燎懒得和杨霖说话了，坐在门口的椅子上晒太阳。阳光明媚，花圃里的花开得艳丽芬芳，他点开了手机划拉聊天框，被阳光晒得微微眯眼，把聊天记录再看了好几遍。

林诱这次受理的是一件名誉侵权案，上午和委托人见面之后，下午陪她去公证处走了一趟，处理各种网络上的材料，忙各种事情，一直没看手机。

等晚上六七点钟送委托人上车后，林诱才拿出手机看了看，一个小时前，许燎给她发了张驻唱歌手来客栈的照片。

林诱回了消息：忙完了，律所聚餐，吃饭。

几乎是她回了消息的下一秒，聊天框显示“对方正在输入中”，但等了等，没收到消息。

估计许燎想回她，但又在拿什么架子。

林诱盯着手机时，耳旁响起周志的招呼："走吧，张律师他们都等急了。"

"来了。"聚餐是常有的事。林诱熄屏，跟在周志身后去饭店的包间。

忙了一天，聚餐有时候还得戴上面具，很不快乐，今天吃饭的就有不太熟的人。林诱随意拍了张照片，发给许燎：吃饭了。

一位姓朱的律师对林诱很热情："哇，美女律师啊，很给我们律所长脸。"

林诱皱了下眉，抬眼佯装打量他，用同样的语气说："哇，你也很长脸。"

对方自讨没趣，笑着又坐回去了。林诱吃了几筷子菜，再看手机，见许燎发了句意味不明的话：全是男的？

林诱皱眉，认真地把这条消息再又看了一遍，点开照片。她主要是拍菜色，几个人脸都没露，没想到这都能被许燎注意到。

林诱：嗯，都是律所的同事。

片刻，许燎回复：菜不错。

他没再回复上一个问题，林诱也没懂他的意思，她也不想猜，低着头默默吃饭，收集到有效信息再跟他吐槽。

"一会儿下班回家吗？安街有个豪华足浴店，上次见客户带我去了，环境特别好，按摩也舒服。对我们长期使用电脑的人来说，松松骨，开开肩，对身体好。"张律师说，"吃了饭去按个摩，去不去？"

"去啊，张律师办了会员卡，能占便宜绝对不错过。"

林诱给许燎发：估计一会儿得去足浴。

刚发完，张律师点到她名字："小林要不要一起去？正规的，无所谓。"

林诱摇头："我晚上有点事急着回家，就不去了，以后有机会吧。"

"别啊！一起去！"

为着这个，她不得不聊天拉扯，好一会儿才推掉。她低头看手机，见许燎发了条信息，特别简单的一个字：嗯。

这是什么意思?

饭局差不多结束，林诱提前离场。走出包间呼吸到了清新空气，头脑中的昏沉慢慢冲散了，她打了个车，拨通了许燎的电话。

屏幕上等待的时长有点离谱，在即将挂断前对面接通，响起一阵金属质感的电音。

林诱打了个哈欠，眼眶湿润了一点儿："许——燎——"

却没传来声音。

换作平时，许燎应该会回答的。林诱低头认真地翻看手机："没声音？"

确认，没有声音。

怎么回事?

林诱抬了一下眉："信号不好?"

在她认真研究网络时，扬声器忽然响了一下，响起的男声像沉在水底，很轻，态度淡淡的："嗯。"

林诱："我现在上车了，你在干什么？"

对面顿了一会儿才说话，听不出情绪，好像是平静至极的声音："店里还有点事。你去忙，没事就挂了。"

林诱怔了下："我忙什么？"

对面只有很轻的呼吸声，没说话，贴近耳膜时好像近在咫尺。在短暂的沉默中，好像有一种压抑的对峙。

许燎脾气不能说小，大少爷，有时候非常需要别人看眼色，目前别扭的场面，显然他正压抑着什么。

这时候，林诱才意识到问题，撑着头笑了："我没去。"

扬声器里维持着沉默。

"想什么啊你？"林诱弯唇，笑出声，"我不至于跟一群男性去足浴中心吧。"

对面的呼吸粗重了一点，可以想象到对方贴近听筒，沉静地听她说话的模样。

还是安静，但是呼吸的频率加快，几乎能听见心跳声。

前面是个红绿灯，林诱换了个坐姿揉酸涩的颈椎，说话声音特柔软：“不开心了？”

对面终于出声了，嗓子有点低哑发闷，说：“没有。”

即使不开心，许燎还是接了她的电话，没冷暴力而是就这么耗着。林诱真感觉心底很软：“切视频，我看看。”

很快，屏幕上出现了画面。他应该在客栈外，周围黑漆漆的，背后逆光有一点亮度。

高原生态好，能听见虫子的叫声。他俊朗的眉眼被阴影遮住，只留下巴那一块小小的白光，鼻梁挺直，对着屏幕没抬起眼，只看五官有种难以接触的矜贵冷淡。

许燎在走夜路，林诱挑眉：“干吗呢？”

“接个客人，这里偏僻，对方在平台上订的单子，找不到路。”

前面亮起白昼似的车灯，许燎侧脸被映亮，显出分明的下颌线条。他目光看过去，在辨认对方的车牌号。

有人大声喊：“是不是这里？客栈的？”

“是我。”许燎抬高音量应了一声，在这藏族聚居区客栈他没扮演少爷，而是真帮杨霖干活。

他应完对着手机说：“我先过去了。”

林诱尾调悠然：“好的，宝贝。”

她这句话说得自然而然，感情充沛，尾音温柔甜腻。隔了很远的距离，像一阵清风似的，一下子触及耳底。

许燎似乎顿了一下，余光瞟了一眼手机屏幕，却也没说什么往马路边走。

电话没挂，林诱听着他们说话，是首都来旅游的客人，很友好，一直笑哈哈地说川藏线一路的趣事。大概走到了客栈里，那阵嘈杂终于变得安静了起来。

林诱也下了车，对他报备："我快到家了，宝贝。"

许燎眼皮跳了跳，喉头来回滚动，他斜落下视线似是欲言又止，下颌骨紧紧咬合着。

他看着镜头的方向，沉默，却有种要吃人的感觉。

不过，旁边又响起催促。

"许哥，带客人去一下房间。"

听他的反应，林诱已经发现了有趣的事，故意似的轻声道："有人叫你吗？宝贝。"

终于，许燎那双耷拉着的眼睛，纤薄带点儿戾气，这会儿再动了一下。他身量高瘦，身影落到了背后，在墙壁倒映下了狰狞的影子。

他似乎不想说话。

但过了漫长的一会儿，很轻，许燎很低地应声："嗯。"

应的不知是宝贝，还是那句问。

然后，声音若无其事又有点儿含糊地说："我过去看看。"

林诱的笑意在嘴角扩大，差点笑出声了。她没再说话，心情愉悦地等着他领客人去房间。

等到周围再安静下来时，林诱柔声开腔。

"忙完了吗宝贝？"

许燎正从客房走向接待的木楼。在旷野中，他耳鬓的碎发被风吹开，阴影在眼窝处晃动，整个人气质好像有点儿阴郁。

他看了一眼屏幕里的林诱，声音暗哑，走了估计半分钟没说话。

暗光在他眼底跳跃，阴影层层叠叠，他好像有些疲惫："林诱。"

林诱知道他在抗议什么，更加认真地问："不能这么叫吗？你刚才答应了。"

对，他答应了，这个称呼确实非常有诱惑力，简直像甘甜的毒药。

许燎咬牙闭了闭眼，闻到了齿间的血腥味，他的尾音在颤抖："你……别耍我……你知道我对你……"

那声音里对即将失控沉沦的绝望，悉数殆尽。

你知道我对你，你知道我无法拒绝你，你知道你每一句游离在危险边缘的话，哪怕是虚伪、是虚假，我也会飞蛾扑火，不计后果，发疯被毁灭也会向你靠近。

可他那么喜欢她，并不是想被她伤害，这么多年，他怕极了被她戏耍。

他想保护自己岌岌可危的尊严。

可……林诱，却在轻而易举地引诱他。

周围安静，林诱似乎能感觉到许燎攥紧手机的指骨有些颤抖。

事情似乎变得很难控制了。

她的声音安静下来，她看着手机收敛了神色，每一个字都说得认真至极。

“许燎，回来见我。”

她无比确认：“我想当面和你说。”

第九章

爱你，宝贝

连续两天直到周末，林诱一直没等到许燎的消息，聊天记录也没有新的消息。她每天照常给他汇报行程，发照片，不过许燎回复的话语非常冷淡。

他的情绪很不稳定。

其实许燎没吃过什么苦，林诱一直知道，也知道他大学期间有一段时间在接受精神治疗，那是她离开的时候，也是那段时间，他在身上文了许多热烈怪诞的刺青。

这些，都让林诱摸不清许燎的想法。

发了一些消息，没回复。劳累后的下班时间，林诱洗漱完直接手脚并用往床上爬，又盯着手机发呆。

小梨来敲门：“姐，我肚子有点疼，生理期好像要来了，陪我下去买点止痛药好不好？”

“很疼吗？”林诱比小梨大几岁，性格上像成熟的姐姐，她立刻起身，“我去就行，你好好躺着。”

“不行，”小梨还挺黏人，虽然疼得脸发白，但她坚持，“我和你一起。”

“算了吧，我怕你路上会晕倒。”林诱想笑，“到时候我还得背你。”

小梨带着哭腔：“姐你真好。”

林诱披了件外套穿着睡衣就出门了，药店要拐两条街，现在十点多夜有点深，不过路上还是有行人。

她到药店买了些布洛芬，即食冲泡的红糖姜水，加快步伐回家。

经过一条漆黑的小巷时，余光看见一道高大的身影。

林诱怔了一秒，绕回来。那儿是个便利店，男人戴了顶棒球帽，穿了件黑色的冲锋衣外套，工装裤，背影高大，探指向柜台接了包烟，低着头扫码。

她站在原地，看了估计两三秒。

"五十。"老板咋舌，"你刚说的富春山居，那烟，我们店怎么会有？"

"谢谢，没有就算了。"许燎修长的手指压了压帽檐，转过来，眉眼在阴影中看不分明。

林诱不太确定地出声："许燎？"

人影一下顿在原地。

林诱心跳开始加速，她快步走过去。许燎一直站在那儿，看到她了，淡淡地把手里的烟揣进兜里。

她一下子牵住了他的手，很烫，戴了枚戒指蹭过冰冷的指缝。

两人十指紧扣，许燎的手骨节分明，似乎动了一下，也没推开她。

"回来了？"

许燎："嗯。"

林诱有挺多话想说的，但眨了眨眼，牵着他往回走："先跟我上楼。我室友不舒服，我给她买了药，现在先拿回去。"

许燎滚动喉结，低低应了一声，无所谓地跟在她背后，手也让她牵着，垂下的眼睫散着暗光，长腿迈开跟随她的步伐。

看不出他的情绪，也看不出态度，配合但也谈不上很情愿。走到门口，林诱让他进自己屋待着别出来，随后匆匆给小梨倒水，泡红糖水。

她生怕许燎等太久，动作太急开水倒了一点在手背，那片皮肤立刻红了。等一收拾好，她连忙往屋里跑。

许燎没走，高挑的身影站在阳台看手机，眉眼被光线映得明暗不定，整个人在暗处的压迫感非常强。

林诱跑过去，柔软身体一下撞进他怀里。

她本来想笑，眼圈莫名红了：“许燎……”轻软，尾音发腻的一声。

男人眼神一暗，一瞬间的停顿被冲刷殆尽，骨节分明的手扣着她下巴，气息滚热的吻立刻落下来。

女人只穿了件单薄的睡衣，纤薄的衣料下身子温热。许燎吻得很深，另一只手穿过发丝扣住她后脑。林诱被吻得喘不过气，唇齿间黏腻濡湿，耳颈的红意饱满得要拧出水来。

她的腰让他搂着，许燎骨子里的狼性显现出来，像嚼骨头，又像在宣泄某些恨意，捏着她下巴吻得急切。

热息在唇齿之间渡送，呼吸紊乱。

“许燎……”林诱带着哭腔，都求他了。

“不是很爱撩？宝贝，宝贝？”许燎眼底压抑，喘着气一个字一个字地蹦出来，“觉得我没脾气？”

林诱眼眶发红：“我不是那个意思。”

她还觉得，隔着网线许燎能把她怎么样了。

“哪个意思？”

许燎垂眸看她。女人真被他亲坏了，唇瓣红肿，脸上浮满潮红，整个人软了吧唧地靠在他怀里，好像被他吓坏了似的。

林诱想哭：“我不是故意的。”她简直快以为，许燎从藏族聚居区奔袭千里回来，就为了亲她亲到她求饶。

这并不是结果。

许燎抵着她额头，调整紊乱的呼吸，他闭了闭眼，说出那天晚上他心里发疯似的想着的话。

“这段时间我想了很多，想好了结果。林诱，我原谅你。”

许燎一字一顿：“我不想谈那种平庸，没有意思，浪费时间的恋爱。两个人因为本能或者趋利避害结合在一起，没有灵魂触动，在一起的时刻不被记录也毫无意义。

“你是凿进我骨头的利斧，好和不好都让我流血，疼痛，灵魂战栗。我想和你在一起，哪怕还会被你伤害也要再爱这一次。”

他指腹摩挲过林诱的下颔，眸子漆黑，声音喑哑疯狂。

“我爱你。”

他虔诚，认真至极。

“现在该你了，说，你爱我。”

在女人柔软的声音之后，空气变得异常寂静。

有种错过了很久，兜兜转转又回到原地的感觉。

但幸运的是，彼此都还没有走，而是驻足等候。

林诱额头抵在许燎的肩膀上，半晌才从一团糨糊的思绪中清醒，问：“你想好了？”

许燎的手托着她的细腰：“我想好了。”

两人的相处一直以来都有距离感，睡在一张床上也存在猜忌。可现在他的怀里从没这么温暖过，抱着她踏实无比，和以前感觉到的潮湿阴冷截然不同。

林诱抬头，眼眶微红，认真地问：“那你现在算是我什么？”

许燎手指穿过她鬓发：“男朋友。”

她的额头又重新抵到他肩膀上。从十五岁到现在，十年，终于完成了关系的转变。

好半晌，林诱才想起一些事情来，问他：“吃饭了吗？”

许燎反牵住她的手：“没来得及。”

林诱起身：“我给你做点饭。”

跟穿上职业装，还有在客栈时的女明星样完全不同，林诱头发扎起来半盘着，垂头打开冰箱门，鼻尖有几枚雀斑，特别居家。

出门，没想到小梨的男朋友来把女朋友接走了，懂事地说：“她不是不舒服吗，我带她出去住吧，也好照顾她，不然一直得麻烦姐。”

林诱点点头，看着他关上门，回头问许燎：“有青椒，炒青椒肉丝，再做个西红柿蛋汤行吗？”

许燎站在狭窄的厨房，举目四望，应了一声。

林诱开始切菜做饭。

左手边有个洗衣机，正前方是通风窗户，油烟机开始响的时候，家庭的温馨感混着油烟味往上涌。

许燎这几年，心一直没定下来过，要么夜店喝酒醉生梦死，要么骑摩托车在无人区乱跑，猫咖也是交给别人照顾就完了。

他开过网吧，买过游戏战队，对刺激着年轻人声色的项目多加涉足，但玩腻了之后，总感觉虚无。

林诱现在给他做饭，是他第一次有脚踏实地的感觉。

许燎到水槽前洗了两个西红柿。林诱侧头："你会做饭？"

"自己住久了，多少会点。"

林诱将肉丝放油锅里一顿翻炒，想了一会儿，转头举着锅铲："许燎，那个——"

"嗯？"许燎切西红柿。

林诱想了一下，问："你今晚在我这儿住吗？"

知道旁边的房间空了，许燎将蛋壳抛进垃圾桶："那我就不走了。"

他说完回头，看见林诱拎着锅铲不知道思索什么，审视着他，眼神中充满了谜样的色彩，将他从头到尾品了一遍。

她表情平静，神色自若，但什么意思许燎一眼能认出来。他周围的男人看美女全是这种眼神。

许燎垂着眼皮，半晌，无奈地提醒她："看锅里。"

林诱舔了舔嘴角，若无其事地回头翻炒。

中途又加了一个菜，上桌吃饭，许燎夹着菜，林诱就在旁边看手机："给你买洗漱用品和换洗衣服。"

她手指在屏幕上点来点去："你喜欢什么颜色的睡衣？"

许燎："随便。"

"那就我决定了。"林诱添加购物车，再看了看低头吃饭的许燎。

男人单手搭着膝，另一只手夹菜吃饭，动作挺快，看得出来这两天应该没怎么吃饭，有些饿了。

林诱觉得这种心情很奇妙。十五岁和二十五岁，同样的角度看许燎，感受却完全不一样。十五岁有做梦的浪漫，现在却有现实的温暖。

门铃声响起，林诱起身："买的东西到了。"

她买了牙刷、洗脸巾、睡衣、贴身衣物和拖鞋，拿出来递给他："你可以去卫生间换。"

她示意自己房间的卫生间。之前因为盥洗台窄小，放不下东西，林诱一般都在外面洗漱，现在顿时感觉方便了。

许燎拿着衣服进去。

林诱坐在床边默了一会儿，将床上放的几本书拿开。幸好房间里是一张双人大床，应该足够两人躺。读大学后，这还是她房间头一次进男人。

思绪飘远这一会儿，浴室门又打开。

许燎简单地淋浴后出来，潮湿的发梢滴着水珠，深蓝色睡衣没太扣紧，松散地敞开一截，袒露出颈下瘦削的锁骨，似乎还沾着薄薄的水雾，蒙上了一层暧昧的光泽。

他拿毛巾擦着头发，往林诱这边走："我用一下吹风机。"

许燎抬头，就看见林诱直勾勾地注视着自己。

被他发觉的那一瞬间，林诱有短暂的犹豫，随即更加大方了，看着他说："衣服很适合你。"

许燎眯了下眼，拿起吹风机。他头发短，没几分钟就吹干了，将其放回原处。

回头，林诱还目不转睛地看着他。

许燎看了下房门的锁，不太确定是不是关着。他走近，手指搭上门锁轻轻拧转。

"啪嗒"一声，是扣紧的脆响。

许燎垂下视线，懒洋洋地盯着坐在床边的林诱，眸子里升起温度。

他往这边走，林诱莫名感觉一股巨大的危险袭来，后背微微发凉。

许燎在她跟前停步，问她："我有这么好看？"

林诱：“你有。”

许燎呼吸重了一些，低头扣住她的手腕，将人抱进怀里，嗓子喑哑了几分：“行啊，那你在想什么呢？”

问完，他的手指滑到她睡衣底下，急不可耐地撩开，触摸到微烫光滑的皮肤。

林诱看了下门外，握住他的手：“还是不好吧，这毕竟是租的地方。”

许燎右手隔着衣料握住林诱的小腿，指腹轻轻摩挲，呼吸滚烫落在她的鼻尖，眉眼被阴影侵占：“那你还这么看我？”

明显能感觉到，许燎的情绪在边缘反复。

蕴着几分渴。

赶在他彻底陷入前，林诱捧着他脸亲了一下：“改天，今晚你好好休息。”

许燎眼底微红，抵了下腮帮似笑非笑，眼睛不甘地看着她。

林诱无奈，捧着他阴沉下来的俊脸，再亲亲他额头：“说好了，明天去你那儿，没别的人。”

她认真地许诺：“到时候你想怎么样就怎么样。”

房间里安静，许燎握着林诱的手腕，还在对峙的沉默中。

半晌，他松了手，拉着被子往床上一躺，拽得被角“唰啦”挪去一半，声音里忍着什么似的：“睡了。”

“许公主”生气了。

林诱没忍住弯了弯唇。

说到底人家还是大少爷，不能称心如意多少有点儿脾气。林诱莫名想起高中那会儿，许燎屡次问她喜不喜欢自己，得不到答案就生气。

那时候天气还挺热，她坐在树荫底下躲阳光，许燎又问：“你到底喜不喜欢我？”

她没说话。许燎当场就把手里的矿泉水瓶给砸了，气得要命，问：“你到底什么时候喜欢我？”

当时林诱第一反应是蒙，蒙完，又笑。

得不到就生气。气急败坏了，属于是。

不过许燎的毛也挺好顺的，林诱掀开被子，在他身旁躺下，手从背后搂着他肩膀，慢慢将全部重量都压到他身上，凑近吻住了他微凉的唇。

亲了亲，没动静。

她又扒拉着他的肩膀，乌黑的长发披散到他颈侧，再舔了舔唇，舌尖轻轻往里探——

下一秒，林诱感觉天旋地转，手臂被重力攥紧到轻疼，视线里是许燎染着阴影的眉眼，眸子很亮，额角微微浮现出几缕青筋。

他隐忍得很烦躁。

林诱眸子睁大，丝毫不慌地跟他对视，唇瓣微红，有些让人着魔的蛊意。

许燎的吻落了下来。

因为知道边界和禁区，吻得不那么露骨，但异常炽烈，温柔缱绻，亲得林诱微微闭上眼，指腹抚摸着许燎微硬的发尾，再往下。

她细长手指摸到许燎的睡衣领口，解开，垂下视线看他胸肌上的繁复的刺青。

宛如塔尖的锋芒聚拢，集合成环状，线条利落锋利，很像无情尖锐的武器。

那是她走后第二年的生日，许燎喝了酒去文身店里做的。

——每一根锋芒都指向心脏。

那是他感到疼痛的位置。

林诱指尖轻轻触摸着。

……不会痛了。

我不会让你再痛了。

醒来是早上八点。

林诱没贪睡的习惯，但侧头看到许燎，也没急着起床，硬是在床上多待了半个小时。

许燎被动静吵醒，漆黑的眼眸显出混乱的情绪，随后一伸手，将林诱拉进了怀里。

林诱待着没动，等他缓了十几分钟，彻底清醒，才问他：“早上吃点什么？”

他没听见似的，抵着她的头发，鼻尖蹭着她颈侧轻嗅。

她看他意识不清的样子，说：“我先起来了，给你弄点吃的，你想睡就继续睡，行吗？”

许燎眼皮艰难地撩起，半闭着眼，看了她一会儿说：“那我也起。”

就还挺黏人。

林诱洗漱完，打开冰箱门看了看。比起很多年轻人颠三倒四的生活，林诱特别自律，早上一般出门吃，中午在公司附近吃，晚上有机会都自己做饭，很少点外卖。

她感觉偶尔做顿饭才能有生活的味道。

她拿出小白菜、面条，去了厨房。

开火后，听到踢踢踏踏的脚步声，许燎穿着她给他买的蓝色睡衣，高大的骨架往门框一倚，身长腿长，半耷拉着眼皮困倦地看她。

不知怎的，这番场景让林诱笑了一下。

许燎看着她也勾唇。

林诱：“夫妻生活这就过上了。”

许燎问得很直接：“那你打算什么时候结婚？”

她回头打了个鸡蛋：“再过两年吧。”

许燎默认新郎是自己似的，抬了抬下巴：“行，那我等你两年。”

林诱没忍住，看着他直乐，锅里油猛地爆了一下，溅到手背，倒是不疼，但她下意识抽回了手。

许燎过来，拉着她的手看了一眼，站在灶台前：“你可以撤了，我来。”

林诱也没坚持，退了两步，看他拿锅铲给鸡蛋翻了个面，打开调料罐找盐，姿势非常娴熟。

她喜欢他哪儿呢？

真实。虽然家里条件好，但他在她面前从来没拿过架子。

许燎边煎鸡蛋边问：“平时几点上班？”

“九点。”林诱说，“但我一般八点多就到了。”

许燎看她：“这么努力前辈还针对你？”

林诱沉默了下：“这两者有关系吗？”

“没关系，就跟以前的我一样，很努力但你还是不喜欢我。”许燎点到为止地说了两句。

他煎完鸡蛋，下了面条，往她这边过来：“你放调料吧，想吃清淡就少放点，我口味可能跟你对不上。”

无论什么时候，他都以林诱的感觉优先。

林诱放完调料，端着碗吃饭时，看了看时间：“一会儿干吗呢？”

“你今天不是放假？”许燎对她平时忙碌的工作很了解，“出去逛逛？”

林诱笑了一下，算是称心如意：“行。”

这谈了恋爱就是要拉出去遛的。

林诱吃完饭，坐在镜子前化妆，许燎站在旁边看她，估计看了半个小时。因为有点儿无聊，他伸手把她的口红一支一支拿过来，打开看看又放回去。

他想了想：“我妈的柜子里全是口红，你怎么这么少？一会儿带你去买。”

林诱弯了弯唇，没吭声。

她拉开衣柜找衣服，许燎又站在旁边看了会儿，蹙眉说：“颜色都挺沉的，就没有鲜艳一点儿的？”

她侧头：“这些就不好看了？”

许燎垂眼，静了会儿：“好看。”

他指尖轻轻挠了挠头，还有点不好意思。

——可能这就是二十五岁才谈恋爱的直男吧。

林诱找了条碎花连衣裙，许燎站在窗边，看她晃了晃手，说：“你出去吗？我换衣服。”

许燎手指停住，往前走，走到门口又被林诱拉住。她神色镇定，又带着一丝逗弄他的开心：“仔细想想，其实你也没必要出去，是吧？”

许燎直勾勾看她，喉头轻轻滚动，眼睛似乎能在她脸上烧个洞。

随后，他转头看别的地方，正人君子似的说：“我不看你。”

林诱乐滋滋地换衣服，换好了叫他：“许燎，帮我拉下拉链。”

许燎走到她背后，翻了半天才找出那枚小小的银色拉链。衣服底下是件粉色的蕾丝内衣，贴着白皙紧致的皮肤，往下延伸出了纤细的腰线。他垂眸，跟怕夹着肉似的，不太灵活地缓慢往上拉。

拉完，他问：“之前没我，你怎么穿裙子的？”

说完，就看见林诱勾着唇，满脸笑。

许燎舔了下唇，低头在她唇上亲了亲：“你又玩我是吧？”

林诱真诚地说：“没有，我只是想知道男朋友到底有些什么用。”

许燎再咬咬她白净的耳垂，取下大衣往她身上套，跟爹妈带孩子似的，拉着她手腕套上衣袖，咬牙道：“行，我伺候你。”

没想到林诱顿了顿，收手：“等等。”

许燎：“嗯？”

“我还有件毛衣没穿。”

许燎又看着她找出一件白色马褂似的毛衣，穿上，再往外套大衣。

虽然他不知道为什么女生都是这种穿法，但林诱穿上，确实挺好看。

被夸了心情好，林诱出门时神清气爽，脚步都有些飘。

不过，手被轻轻扣住了。

许燎下了一级台阶，牵着她，跟牵公主似的欠了欠身，微微勾唇：“您请。”

漫天的日光都落到眼底。林诱扣紧他的手，往前一步，抱了抱他。

天空下着细碎的雪，粘在脸颊上，像鹅毛的温柔触感。大街上人头攒动，他俩站在一起，回头率特别高，有时候看得露骨，还有人偷偷拍照。

林诱淡定道：“好久没出门艳压群芳了。”

闻言，许燎侧头看了她一眼。

本来就是开玩笑，林诱抬眉：“我不好看吗？”

许燎笑着低头：“好看。”

就是……

这个女人有时候过于自信强大了一点，尤其是知道许燎疼她，那可是蹬鼻子上脸得没边了。

许燎手指扣得更紧：“不知道你什么时候改的。”

过去还行，现在更好。主动至极，让他又爱又恨，喜欢得很。

走到商场，许燎手机响了。换成平时他估计看一眼就挂断，但现在垂眼，接通后随意地喊：“爸。”

他俩停住脚步，林诱侧头看他。有那么一瞬间，她对这个称呼感觉到陌生，还有一点警惕。

许燎喊爸了。

那就是东德的董事长，平时在电视和网络上看见的大企业家。

那得是什么人！

许燎的态度特别随意：“逛街呢。没事我挂了。”

对面是个斯文的声音：“逛街啊？跟谁一起？我听你妈说你从日城回来啦？那你什么时候回家一趟？你妈念叨你呢。”

“知道了。”许燎看了下手机，“过两天吧。”

他跟林诱招了招手，动作随便得像喊她看个笑话一样。

林诱就是被这个动作迷惑住了，以为他挂了电话。她走近，却听见许燎自然而然地说了下半句：“跟女朋友逛街呢——要不要跟她说两句？”

林诱第一反应是吓了一大跳，才意识到他没挂电话，下意识地想往后退，没想到许燎问完就递过手机，居然是在询问林诱的意见。

林诱脑子里空白了一秒。

接着，就跟条件反射似的，接过手机“喂”了一声：“叔叔您好。”

许至鸣才是真蒙了，脑子在“儿子女朋友”那一句拼命打转，接着就听见沉静的女声，他卡壳了好几秒：“你是……”

许燎半倾身，靠近扬声器提醒：“初中同班的林诱，高中我喜欢的那个女生。记得吧？我以前跟你说过。”

许至鸣马上反应过来了，声音透着慈爱：“原来是小林啊。”

特别亲昵的语气。

说得跟见过她很多面，非常熟悉似的。

所以又换成林诱拿着手机，发怔，回忆自己什么时候和这个大佬见过面。

“小林，你现在工作是干什么的……”许至鸣开始盘问户口。

许燎看他俩聊天很尬，估计这行为太突然了，接过手机说：“爸，改天我带她回来吃饭，到时候再聊吧。”

许至鸣应声：“行，那见面了再聊。小林再见啊。”

林诱赶紧说：“叔叔再见。”

电话挂断，她还没从这突发事件中回过神。

很多大人物隔着屏幕感觉触不可及，但接触聊天又非常温和，跟许至鸣一样。但林诱心里清楚，这都是位高权重者的面具，其实心里算计多着呢。

所以跟他们说话她多少有些紧张，回头看许燎：“你这……”

许燎握紧她手：“不用紧张，我爸知道你。”

林诱更紧张了。

“我高中他就知道你，”许燎摸摸她发烫的脸，“知道我特别喜欢你，还追不到。”

难怪，许至鸣语气防备了一瞬间，又松了些，接着开始盘东问西，显出了家长操心儿子婚姻大事的真实嘴脸。

林诱也不知道该松口气还是继续紧张，毕竟第一次跟未来公公说话，脑子里激烈地想了会儿，问：“我刚才的表现还算有个小辈的样子吧？”

难得看到林诱思考这种问题。

许燎轻轻拢了拢她脑后的头发：“没事儿，不用管他们怎么想，我喜欢的他们就会喜欢。”

许燎不像其他二代，忙着继承家产，争权夺利，苦心经营。

他这辈子顺风顺水，随心所欲，父母对他唯一的期望是：孩子开心就好。

所以……大概这么多年，他唯一受过的苦，就是高中时追不到喜欢的女孩子，因而单身了二十多年。

这么一想，林诱忍不住又笑了。

走进商城里，本来他俩是闲得到处走走，但路过透明的橱窗，许燎停下了脚步。

“林诱，你过来。”

林诱应声侧头，许燎想了会儿才开口：“那条裙子，你穿应该好看。”

橱窗里有一条到大腿的纯欲风小礼裙，杏粉色，腰收得窄，肩膀微微松开，挂了一条项链似的装饰品。

林诱想起他刚才说她裙子颜色沉，会意了：“穿给你看看？”

想让女朋友穿漂亮衣服，应该是男人的共识。许燎拉着她进去：“随便试试。”

林诱让售货员取下这条小裙子，看了看，差不多明白许燎对女人的审美了。她笑了一下，将包递给许燎，转头去试衣间。

穿好后，她发现比预想中还要窈窕有致，特显腰细，堪堪露出两截白皙的长腿。

她走出试衣间，许燎正百无聊赖地看着别的地方，先听到售货员惊呼一声，才转头。

他目光落到林诱身上时，闪了一下，随即不太自然地移开。

林诱偶尔刷刷抖音，遇到长得像许燎的男高中生，也会有这种怪异的反应。

她大方地走到他跟前：“好看吗？”

许燎目光微躲，不太自在。旁边走过一个陪女朋友的男生，直接“哇”一声：“美女啊！”

他皱眉，侧身挡住林诱，沉着眉眼但耳朵微红："好看，但这胸太低了。"

售货员忙不迭道："帅哥，现在的女孩子都这么穿，你也太保守了！"

许燎面无表情："下面也短，刚到大腿根，别的不说，穿上不冷吗？"

问题他刚才不是这么想的。

售货员生怕卖不出去，使劲儿撺掇："没事，下面穿个黑丝就行了。我们这儿有配套的，穿上特别好看。"

许燎眉眼难得隐忍："黑丝？"

他眼神都不对了，看着林诱的腿，不知道想到什么，耳后的红开始蔓延。

林诱"噗"一声笑出来，也没说话，听他俩扯。

售货员说："对啊，你女朋友腰细腿长，长得还御姐范儿，穿黑丝——啧啧啧，绝对了不得。你不让买转头就后悔信不信？"

许燎俊朗的眉眼微敛，明显处于极大的挣扎之中。半晌，他若无其事："不要这条，进去把裙子换了，我们买别的。"

他边说，边将林诱往里推。

林诱停步，牵住他的手臂："买了吧。"

许燎："不行。"

林诱目光明亮地注视他的眼睛："我要买。"

她坚持，许燎顿时陷入僵硬。他抿了一下唇，再坚持："不行。"

林诱示意售货员："包起来。"

许燎看她的眼神带着一丝丝压抑，眉眼被阴影涂抹，显然是少爷脾气有点上来，但语气却低了个度："不买，行不行？"

林诱进去换回原来的衣服，出来，拉许燎的手："黑丝也选两条？"

许燎意识到自己在林诱面前没有发言权了，但他目光执着，站在原地没动，确认林诱完全不理会自己，这才轻轻磨牙，迈开长腿跟上来。

他一只手提两只袋子，另一手还得牵林诱，探手一勾，搂着她的腰进自己怀里。

林诱问他：“一会儿干吗呢？”

许燎垂眼，“哧”了声，记仇似的：“有我说话的份儿？你想升天也行。”

“看个电影？”林诱眸子发亮，注视着他。

“行。”许燎声音顿时又缓和，说完感觉自己真废，属于是被林诱狠狠地拿捏住了。

“看哪一部呢？”林诱拿着手机凑到他眼前。

空气随之送过来她发缕间洗发水的清香味，不知道是茉莉还是薰衣草，清新干净。往下，能看见她小巧的下巴，秀挺的鼻梁，垂眸时沉静的眼神。

算了。许燎心说，爱拿捏就拿捏吧。

“你想看什么都行。”

林诱选了一部悬疑片，选完开始乐：“有人对自己百依百顺的感觉真好。”

许燎伸手捏捏她下颌，挠似的：“你就故意拿我呢？”

看电影前两人先去吃了个饭。林诱感觉挺久没吃抄手了，在美食街逛了一圈后点了一份藤椒虾仁抄手、一份红油牛肉抄手。

他俩口味不同，林诱用勺子舀了一个吃完，鞋尖踢踢许燎：“啊。”她用筷尖点自己的唇。

许燎看了一下周围。人很多，目光频频望向这边，估计以为网红男女出来摆拍视频。

但林诱的目的很明确，微微启唇。

他低头将抄手夹成两半，拿勺子舀起，递到林诱唇边：“吃。”

她刚咬进去，许燎立刻放下勺子，拿出纸巾拭净她嘴角的油渍，垂眼仔细看着，免得晕开口红，非常之低眉顺眼。

周围全是旁观富婆包养小白脸的诡异眼神。

林诱心情真是好啊，感觉好久没这么快乐过。

“走了。”吃完，她拍拍屁股起身。

林诱走在前，身后两三步外，许燎不紧不慢地跟着，目光一直落在她身上，几乎没移开过。

看她心情好，他心情也不错。

走到电影院，许燎将袋子暂时放在座位中间，无意瞥到袋子里面的裙子，略感不爽地皱了一下眉。

林诱对他针对裙子的敌意很好笑：“怎么了啊？”

许燎说：“你到时候别给我穿着这条裙子招摇过市。”

林诱往后一仰，往嘴里送了颗爆米花，淡淡道：“我也没说要穿出门啊。”

许燎侧头盯着她。

她舒舒服服选了个姿势，看着屏幕，文不对题地来了句：“回家了穿给你看。”

这一整场电影，林诱都能感觉到许燎没在状态。

她往他嘴里塞了颗爆米花，觉得好笑，然后若无其事地继续看电影。

唯独许燎食不知味地嚼着爆米花，半晌，他用修长的手指扣住林诱的五指，轻轻握紧。

电影散场，林诱站在门口东张西望，看时间还早：“一会儿干吗呢？”

许燎到她跟前，短暂地沉默了一下，说：“都行。”

“那我们继续逛街？”

他也不能说对这个提议有意见，但明显这不是他心里最想要的，白色的鞋尖往前踢了下：“你想怎么样都可以。”

林诱又笑。她笑了好一会儿，懒洋洋地揣手站门口：“你想干什么？”

许燎站着，肩膀抵着门框，没吭声。

林诱：“说啊。”

许燎终于从矜持中走了出来，上前拉着她的手腕，炽烈的热度弥漫到跟前。

他靠在她耳畔，传来混合着爆米花香甜的气息，声音低沉：“回家吗？”

第十章

想结婚了

猫咖依然没几个顾客，由于许燎最近懒得营业，显得极为清冷。窗外日光昏暗，落到房间内，立刻被关上的窗帘遮住了光景。

林诱出来时，许燎正靠在窗边，肩膀显得宽大，腿也长，有种成熟男人的味道。

他回头看到林诱。

微暗的灯光下，林诱换上那条裙子，站在墙边，两条长腿跟葱似的，直且长，被黑丝精致包裹，花纹纹路显出别的痕迹。

他没挪开视线。

“换上了。”林诱说。

许燎站在原地，林诱走到他身前，牵上他比自己大了一圈的手，往自己的腰上放。

他指尖的温度开始攀升，目光滚烫，修长的手指从她腰际滑到大腿。

他拨开她乌黑的发缕，撕咬般亲她白皙的耳颈，声音微微发抖：“我要疯了。”

仿佛来自地狱的呢喃，林诱被他抱到床上。

她手指抚过他的眉眼，笑着问：“喜欢吗？”

许燎用低哑的气音道：“喜欢。”

林诱依然从容安静，而许燎却兵荒马乱。

她轻声说：“喜欢就好。”

男人像是被刺激了，握紧她手腕到微疼的地步。

“你、怎么、什么都敢……”许燎的声音变得破碎。

林诱笑了一声，踢开被子，能感觉到许燎掌心火热的温度。

“我想让你高兴一点。”林诱看着他的眼睛，目光明亮，“以前没有给的，现在补给你。”

她的眉眼显得极为认真。

而她心甘情愿这么做，都是因为许燎的爱，给了她全部的安全感。

眼前这个痛苦狼狈的男人，不会轻浮玩弄感情，洁身自好，对喜欢的女孩儿贵重地捧在手心，视为珍宝。

所以，她可以给他看见自己全部的样子。

她也想让许燎知道，他和她爱情的全部模样。

潮热的空气中带着湿漉漉的味道。床笫间混合着起伏的声音，被褥全都掉在了地上，四周散落着衣物。

好像被浪潮推到尽头，浑身的骨骼泛起酥痒，又被阳光微微照着，目光中的灯光明亮。

林诱困得要命，被许燎抱起去浴室清理，又拿出吹风机给她吹头发。

她懒洋洋地眯着眼，算是挺惬意地享受着。

许燎修长的手指，在她发缕间穿梭，没一会儿开口：“林诱，问你个事。”

“嗯？”林诱。

他将她搂在怀里，撩开发丝，亲了亲额头，问：“结婚计划考虑过提前吗？”

林诱：“不考虑。”

他皱了下眉：“为什么？”

林诱半开玩笑半认真地说：“我可是事业型女人。”

许燎眉头皱得更深，他觉得自己像个“恋爱脑”似的，但还是隐忍地扯了下唇：“你是事业型，那我是什么？”

林诱看向他。

许少爷刚洗完澡，没穿上衣，头发一半干燥一半尾梢滴水，眼皮微微耷拉着，没了平日的沉稳冷淡和矜贵，这会儿皱着眉神色烦躁，似乎很在意自己的名分。

林诱想了想说：“你是我养的小狗。”

许燎舔了下唇：“我是狗是吧？”

但他竟然也没烦。

林诱确认：“嗯。”

许燎呼吸窒了一下，眸子懒散地转了几转，不知道怎么回事，心高气傲的大少爷真没反驳。片刻，他算是认可了自己的身份：“嗯，你养的就行。”

林诱直接笑了一声，笑完才问：“怎么急着结婚？”

许燎抬了抬眉梢：“每天白占这么大便宜心里不踏实。”

林诱：“是吗？”

他撩开她头发，亲了亲她耳后：“想早点属于你。”从过去到现在，他唯一害怕的就是失去。

林诱亲了亲他的脸。

许燎枕在她耳畔，半闭眼就这么睡了。林诱手搭着他的肩膀，听到他熟睡后平稳的呼吸声，心里觉得平和。

但一些不安的情绪在慢慢攀升。

她想了想，强迫自己闭上眼，跟着也睡着了。

周末结束回律所上班，律所开始提供公益咨询的值班。同事都不太愿意干这个，没钱拿，林诱理所当然被分了过去，负责免费为来访者提供法律咨询。

一位五十多岁的大叔，之前在送外卖，不幸出车祸被撞残右腿，一直弄不清楚怎么去鉴定所要文件。

林诱想了想说：“我陪您走一趟吧。”

她前脚刚出门，后脚律所门外就来了辆车。

现在差不多快下午五点，许燎给林诱发了条消息，才知道人刚走，不过取完报告还要回来。

他决定进去等。

刚走到律所，前台看见许燎："请问您有什么想咨询的吗？"

他往等候区的椅子上一坐，说："等女朋友下班。"

前台点点头。她还是个菜鸟，以为他就是一枚长得帅的男士，与她的工作无关。没想到过了半分钟，杨方澜拿着杯子走了一圈，猛地顿住脚步，大步朝男人走来。

"许先生？"杨方澜面色激动，"有什么事劳您亲自走一趟？打电话叫我过去就行，您请——"

他往办公室示意，许燎抬手拒绝："不用，我等人下班，不是过来咨询。你忙你的。"

杨方澜只在酒局上见过许燎，但没说过话。他微微弯腰，脸上挂着和蔼的笑容："等人啊？没想到我们律所还有您朋友，要不要我帮您叫过来？"

许燎："不用，我等她下班就行。"

因为他爸的关系，来讨好的人特别多，许燎不一定都有精力应付，现在冷淡不耐烦地聊几句，又让杨方澜确定这二世祖是个纨绔少爷的事实。

但人家再纨绔，该给的面子还是要给。杨方澜推推眼镜，笑道："那我先过去了，您请坐。"

说完他让前台赶紧泡茶。

许燎站了没一会儿，褐色的眸子转动，突然叫住杨方澜，声音似乎更冷淡了："你们律所有个叫洪森的？"

杨方澜思索两秒："有的。"

"叫他过来。"

洪森一脸紧张地走近，抬手擦了擦额头的油汗，抬头看眼前陌生又阴郁的年轻男人，有点没反应过来："许先生好，请问您找我？"

许燎面色不善："我听说你骚扰我女朋友。"

洪森脸色微变，心想许燎这种出身的少爷，接触的女人要么是豪门千金，要么是明星网红，而自己哪儿来的出息跟这些女人打上交道？所以这是什么意思？

他支吾着："您这是从何说起呢？我实在听不懂。"

许燎揭开盖子喝了口茶，抬头再看他。

这眼神看得洪森毛骨悚然。

许燎拿架子还是会拿，没明说，淡淡道："你自己想想。"

洪森说到底也不会在这么多人面前㞞成狗，笑着客气说："我想这其中会不会有什么误会？我做人大家一向都是知道的，不会干出您说的那种事。这里是律所，如果真有这回事您可以当场告我。"

许燎垂下眼帘，笑了一下："我是以她男朋友的身份来跟你说话的，洪律师，如果我想对你怎么着，这律师函递不递，影响应该不大吧？"

他站起身，来回走了两步："看来你是真想不起来了。大概一个星期前的深夜，有人给林诱的手机发消息，我确认头像那张脸的确是你没错吧？"

洪森愣了两秒，捕捉到林诱这个关键信息，脸色从倔强变成震惊，重复："林诱？"

不止他，杨方澜也蒙了。

林诱的学历很亮眼，但家庭和恋爱情况他们都清楚，之前没听说有男朋友啊，怎么突然冒出来，还是正明律所最大的金主。

洪森开始语无伦次："误会，误会了！"

"误没误会你心里清楚，我现在没动手揍你是我脾气好。"许燎抬起一根手指，在他跟前晃了晃，"你有本事继续骚扰她，来跟我走着瞧。"

这话说得跟地痞流氓没两样。但看得出来许少爷就是单纯想揍他，还没到要把他前途直接废了的地步。

洪森脑子里转了好几秒，直接道歉：“真对不起，我不知道林律师有对象了——”

许燎嗤声，抬眼，语气不轻不重：“那你还不知道自己有老婆？”

洪森连忙道歉：“对不起，对不起，我一时糊涂……”

许燎不吃这套：“这话你跟林诱说。”

洪森忙不迭应声，觉得自己倒霉催的，惹上这两个都是什么怨种聚头？一个直接在办公室抽他一巴掌，一个也当着所有人面开怼，让他颜面尽失。

林诱回来时是傍晚六点半，看到许燎坐在等候区，百无聊赖地玩手机，长腿架在茶几上，有点儿坐没坐相。但前台站在他面前，大气都不敢出。

她问：“等多久了？”

“有一会儿。”许燎示意她，“我闲，你忙你的。”

林诱没怎么跟他说话，往里走，觉得律所气氛不太对劲，所有人都异样地看着自己。

而洪森站在她办公桌前，没了以前的趾高气扬，满脸汗水，目光直勾勾地看着她，嘴唇微微动了动。

一走近，听见他说：“林律师，这段时间不好意思了。”

就这一句话，林诱就明白了怎么回事。

她看着洪森，洪森也看着她，明明他身高更高，却显得比她低一个头，他说：“之前有些误会。”

林诱左右看了看周围一圈的人，都假装在上班，却偷偷摸摸往这边张望。她从文件包里取出资料，说：“我们也别废话了，你道完歉就走吧，大家都有工作要忙。”

她话里的轻蔑让洪森臊得耳朵都红，他面红耳赤，说：“对不起，林律师，之前是我不对。”

林诱低头整理案卷，都没看他一眼：“知道了，你走吧。”

许燎既然处理好一切了，她多跟洪森说一句话都是浪费时间。

将案卷整理好，她没再理会仍站在一旁的洪森，拿起外套走出律所。

许燎还坐在沙发里喝茶，但喝得也挺不耐烦了，看到林诱才吊儿郎当地站起来，但动作慢条斯理，旁边那前台都想伸手搀他。

林诱才知道他还挺会拿架子。

她过去问他："晚上吃什么？"

许燎伸手搂着她："随便。"

他俩往外走，身后的前台满脸复杂。林诱回头一看，刚下班的人群正好拥出，大部分注意力都放在他俩身上，估计刚才的瓜都吃完了。

林诱心说坏了。

上车，许燎细长的手指握着方向盘，问去哪儿。林诱随口说了个地方，盯着手机屏幕。

她之前加了个律所的闲聊群，果不其然，这会儿群里都在"吃瓜"，有些人瓜还没吃全。

△听说律所的金主爸爸来了？

△好像是我们律所某个女孩子的男朋友。

△什么金主？多有钱？没跟东德搭边儿，也能叫金主？

△这真是东德的金主，你敢信？金主竟在咱身边，女朋友还跟我们一起上班，有钱人体验生活。

林诱看得无语。

许燎开车绕过一个十字路口，指节握紧方向盘，侧头见林诱蹙眉紧盯手机屏幕，一脸完蛋的表情。

"我成靠金主上位的花瓶了。"

许燎手指顿了顿。

她叹了声气，关掉手机："无语。"

许燎嘴角勾了下："不好意思，害你名声不好听。"

林诱挺认真的："其实你名声也不太好听。"

许燎无所谓："是吗？"

这句话气就气在，名声不好听又怎么样，游手好闲的纨绔少爷，玩世不恭，不务正业，但谁也拿他没办法。

开车驶过大桥，许燎突然转头，看着她说："我跟我爸妈提结婚的事了。"

林诱没想到他动作这么快："怎么说？"

"能怎么说？"一直被家里人宠爱的许少爷底气很足，散漫道，"就说可以啊，不过我得回公司上班了，毕竟为了家庭得有份事业。"

林诱笑了出来："是吗，这么快就有责任心了？"

许燎看着方向盘，伸手在她头上揉了一把。

他继续开车，林诱笑容慢慢褪下，点开和柳萍的聊天框，看着上面的聊天记录走神。

她们母女间交流很少，她跟父亲的就更少了。之前每个月给父母转四千工资，后来他俩吵架，非要说谁吞了谁的钱，现在林诱开始单独给每个人各发两千。

她点开和父亲的聊天框：

△乖女儿，还有钱吗？

△乖女儿，给爸爸转三千块钱。

△女儿，打牌输了，转爸爸两百吃饭。

…………

除此以外，没有别的内容。

林诱关掉手机，撑着额头用力地揉眉心。

以前感受到的无力感，拼命往脑子里涌。

片刻，许燎侧头看她，意识到不对，低声问："怎么了？"

林诱摇头说："没事。"

她翻动聊天框，找到了王瑜的名字，点进去。

前段时间，林诱看见王瑜的朋友圈发了几条帮朋友卖二手房的信息，她留意得比较多。

王瑜对她的造访略感意外：房子吗？还没卖出去，你想要？

林诱打字：我改天能过去看看吗？

王瑜：行啊，你什么时候有时间来找我都行。

林诱发了句谢谢，过了会儿又发：这事儿别告诉我妈啊。

王瑜现在是他们那条街办事处的公务员。

都是同龄人，隔了两个小区，他了解年轻人的生活情况，大概也了解林诱的家庭是什么情况。

他回复：不告诉不告诉，你直接来办公室找我就行。

林诱挑了个周末，坐大巴回家。南溪是海市的经济辐射区，但相比之下穷了很多，主要以旅游业为主。

一座阴雨蒙蒙的小城市，汽车站招牌的霓虹灯熄了半截，水泥地乌漆墨黑，低矮的建筑群中不时夹杂着新开发的楼盘，到处是装修的噪声，充满现代和陈旧的违和感。

读高中时，林诱每个月都从海市回南溪，坐的是同一班公交车，也都从这条路经过。

她走到公交车站台，不远处的车里有人挥手，王瑜喊："这边，过来！"

林诱拉开车门，发现里面还有个男的，戴着眼镜。他冲她笑了笑："我是房东，你好你好。"

她和他打了招呼。

王瑜发动汽车："听说你们律师都忙，周末不加班？"

林诱："不怎么加，这周工作顺利起来了。"

王瑜笑了下："打算住两天再回去吗？"

林诱想了一下，说："再说吧。"

王瑜说起正事："你们聊一下房子的问题吧。"

房东开口："我现在不在南溪这边住了，也去了海市。以前这房子是我爸妈在住，但他俩去帮我姐带孩子，房子又空下来了。"

林诱说："了解。"

房东说："他俩不会回来了，我这段时间想换辆新车，只好出手了。房子空了半年多，里面还有些家具，你不想要可以扔掉。要是你觉得可以，我们尽快签合同。"

车停下。

是一个比较老的小区，栽满绿植，环境安静。

林诱进门环顾，房子白灰剥落，墙壁上有几道灰痕，空间不大，阳台正对着一株茂密的黄果树。

林诱回头问："价格怎么说来着？"

房东耸了耸肩："王瑜应该跟你说了吧，面积五十六平方米，三十万，你是王瑜的朋友，我没想过坑你，报的是最公道的价。"

王瑜在旁边站着，打量着房子。

林诱沉默不语。

房东笑着说："美女，你别跟我讲价啊，你讲价我也不会少，咱们麻利点的，能成交就赶紧交房了。"

林诱也直说："我现在只能拿出二十万。"

房东笑了："没有你这么砍价砍小一半的啊！"

林诱想了想，说："我不是打算砍价，是想跟你商量一下，能不能先付二十万，后续我每个月支付给你。"

房东夹着烟看王瑜："没听说过买二手房还分期付款。"

他明显不太乐意。

王瑜想了想，问林诱："你急着买房？"

林诱也直说了："我想分户，必须买套房。工作单位那边有落户资格，但要排队，我等不了那么久了。"

王瑜神色诧异："你要干什么？"

林诱想了会儿，说："考虑结婚了。"

王瑜蓦地顿住，反应过来，"哦"了一声："你前几天朋友圈发的那个哥们儿？"

林诱站在房子中间，点头："对。"

王瑜眉眼安静，似乎想着什么。房东没忍住问：“你爸妈都在吧？想结婚问他们拿户口本就行了，没必要非得分户。”

林诱没吭声，王瑜拍了拍房东：“你问这么多干什么？”他停了一下，接着说，“林诱本科R大，研究生F大，肯定不会欠你几个钱。你考虑考虑，行的话就把房子卖给她。”

房东揉着脑袋，很是烦躁：“老王，我急着要现钱……”他看向林诱，摆明了说，“你要是能结现，我二十八万卖给你。”

林诱跟着沉默了一会儿：“我只有二十万存款。”那是她本科后尝试着接工作，研究生跟导师干活，拿奖学金等，好不容易才攒下来的。

房东：“你找你爸妈要啊。”

王瑜烦了：“老周你就说行不行，卖不卖！”

房东卡住了，硬是有十几秒没说话，额头青筋暴起。场面尴尬，林诱缓缓说：“先去吃个饭吧，慢慢考虑，不着急。”

三人在一家酒楼吃饭。

这家酒楼很火爆，但王瑜去了电话，立刻就订上了。强龙不压地头蛇，王瑜父亲是南溪政府的机关干部，真说有权有势许燎家肯定比他强一百倍，但林诱的生长环境在南溪，从小到大家里出了事，要疏通关系，搞什么证明，全都是去求王瑜的父亲。

这种情形，导致柳萍拼命想把林诱送到王家当儿媳妇，简直有几分疯魔。

林诱去卫生间补了下妆，回来，听见王瑜跟老周说话：“人家一个女孩子，在外面工作不容易，你也不急用这点钱吧？”

老周长吁短叹：“王瑜，你就会敲我竹杠。兄弟，我跟你明说，她要是你女朋友，我房子白送给她，但你刚才听见了，她买房子结婚呢！你傻了吧你？”

林诱走进去，两个人尬了几秒，接着像什么都没发生过似的喝茶。

开始吃饭，三人聊起以前的事。

林诱对王瑜说："那时候有什么班草校草的，同学都说你长得帅，很受女生喜欢。"

王瑜脸一下变红了，尴尬地抓了抓头发。

老周听得直哼哼。

酒过三巡，王瑜不知道怎么，又想起来问："你吃完饭回去看看你爸妈吗？"

林诱："怎么了？"

"没事，你爸还是每天打牌，你妈呢就到处闲聊，感觉老年人还是挺无聊的。"他顿了顿说，"说不定他们想你回去呢。"

林诱听出他话里有话："什么？"

"真没什么。"王瑜捏着酒杯，想了想才说，"我妈跟我说的啊，不保真。柳阿姨成天到处跟街坊邻居嘴碎，说辛辛苦苦供你考大学，读研究生，谁知道你工作后翻脸就不认爸妈了。反正说你不孝顺……"

王瑜摇头："老一辈就是这样，思维跟我们完全不同。"

林诱拿着水杯，才意识到自己后背冰凉，好像浑身都凉透了。她问："是吗？"

王瑜客观道："你爸妈属于比较奇葩那种。"

在这种世俗的生活中，细究起来，每个人都有自己的不幸。旁边老周跟听笑话似的抬眉："你爸妈嘴真碎啊，我爸妈从来不跟人说我的坏话，都关起门训，哈哈哈哈！"

林诱捏着水杯，指骨不断收紧。

每当她觉得自己自信强大，无所畏惧时，总有一种东西能够轻易地击溃她。

这个世界上伤她最深的，不是任何挫折，而是自己的父母。

王瑜注视着她："你没事吧？"

林诱摇头："我没事。"

饭桌上聊了很多东西，吃完饭，林诱准备去结账，才发现王瑜已经先行一步，刚才假称上厕所，偷偷把账给结了。

她站楼道跟他扯皮，执意要把饭钱还给他。王瑜掏掏耳朵，往楼下走："就没听说让女生结账的事儿。"

楼下有人举办婚宴，宾客正酒酣饭饱，喧闹嘈杂。林诱从过道走过，眼前闪过一抹熟悉的身影。

林斌举着酒杯，四处劝酒，脸涨得通红。旁人已经面有怒色了，他还嬉皮赖脸开玩笑："喝一杯，喝一杯嘛。"

林诱怔了两秒，脚步停住。

王瑜回头看到她："你爸也在这儿啊？"

林诱第一反应是偷偷地走，但下一瞬间，林斌搁置酒杯回头，看见她后，大步走过来："我的乖女儿回来了！"

林诱后背冰凉，脊椎发麻，看着眼前走近的醉鬼。

林斌牵着她的手腕，往人群中拉："介绍一下，这是我女儿，R大毕业，F大研究生，现在在海市工作。"

他嗓门奇大，周围的人都看过来。

林斌挤弄眉眼，声音有种残忍的笑意："长得很漂亮哦。"

林诱猛地甩开他的手。

林斌满嘴酒臭，冲上来，搂着她的肩膀："乖女儿，跟爸爸回家，你妈妈在家里等你，天天想你呢！"

在外人眼里，他们是无比亲昵的一对父女。

王瑜正准备跟林诱说再见，却看见她小腿微微发抖，仿佛被恶鬼缚住，像个提线木偶似的，僵硬地被林斌搂着肩膀往门外推。

老周叉腰看热闹："我看她跟她爸也没那么糟啊？挺亲热的。"

王瑜静了会儿，说："没你想的这么简单。"

片刻，他补充："林诱是养女。"

第十一章

牵她走出黑暗

一路上林诱觉得自己在做噩梦。

萦绕的酒臭，聒噪的喊叫，那些浮夸的亲密。她好像一个破布袋子，被扯来扯去，被从东边拉到西边。

林斌掐着她的手腕，掐出红痕。走到小区门口，不住地对人微笑点头："我乖女儿回家了，回家看爸爸妈妈了。"

打开门，林诱被推了进去。

柳萍坐在沙发上看电视，看到她，目光只停留了一瞬，继续看电视："回来了？"

林诱点头："回来了。"

"回来干什么？说吧。"柳萍说，"你没点事也不会回来。"

林斌抄着手："我看到她跟王瑜一起吃饭。"

柳萍停下按遥控器的手，回头欣喜地看她："是吗？你俩谈上了？"

柳萍一秒变脸，猛地站起来："最近你们相处得怎么样？"

林诱平静地道："就正常交往。"

"哼。"柳萍冷笑，"不说实话。"她用掂量斤两似的目光看林诱，接着注意到林诱的妆容，"你这弄的什么，真难看！"

林诱没说话。

柳萍问她："回来了，什么时候走啊？"

林诱说："下午就走。"

“下午？”柳萍重复了下，接着抬高眉梢，“我知道你啊，林诱，你反正是不想在这个家里待一天了，你就想着尽快摆脱我跟你爸，是不是？”

她刚说完这句话，旁边本来笑嘻嘻的林斌猛地沉了脸，盯着林诱：“是不是！”

林诱心脏狂跳，用尽全力挤出笑容：“不是的。”

柳萍再冷笑：“又撒谎。你就是谎话精，你眉毛眼睛一动，我就知道你在想什么。”

林斌开始暴喝：“是不是！你就想着摆脱我和你妈？”他喝醉了，头脑糊涂，抬手狠狠推了她一把，“白养你！”

林诱站在原地，浑身发抖。

看她可怜的样子，柳萍快要笑出来，得意地继续看电视：“林诱，你骗得了任何人，可骗不了我。快叫你爸爸进去睡觉，今天别走了，明天再走。”

林诱还想说话，林斌的手掌猛地抬起。

她喉头发干：“我明天走。”

她扶着林斌进卧室，林斌拖拖拉拉，一个跟斗跌进床里，拉着她的手说：“乖女儿陪爸爸睡觉啊？”

林诱抽开手：“我去陪妈妈看电视。”

黑暗中，林斌没有松手，紧紧盯着她的眼睛。

他用林诱几乎无法分辨真假的醉腔说：“帮爸爸把外套脱了。”

林诱心惊胆战地给他脱外套。

她回到客厅时，柳萍冷漠地看她一眼。柳萍调了调电视台：“你跟王瑜都聊了些什么？”

林诱说：“聊了初中的事情。”

“他对你满不满意？”

林诱镇定地说：“他好像挺喜欢我。”

柳萍尖刻的嘴角露出笑意：“那就好。”

她一转话题：“今晚叫他过来吃顿饭吧，前段时间给你外甥转学校，他帮了忙的。”

林诱沉默了下，说：“行。”

柳萍整理了下自己，施施然起身：“你给他发个信息，叫他六点半过来。我俩现在出门买东西。”

林诱站在原地发消息，她点开和许燎的聊天框，刚打了没几句，柳萍看她：“还没发完？”

林诱：“发完了。”

“手机给我。”

林诱将手机递给她。她看了看聊天框，往上翻，说：“怎么没有其他聊天记录啊？”

林诱：“我习惯删聊天记录。”不然会被她看到买房的聊天消息。

柳萍看了林诱一眼，似乎在辨别真假，嗤声后，将手机放自己兜里：“别玩手机了，买完东西我再还你。”

她俩一起出门买菜。临结账时柳萍才把手机递给林诱，说：“你来。”

林诱付账，付完立刻将手机还给她。

林诱乖巧的态度让柳萍心情好了很多，她懒得再走动，说：“你去对面买条鱼，我在门口等你。”

林诱拿着手机，走到拐角，再往里拐。

走出柳萍视线的那一瞬间，她一边给许燎打电话，一边不断往身后张望。

许燎声音低懒：“为什么一直不回我消息？”

林诱听到他声音的这一瞬间，这几个小时的惊恐猛地落下。她感觉很糟糕，但说不出来糟糕的地方。忍了几秒，她小声抽泣。

对面静了几秒。

许燎声音抬高：“怎么了？怎么哭了？”

“救我。”林诱攥着手机的指头发痛，她好像回到了父母就是她全部荫蔽的高中时代，那片天压在她头顶，漆黑阴沉，随时会打雷下雨。

而她力量太微小，无论被怎么辱骂殴打，都没有勇气，也没有力量反抗。

“救救我，”林诱哽咽，“你过来……”

“你在哪儿？”对面响起匆忙走动的声音。

林诱说：“我爸妈家。”

许燎高中去找过她。

他就想了几秒，开始穿大衣，声音满是焦虑：“好啊宝宝，没事的，我马上开车过来。”

林诱的声音细如蚊蚋，像小女孩的哭腔：“你快点。”

她挂断电话，对着屏幕擦了下脸，确认自己看不出什么哭过的痕迹后，若无其事地到水产区买鱼，怕柳萍等得太久，一路小跑回去。

回家之后，柳萍和林诱开始做饭。

还没到六点王瑜就敲门了，拎着一篮子水果。看到厨房里忙碌的母女，他满脸不好意思：“柳姨随便炒个菜就行了，干吗弄这么丰盛呢？”

柳萍满脸和蔼：“这不是因为诱诱难得回家一趟嘛，请你来家里吃顿饭，你们也好相处一下。”

王瑜眉眼尴尬了一瞬，看来柳萍还不知道林诱已经有男朋友了。

他不拆穿，也不尴尬，满屋乱转，转到林斌房间去：“林叔，来，抽根烟。”

林诱心里一直七上八下。冬天天黑得早，六点多已经阴沉，接近七点几乎乌漆墨黑。林斌示意林诱：“你下去买几瓶酒，今晚喝。”

王瑜说：“我去买，我去买就行。”

林诱几乎没有说话的份，看着他推门出去。

估计十几分钟后，重新敲门。

柳萍去开的门，笑吟吟道：“小王回来啦——”

她话语突然卡住。

门外，王瑜先进来，背后跟着踏进一条笔直的长腿，穿件灰绿色的冲锋衣，宽阔的肩膀被衣衫遮掩，但能看出身材高大，五官俊朗，年纪挺轻，有种跟这儿的一切格格不入的感觉。

柳萍：“这是——”

许燎拎着礼物，平静道：“阿姨好，我是林诱的男朋友，我姓许，你叫我小许就成。”

林斌猛地站起来。

王瑜摸了摸鼻子，往里走：“帅哥进来坐。”他下楼买酒，看到许燎在附近转悠，一直在看手机，眉眼有些压抑，想起林诱朋友圈的照片才认出许燎。一问才知道许燎只来过林诱家楼下，不知道具体楼层。

柳萍脸垮了一半，但当着王瑜的面不好翻脸，扭头冷声招呼：“林诱，你过来看看，这是不是你朋友？”

林诱拿着锅铲，看到许燎那瞬间，嘴角轻轻往下撇：“是我朋友。”

柳萍僵笑：“他说什么男朋友——”

“是我男朋友。”

房间里维持着诡异的寂静。

王瑜继续招呼：“你坐啊，光站着干什么？”

许燎放下礼品，往沙发上一坐。

一看就是个矜贵轻慢的大爷，不太招长辈喜欢。

林斌黑着脸，直接进了卧室。

林诱继续回厨房做饭，客厅里就剩许燎跟王瑜。许燎突然想起来，问：“你哪位？”

沉默了会儿，王瑜说：“街坊邻居。”

许燎垂下眼睫，开始审视整间屋子。墙壁上贴着林诱高中的奖状，斑驳了，泛出白色的印痕。茶几堆着药瓶，阳台堆着酒瓶，抽屉里放了几张单子，是一个外表看起来很普通的家庭。

他站起身，进了厨房。

林诱在剁鱼头，剥出鱼腮，被鱼刺扎得缩了缩手。柳萍皱眉，露出厌烦的表情：“你看看你，什么都做不好！”

她一把将鱼丢进水槽："滚开我来。你去把大葱切了。"

林诱低着头，额发垂落下来，掩住了半张脸，看不清她脸上的表情。她像个疲惫的家庭主妇，伸手去拿大葱。

她的手腕被轻轻抓住，许燎的手心微烫，声音有温度："我来吧。"

柳萍才看到他，但王瑜不在这里，她也没调整脸色，冷冷地剁鱼头。

许燎示意林诱："你出去歇着，等吃饭就行。"

林诱呆了一会儿。

厨房有些拥挤，泛着饭菜的香味。她后退几步站在门口，见许燎挽起袖口露出瘦削的手腕，拿起大葱冲洗，垂头切菜。

柳萍需要什么他就做什么，态度客气，但明眼人也能看出来，疏远着呢。

毕竟当着他的面骂林诱，看在是她的父母的份儿上，他已经忍着没沉脸了。

菜弄完，他走到林诱身旁，给她把围裙解开，挂在门后的挂钩："去洗手，准备吃饭了。"

他手腕戴着一块名表，没来得及摘，沾了水渍，袖口也有些沾湿。

许燎天生就是太子命，他做饭是消遣，哪里伺候过别人。

林诱低头，始终看着地面。

片刻，她头发被轻轻撩起，许燎不太娴熟但认真地捋下发圈，重新给她扎头发，扎得她整张脸露出来，又变成精神饱满的样子。

他用指背碰碰她的脸颊，说："好了，没事了。"

两人回到桌上吃饭。

林诱小时候很不喜欢把同学带家里来做客，因为父母喜怒无常，并不喜欢她招来的同学，还会当面训斥她，让她自尊心受损。

那个时候，她害怕其他人来自己家里，看到醉鬼父亲和冷淡的母亲，不经打理的家庭，与人悖异的亲子关系。

尤其是在许燎面前，她保留着一份少女的骄傲，不愿让他看见自己的狼狈，只想干干净净，独立地和他在一起。

可现在，许燎已经来了，坐在椅子旁跟她爸妈吃饭，没露出不习惯的神色，也并没有对她侧目相望。

饭盛在碗里，柳萍和林斌脸色不好，一昧地奉承王瑜：“你多吃点。这个鸡炖得很好，我特意买的乌鸡，听说是乡下散养的，比超市卖的冻鸡营养价值高多了，你吃你吃！”

他们不理许燎，按理说许燎该尴尬，但他神色自若，往林诱碗里夹菜：“吃鱼吗？”

林诱点头。

“给你夹一筷香菇？”

林诱又点头。

他往她碗里放，放完若无其事继续吃饭，也没想着跟她爸妈说话，各吃各的，饭桌气氛十分诡异。

吃完饭已经晚上八九点钟，王瑜起身说：“时间不早，那我先回去了。”

柳萍没留他，笑眯眯地站起来，也看了一眼许燎：“小许，那你俩一起下去啊，我就不送了。”说完，转向林诱，“你去烧一壶开水，我泡脚。”

赤裸裸的逐客令，特意把林诱留下，不想让她跟出去，再加上林斌已经半醉，阴沉着脸坐在椅子上喝酒，每喝一杯就“啪嗒”一声重重放下，颇有种山雨欲来风满楼的气氛，好像等他们一关门就要翻脸。

刚才酒桌上的气氛王瑜多多少少感觉到了，停在原地，看了一眼许燎。

许燎看着林诱，说：“你过来一下，我有几句话跟你说。”

林诱往他这边走，柳萍拉下脸，拿围裙擦手。

林诱走到门口，被许燎牵着手腕拽出来。他说：“我的车不知道停楼下哪儿了，你带我去看一下？”

柳萍喊了声：“诱诱。”

声音里的制止意思明显。

林诱看了看站起身的林斌，说：“我下楼带他找车，找到了就回来。”

林斌面色隐隐发黑，似乎在隐忍，转头没说话。柳萍挥手不耐烦道：“去去去！”又说，“你别不回来哈。”

这句话挺像一个母亲对女儿半夜外出的叮咛。

林诱进门拿手机，又被柳萍不悦地看着。出门，她松了口气，后背那片紧绷的皮猛地松缓，牵住了许燎的手。

电梯里非常安静。

林诱有种茫然的感觉。很多年前的某一天，她被柳萍尖叫着“滚，滚出去！这是我的家！不是你的”逃出家时，她也从这个电梯出来，满脑子都是茫然和绝望，不知道该去什么地方，不知道哪里有能接纳她并且是充满爱的归宿。

她走了很久，坐上公交车，下车后看到一直在站台边等她的许燎。

一路都憋着没哭的林诱，听到他低声的询问，忍不住地号啕大哭。

当时许燎凑近看她的眼睛，少年身体发散的热意拂过脸侧，就和现在手里扣紧的掌心温度类似，让她觉得安心，不再像飘浮在半空。

这会儿，许燎牵着她走出电梯，跟王瑜点头：“谢了。”

多少能看出，王瑜在努力解围，晚上特意过来，也是想确认林诱的安全。

王瑜摇头：“没事。为人民服务嘛。”

没说两句，王瑜叹了声气，转身离去，孤单的背影中透露着潇洒。

楼下只剩他俩，许燎握紧林诱的手：“跟我回去吗？”

这一瞬间，风猎猎地吹着，不知怎的让人产生了私奔的错觉。林诱在少女时代，多少次站在楼下，幻想某个人能带自己离开，去一个没那么阴暗的地方。

她曾经一度以为不会有人来了，只能努力长大，靠自己的力量跑出来。直到如今，她已经离开了这个家庭，但只要重新踏入一步，记忆里的寒冷就像蛇蝎一样附着攀爬，涌现出让人无法遗忘的恐惧。小时候留下的那些心理阴影，直到长大依然折磨着她。

可现在……许燎站在这里，牵着她从门里走了出来，简单轻松，并没有她想象中的那样寸步难行和可怕。

林诱心里开始回暖：“走吧。”

许燎拉开车门坐下，调高了温度。他没喝酒，开始发动汽车：“走了没关系？”

林诱的声音有了力气：“没事。”

联想到后续可能发生的情况，她有些头痛……父母暴怒，向街坊邻居哭诉，闹到工作地点，打电话怒骂……

这是他们百用不厌的手段。

但是，她没有之前那么不敢面对。

车辆行驶在半道中，林诱手机突然响了。她看了一眼手机，是房东的电话，没急着接。

许燎侧头：“怎么了？”

林诱想想，点了接通：“你好？”

房东说：“美女，我仔细考虑了，这房子你真急着要，我也可以转给你，后续每个月给八千，算上利息一年多结清，你觉得怎么样？”

声音不大不小，许燎听见后转过了脸。

林诱点头：“行。”

房东问：“那你什么时候有时间？拿上身份证去房产局把户过了。”

林诱其实没想到会这么顺利。她理想中的完美解决方式是在海市落户，但不知道还得等多久，所以退而求其次先在南溪买一套。她脑子里卡了一下，深呼吸说：“明天就有空。”

许燎的车在路边停下。

电话挂断，他看着她：“你买房？”

林诱：“嗯。”

“买房干什么？”

“把户口迁出来。”干脆利落，干干净净地走出家门，从此以后谁也不欠谁。

许燎笑了一声，声音低沉：“行啊，准备户口本结婚了？”

林诱本来觉得让他发现自己贷款买房，有点尴尬，听见这话绞着手指：“不许吗？”

“不是。”许燎问，“你那房子多少钱？全部积蓄都搭进去了，还得分期付款一年多，到时候能筹备出嫁妆吗？”

林诱对未来很有信心：“慢慢来嘛。”

“嗯，慢慢来。”许燎望了望窗外的跨江大桥，“今晚还回不回去？先找个酒店住下，明天过户房子？”

林诱下车，风吹得有点冷，好在车上放了件外套，许燎递给她。

两岸灯火明亮，她拢着宽松的男款大衣，显得脸很小，有些弱不禁风。但她走路没缩着，腰依然挺直。

许燎想了会儿，问：“买房的事，要不要我帮忙？”

果然，林诱拒绝了：“我能行。”

许燎转头看别的地方，没忍住脸上染了点笑意。

林诱侧头，一双深褐色的墨眸子直勾勾看着他。

“我知道你可以解决大部分问题。”他手指在林诱鼻尖勾了下，“但你特别绝望的时候，要记得有我。”

他话头浅浅一顿，随即，若无其事道：“不用在我面前硬撑，早晚是一家人，没必要那么见外。”

林诱顿了两秒，挑眉：“意思是你想我在房产证上也写你名字？”

许燎没忍住，嘴角笑意加深：“嗯，差不多是这个意思。”

他不要脸，林诱也打蛇随棍上，边走边说：“那你得好好服侍我。”

夜风吹到面颊，有些冷，但很舒爽。不远处是停泊的船只，横了七八条，灯火随着湖面的波浪起伏不定。

许燎走在她背后两三步的地方：“你说，怎么服侍，我考虑一下。”

林诱侧头，用那种成熟女性看小白脸的目光看他，从发丝扫到鞋底。

许燎站姿随性，被她盯得有点不自在，抬抬下颌：“你直说。”

她走近，拉着他的衣领，吹了口气：“陪我睡觉，许少爷。”

许燎目光落在她脸上，不曾移开，轻轻嗤声：“你就这点出息了。”

林诱让他反客为主教育上了，点头：“嗯嗯嗯，确实比不上许少清心寡欲，建议从今天起分床睡。”

许燎：“不批准。”

林诱后退一步，接着思考上一个问题：“那你得天天给我做饭。”

“同意，还有呢？”

“给我洗衣服。”

“还有呢？”

“给我削水果，捏肩膀揉腿，端茶递水，每天我下班你要在门口接，说‘老婆回来了，老婆辛苦了’。”

许燎嘴角勾着，声音配合到完美：“嗯。了解。”

林诱想到什么补充：“穿猫耳装，或者不穿衣服。”

许燎再修身养性，到这会儿，听她瞎扯这一通也有些无语。没人跟许少爷说过这种话，换个人估计直接被踹。

但林诱畅想一番，随即就跟亲眼见了一样，平日那张御姐脸一绷，绷得开始掩住唇，笑得眼睛弯弯的。

许燎叹了声气：“我俩都不是什么正经人啊。”

两人逛的时间不长，外面天气冷，林诱催促着去订的酒店。打开门暖气扑了一脸，将浑身的潮湿阴冷驱散。她靠在许燎身上，走路拖拖拉拉的，跟喝醉了似的。

她脱掉身上的大衣，挽着许燎的手臂，被他勾着腰轻轻搂进了怀里。

滚烫的呼吸落在耳畔，许燎声音似乎粘连着，低哑不堪，又直抵耳膜：“那就先练习一次？”

林诱回头，被他堵住了唇，热乎乎地吻着：“老婆回来了。”

他声音断续，像是噙着一片雪絮，吻至融化：“……老婆辛苦了。”

第十二章

未来很长

“那就这样了，如果还有问题，我会随时联系你。”老周将证件照收回包里。

林诱点头，和他一起走出楼层。

现在是下午了，天色中露出了几片白光，照在略显灰暗的广场。她往树下走，进去前她跟许燎约定在这里等，走近却没看见人。

林诱左右看了看，肩膀被轻轻拍了下，听到声音：“办完了？”

她回头。许燎手里拿了瓶矿泉水，拧开瓶盖喝了一口，正不紧不慢地将盖子拧回，有些困倦地打了个哈欠。

她牵起他的手，有点愧疚：“久等了。”

“没。”许燎左右看了看，“我刚才在这地方走了一圈，发现我好像来过。”

这是南溪比较热闹的广场，为数不多的市民游乐区，林诱从小到大经常往这里跑。但听许燎说他来过，她有些惊讶：“什么时候？”

“高中吧。”许燎抬了下眉，“知道你家在南溪，我往这边跑过好几次，看能不能偶遇你。”

林诱声音顿住。

她初三开始就在异地上学，高中也是，每个月坐车去海市，放月假能回来待两天。

林诱问：“放假来的？”

许燎说："暑假寒假都来过。"

他放假让人开车送他过来，或者自己骑自行车就过来了，有时候要骑几个小时，因为他挺闲的，来这里后就在大街小巷乱逛，想着说不定能跟出门的林诱偶遇，一想自己也觉得很浪漫。

林诱想了会儿才说："我寒暑假其实很少出门。"

那时候柳萍在电子厂工作，林斌开大巴，每天都忙，三餐都是林诱准备，他们吃完就走。她要负责家里所有的家务，然后学习，每天看电视不能超过两个小时，超过了就会被骂。

其实骂也没什么，只是林诱觉得很无语，不想听而已。她有时候也挺迷茫的，林斌的工资全用来喝酒打牌了，柳萍的钱全自己攒着，偷偷给和前夫生的儿子，家里始终没钱，他俩天天吵架，她稍不留神就会成为出气筒。

许燎应声："难怪没遇见过。"

林诱扣紧他的手："委屈你啦。"

"没委屈。"许燎侧头看她，"高考完那个暑假，你伤害到我了。"

林诱的手被他握紧，问："怎么了？"

到现在，他俩才能心平气和地谈以前的事情。

"我不是问过你，能不能出来跟我见面。"许燎抬了抬下巴，"你明明同意了，但我过来后，你只见了我几分钟就走了。"

那是许燎后来觉得林诱根本不喜欢自己的理由之一。

林诱想了想，是有这么回事。

高考完她在家表现得很乖巧，林斌出车祸住在医院，她每天熬汤送饭，虽然忙，但比较好的一点是他暂时不会回家，而柳萍在厂里有固定的上下班时间，忙完家务后她自由支配的时间变多了。

所以那天她跟许燎说，你来找我，我们下午去玩，结果刚见面没多久，林斌突然打电话让她送件外套到医院。

林诱想装作没看见，但柳萍的电话又来了，怒气冲冲地不断催促，还问楼下阿姨看见她和男生走在一起，是不是真的。

她本来高高兴兴地和许燎出来玩，当时心都凉了，又感觉世界回到阴暗当中，她没彻底逃离，根本就不配得到快乐。

所以她很快就走了。

她那时候已经习惯接受许燎的好意，习惯总是他主动来找自己，习惯他怎么都不会离开，习惯他对自己的好。

“你也许没想过，那种炎热的天气里，我本来在家吹空调打游戏，听到你一句话就花几个小时在路上找你，到的时候浑身都是汗，但依然很开心。”

顿了顿，许燎说：“——但我就得到这个结果。”

不止这一次，他想起以前的很多次，都对林诱感到失望。

积攒的失望开始爆发，少年气盛，他把志愿一填完，再也没问过林诱，直接跟同学出国玩去了。他在等林诱主动道歉和解。

但那段时间林诱不知道他很生气，再加上自己食言，也不好意思找他，还侥幸地想，和他异地恋也行，许燎应该也会依从她的想法吧。

许燎迟迟等不到道歉，也并不想再说自己想要什么，只是心里积攒的失望，积压到了一定程度，心态即将垮掉。

最后一根压垮许燎的稻草就是林诱的录取通知书，许燎的心是真凉透了，删好友的时候非常冷静。

喜欢她的这三年，他想不明白自己一直等的到底是什么，也许对林诱抱有期待就是最大的错。

林诱试图重新加他好友，但加完立刻被拉黑。

那之后，许燎真的黑化了，感觉再也不想喜欢谁了，喜欢一个人好像只会受伤。他交付了全部的真心，可换来的只有伤害。

而林诱一个人去了异地读大学，许燎的朋友她只认识几个，都不太待见她。她感觉到以前很坚固的关系，其实是许燎努力维持着的，只要他不再认真，这根线就会迅速断裂。

耳边响起广场嘈杂的声响。

没想到过了这么多年，想到那个时候，心口依然会蔓延出疼痛感。

林诱握紧许燎的指节，转向他，一字一顿："许燎，对不起。"

许燎垂下眼睫，意味不明地"哧"了一声，眉眼似是依旧有怨气。但他一伸手，长臂一把将林诱抱到怀里。

林诱问："你当时等了我多久？"

"等了很久。"

早上出发，车上两三个小时，到南溪后林诱还在忙家务，许燎只好在街道之间乱逛，仰头是白花花的阳光，他热得要命，心里却为一会儿能看到林诱而愉快。

他真的太"舔"了。

林诱抬眸，又问："我们当时准备去干什么？"

许燎现在还清晰地记得："当时有部悬疑片，他们一直催我去看，我忍着，就想跟你一起。还想给你买束花，等电影结束，问你……"

从来没有一段感情让许燎如此耗费心力，他把全部的鸡蛋放到了一个篮子里，孤注一掷，付出所有，但因为期待过盛，他受到的伤害就会特别大。

林诱来了就走，许燎那少爷脾气，气得一个暑假都没再过问她。

就这么简单的一两件事，可现在回想起来，心口还会疼。

林诱亲他亲个没完，问："那要不要去看电影？"

许燎垂眼："想补偿我？"

林诱老实承认："给你道歉。"

他抬手看了看表，一副考虑赏不赏脸的样子，语气有点欠："我很忙，林律师，你要知道，我这种帅哥每天都有很多人约的。"

知道他戏瘾来了，想报复。林诱配合地说："求求你了。"

她声音一直比较御姐，偶尔软一下，挠得许燎喉头滚了滚。他偏头直勾勾看她，沉默着没说话，眼底压抑的狼性却有点儿露出来。

"求你求你，陪我去看吧？"林诱扒他的衣服，小声喊，"老公。"

"厉害，林律师，你好有手段。"

许燎眉眼依然镇静，但从他开始失焦的眼神不难看出，这个称呼的冲击力不亚于背妹妹过河的那声娇软的“哥哥”，非常让男人上头。

许燎扣紧她的手，转身的姿势干脆：“走。”

林诱边笑边问：“干吗呢？”

“你不是想看电影？”

林诱往前小跑两步，跟上他的步伐，拿手机晃了晃：“那我俩看什么？”

许燎：“你开心就好。”

“我随便选？”

“嗯，你开心就好，我被你彻底征服了，林律师。”

林诱嘴角的笑意扩大，笑得小腹隐隐作痛。她拉着许燎的手，慢吞吞地往前挪。

阳光正好，落在街道上，粼粼的反光跟了他们一路。

雪白的光落到眼睛里。

林诱买了时间最近的一场电影，距离开场只有几分钟，她竟然匆匆忙忙跑了几步，有种年轻了十岁，回到少女时代的感觉。

许燎拎着一桶爆米花，到她身旁坐下，带起一阵风。

他随意懒散地往嘴里送爆米花，视线放到前面的电影银幕。

林诱目不转睛地看他，他意识到了什么，举了举爆米花后，挑着眉梢：“你想吃？”

她点头，指了指，要他喂。

他拿了一颗爆米花往林诱嘴里送，但似乎被电影剧情吸引时不时分心，却又兢兢业业喂她吃爆米花。

林诱往椅背上一躺，拉开距离，许燎看她一眼，稍微挪了挪还往她嘴里送，一边看电影，一边还得观察她是不是咽下去了，是不是该拿下一颗了。

林诱算明白了古时候公主过的就是这种潇洒日子了。

只不过他俩的身份，似乎应该调过来。

林诱拿过爆米花桶，按住许燎探过来的手指，拿了一颗往他唇边送。

许燎看了她一眼，咬住爆米花，刚吃完准备自己拿，发现下一颗又送上来了。

林诱就像个侍奉丈夫的小娇妻，态度特别好。

她正准备不辞辛劳地一颗一颗送，没想到手突然被他按住，紧接着，他在她脸侧亲了一下。

这场电影人不多，他俩坐的位置比较靠后，许燎用气音说："好了。"

林诱微微睁眼。

他又在她脸上亲了亲："我是你的小狗，我享不了这个福。"

林诱忍着笑再拿了一颗。

这次他握住她手腕，吻了吻她指尖："打住。"

林诱再送，就被他握住手不停地亲吻手背。但他也不是光明正大地亲，偶尔会抬眸看看周围的环境，有没有影响别人，或者有没有被人注意到。

许燎亲完右手，又摸到林诱的左手，牵着在手背上亲了亲："雨露均沾。"

林诱笑得一头撞他肩膀上，撞得"咚"一声响，头都开始疼。

这么不沉稳的行为，她已经很久没有过了。

跟许燎在一起时的轻松舒适，好像会让她把浑身的防备都卸掉。

回海市的时候是大晚上，许燎接了个电话，说："找个地方吃饭吧。"

说完他开车载着林诱进了一家酒店，径直往里走，走到包厢林诱发现里面还坐了一个女人。

雪白的貂裹着深色的绣花旗袍，头发盘起，插了支簪子，看起来三十多岁的样子，美丽优雅，眉眼跟许燎有几分相似。

林诱看到对方还在发蒙，许燎已经自然地喊了声：“妈。”

林诱惊在原地。

兰莺宿笑了笑说：“来来来，坐。小林是吧？”

语气很和蔼，但林诱脑子里炸了一下，慌忙检查自己的仪表。她还穿着昨天那身长裙，外套灰色大衣，风格偏向成熟，但总感觉不够庄重。

但兰莺宿反应很平静，招了招手：“来，小林坐。”

林诱才想起以前见过她。

那时候她读初三，兰莺宿也比现在年轻，只记得她气质出尘，美艳绝伦，对许燎又特别疼。

林诱低了低头：“阿姨。”

许燎态度随和多了：“就吃个饭，不用紧张。”

林诱还没来得及紧张，门又响了一声，走进一个戴着口罩的中年男人，背后跟了两三个人。他进来，坐下，擦了擦额头的汗，脸完全露出来。

许至鸣。

林诱没忍住，用力在桌子底下掐许燎的手。

怎么不提前通知一声！

好在两位家长的态度很随和，边吃饭边闲聊，问许燎这段时间在干吗。

许燎实话实说：“一般闲在猫咖，什么也不干。”

两位家长既放心又不放心。

兰莺宿的娘家很有势力，她跟许至鸣算是不幸家庭中极其幸运的那一对，结婚三十年没红过脸，相敬如宾。许至鸣只有事业心，也不爱乱搞，所以只有许燎这么一根独苗苗。

主要是许燎大学时被诊断过抑郁症，浑身少爷病，心理又病态脆弱，他俩对孩子的唯一要求就是天天开心，跟他说话都不敢大声。

不过好在许燎只是自己的想法多，在二代那个圈子里，性格并不跋扈，也没有什么欺男霸女的爱好，干净独立，从来没闯过大祸，就更招父母疼了。

许至鸣说：“那你现在也和小林稳定了，什么时候兑现跟老爸的承诺，来公司工作？”

许燎毕业了不想上班，爸妈也都没催，想着孩子也有自己呼吸和成长的节奏嘛，但家里的事业毕竟需要人继承，所以现在才问起。

许燎说：“都行。”

许至鸣：“再休息一周？下周过来，我让你王叔带着你，到公司熟悉熟悉。”

许燎点头，拿筷子夹龙虾，一人碗里放一个。不过给爸爸的蘸了芥末，给妈妈的是原味，然后又去给妈妈添银耳羹。

许至鸣露出欣慰的表情。

林诱全程没说话。

许燎是浸泡在爱里长大的，他也知道怎么去爱别人。

他爸妈不过问许燎的感情，唯独问了林诱当时离开许燎的原因，听完互相点点头，算是交了底，开始嘱咐工作上的事。

这一顿饭吃得没有任何问题，大家都很有分寸感，平静沉稳又从容。

喝了酒，出来时许燎不怎么稳，换成林诱开车。

他坐在副驾，修长的手指搭着额头，露出半截阴影渲染的下颌，一会儿开始低声道：“老婆。”

“嗯？”林诱侧头，才发现他醉得似乎很厉害。

“老婆。”他往林诱身上倒。

林诱握着方向盘，警告说：“别，开车呢。”

许燎立刻没动了，但看过去的漆黑眸子潮湿明亮，一刻也没转开。

林诱让他看得加快了速度。车停在许燎平时住的公寓，刚下去他又抱上来，但电梯有人，林诱小声说：“停。”

许燎停下来，唯独视线落在她脸上。

电梯里还有一个年轻女生，挺尴尬的，一直盯着楼层，一层两层地数。

到地方时女生前脚刚跨出去，后脚许燎双臂一勾，搂着林诱进怀里，往她颈间亲。

林诱扶着他走出电梯，许燎拦腰将她抱起来，他走得不太稳，抱着林诱就往家门口一撞。

她只能祈求他别脚滑两个人一起摔死。

“我兜里有钥匙。”许燎声音沉，撒出酒气。

林诱伸手摸，第一遍没摸着，又摸了一遍，见许燎喉头滚了滚，声音压低下来：“别乱摸。”

林诱好笑，总算打开门。许燎拉着她手往墙壁上一摁，特别霸总一姿势，开始迷迷糊糊地亲她。

但她不喜欢酒味，那会让她联想到林斌。

察觉到林诱一瞬间的踟蹰，许燎顿时停住，往卫生间走：“等我先收拾一下。”

林诱怕他洗澡摔倒，跟在背后，见许燎边走边把外套脱了随地一扔，又脱长袖，露出覆盖着刺青的肩膀，拧开盥洗池的水龙头，低头洗脸刷牙。

他舀了捧冷水认真冲脸，洗干净，再扇了扇风，走到林诱面前。高大的阴影垂落，他凑得很近：“还有味道吗？”

林诱闻了下，空气中飘散着淡淡的酒味，但并不刺鼻。

她还没说话，就见许燎不怎么耐烦地抿唇，似有期待，漆黑的眸子对着她的眼睛：“可以亲你了？”

林诱没忍住笑：“嗯。”

他侧头，手覆住她的头发，往前一步覆了上来。

林诱也刷了牙，嘴里有牙膏淡淡的薄荷味道，冰凉凉的。许燎亲她的时候，似乎对林诱的头发很感兴趣，总是不知不觉地闻来闻去。

林诱对他的身体比较感兴趣，垂着眼睫，目光沿着腰腹肌肉的线条往上，直到许燎突然往前走了一步，紧紧地抱着她。

他呼吸低低的，有些压抑，附在林诱耳边叫：“老婆……”

林诱感受着他身上的热意：“嗯？”

他沉吟着，明明有什么期待，却半晌没说出口，发烫的掌心仿佛着火了似的在她衣角摩挲，沉默中带着一点尴尬。

林诱再问："怎么了？"

他还是不说。

但是，林诱看到他发红的耳朵，顿了一秒："想什么呢？"

许燎好像浑身烧了似的，在她耳垂略重地咬了口，搭在她肩头的下颌小幅度往里蹭，紧紧搂着她的腰。声音微哑，是一种强装的若无其事的语气："能、能穿吗？"

林诱总算弄懂他的意思了。

她抬眉，好整以暇地看他。就这么几秒，许燎脑海里似乎进行了某种三观冲撞，手腕松开："算了——"

林诱似笑非笑："我没说不。"

他又展开双臂抱她。

林诱拿手机递给他："喜欢哪款的，选，一会儿送过来。"

许燎呼吸弥漫着焦灼的热气，想要，但让他选，又多少有些受折磨，抱着林诱不停地亲。

两人恋爱开始得晚，没有老夫老妻的默契，现在像个纯情高中生。

林诱划拉手机："那一起选？"

他俩坐着的这一会儿，林诱翻来翻去，看中一对粉色的猫耳："这个好看吗？"

许燎："你戴？还行。"

林诱加了购物车："你戴。"

许燎眼皮抬了下，到底没说话。

他俩现在是抱着打开新世界大门的心思，研究了半晌，越看越觉得不行，许燎一把夺过她手机："算了，不买了。"

林诱念念不舍："但那个猫耳挺好看的。"

许燎又忘了，在这方面，林诱心理承受能力比他强得多。

他拦腰搂着林诱往床上一抱，说："知道了，一会儿给你喵。"

温度不断攀升，空气中飘浮着洗发水的味道。

林诱以为那是句玩笑，没想到许燎咬咬她耳朵，真像模像样叫了几声。她边笑，边带着他往被子里搂……

结束后，林诱侧了下头，头皮立刻被轻轻扯住。

“许燎，你压着我头发了。”林诱提醒。

许燎换了个姿势，他刚才已经很小心了，没想到还压到了一小绺，他放下手机问：“疼吗？”

“没，”林诱撑起身，“我头发多。”

许燎在发朋友圈。

他分享欲没那么旺盛，朋友圈发得很少，上一条还是年初祝兰莺宿生日快乐。

他拿着手机按了半天，在相册里挑三拣四，凑了个长图九宫格，问林诱：“这么发怎么样？”

林诱困倦道：“多少有点隆重了。”

而且里面林诱的照片太多，那是属于他俩的私人空间，许燎也不想发出来。

他想想又把九宫格删了，顺势牵着林诱的手，扣紧，拍了张照片：“这张行不行？”

林诱看了看：“像刚开完房。”

许燎没忍住笑了声：“你很懂？”

“没有，”林诱揉了下眼睛，“朋友圈别人都这么发。”

“你那些都是什么朋友。”许燎静了半晌，继续翻他的相册。

林诱慢慢撑起身，探过身，发现他相册里照片不多，一个男的相册基本只有游戏截图，而他不爱玩游戏，全是林诱的照片。

像素不太一样，有最近比较高清的，往前翻，也有很多年前糊得不能再糊的图。

许燎手指划划走走，片刻，停留在林诱中考那张证件照上，头发梳起扎得十分精神，纤薄的单眼皮睁着，像雾霭林海中孤单的一只鹿，直勾勾地看着摄像头。

他笑了一声。

他又找了前几天林诱的一张自拍，站在河边，头发披散着，被风吹得散乱。

许燎总算把朋友圈发出去了。

就两个配字——十年。

朋友圈刚发没多久，消息就来了。

章泽：对不起许哥，我为我当时没看好你俩道歉，我错了。我就是这世上最离谱最有偏见的人，活该我女朋友一个月换一个！

章泽：向您俩的绝美爱情跪倒！

章泽：[磕头.jpg]

话说得很动听，但一眼能看出其中的阴阳怪气。

毕竟当时痛不欲生的是许燎，立志不吃回头草的是许燎，为了避开林诱跑去日城的是许燎，现在深更半夜发女朋友照片的还是许燎。

多少有点没出息了。

许燎心里明白。他嘴角勾了勾，给章泽回复消息：没办法，我栽进去了，你理解理解。

章泽斟酌半晌，才回了两个字：孽缘。

如果他这辈子有什么值得酒桌上嘲笑一辈子的神奇故事，大概就是许燎追林诱这回事儿了吧。愿得一人心，白首不分离，到时候是嘲笑许燎想不开，一条路走到黑，还是佩服他深情，这都说不准。

在他们这群纨绔里，女朋友换来换去，纸醉金迷，唯独许燎一直以来干干净净，纤尘不染。

有些人会觉得奇怪，甚至看不起他这种恋爱方式，但内心又都佩服他。

因为他一直守着爱情最美好的样子。

许燎看了看睡在枕头上的林诱，掀开被子，躺下，探出双臂搂过她的腰，鼻尖凑到散发着香气的头发上。

林诱迷迷糊糊看他一眼："怎么啦？"

许燎没说什么，再亲亲她耳垂，说："睡了。"

林诱回搂住他的腰，在他下巴上亲了一下："晚安。"

早晨许燎开车送林诱去了律所。

他平时作息乱，往往早晨十点左右才醒，但跟林诱待在一起，发现她每天六点半起床洗漱，吃饭，再化个妆，差不多八点出门，雷打不动。

开始他有些跟不上她的生活节奏，适应了两天，才能清醒着接送她上下班，不然林诱都开完几个会了他还在睡觉。

那时候林诱上班空隙还得给他发消息，看他醒没醒，醒了催促吃早饭，交代生活上的一些事情。

跟带孩子似的照顾他。

真的很符合女强人养的小狗人设。

许燎目送林诱进了律所，把着方向盘掉头驶离停车场。

他提前去了公司总部，路上给许至鸣的秘书打了个电话，秘书人在大楼门口等着，一路畅行无阻。

许燎很少来这个地方，认识他的人也非常少。东区的演讲厅正在开会，有上千人，总结年终业绩，他被秘书领进去，直接走到了前面第二排的空位。

许至鸣西装革履，戴着金丝眼镜，看到他后问："怎么不换身衣服？"

许燎穿了件灰白色的夹克，头发染的那两撮毛尤为醒目，懒洋洋地拎着一瓶矿泉水，拧开喝了两口："没来得及。"

许至鸣跟左右的人说："我是老许，这是小许，"说完又对许燎叮嘱，"下次来穿正式点儿。"

许燎应声："嗯。"

这是内部会议，不允许媒体和互联网拍摄报道，台上有一面落地的荧幕，正在展示数据动态图。

周围的人频频向他张望。

许至鸣有个独子，据说是整天混日子的纨绔，看来现在要回来继承家业了。

刚开完会，秘书就请许熔去换衣服。一整天，许熔差不多就跟在许至鸣身后，跟各位叔叔打照面，晚上还安排了一顿饭。

下午六点多许熔给林诱打电话：“我今天就不去接你了，要跟我爸的朋友吃饭应酬。”

“应酬？”林诱重复这两个字，点头，“行，少喝酒。”

许熔本来答应了，但没想到还有老一套的敬酒，一轮下来免不了醉得厉害，于是站走廊给林诱打电话：“你来接我吗？”

林诱其实还在加班，听到许熔低哑的嗓音，看了表后说：“在什么地方？我一会儿过来。”

许熔给她发了地址。

林诱关闭电脑，拿起包离开律所，刚到酒店楼下许熔就出来了。他先走，外套脱了搭在手里，身上有股燥热的气息：“回家了。”

林诱坐上驾驶座，笑着问：“上班累吗？”

许熔：“上班不累，应酬累。”

他说这话时，声音有些困倦。林诱抬手在他额头上轻轻碰了碰：“要努力加油。”

还没松开，被许熔反捉在手里，亲了亲手背：“好的好的。”

林诱边笑边发动汽车。

到楼下，许熔注意到林诱手里的文件包，问：“你还没下班回家呢？”

林诱：“嗯，刚准备下班，你打电话我就过来了。”

他皱了下眉，问：“吃晚饭了？”

林诱看着他的眼睛，面不改色：“吃了——”

还没说完，被一眼看穿的许熔揉了把头发，他眼睛眯起：“回家给你做饭。”

林诱被他牵着走，磕磕绊绊的，许燎刚才还挺醉的，现在揉着眉心试图打起精神，开门后径直走向冰箱，拿了菜去厨房。

林诱看他：“你不晕了？”

许燎话里带刺：“我装的，不行？”

林诱倚在门上笑，回头找衣服洗澡。这是许燎住的地方，她没放多少衣服在这儿，洗完澡穿了件他的衬衣就出来了，堪堪够到腿根。

许燎给锅里的炒青菜起了盘，回头看见林诱，手拿着铲子顿了好几秒。

林诱满脸平静：“我不是故意这么穿的，我没衣服了，你的裤子我穿不下。”

许燎端菜上桌，拿了个垫子放到椅面，说：“你坐。”

林诱吃饭，他就在对面看。

两菜一汤，比较简单。林诱看着桌上的菜那一瞬间，叹了声气：“我好幸福。”

只有孤身在外的打工人才知道，工作完拖着一身疲惫回到家里，桌上有热腾腾的饭是多么美好的事情。

许燎哼了声。

林诱美滋滋地干饭，吃得腮帮子微鼓，冷不丁说：“我要是更有钱就好了。”

许燎：“嗯？”

林诱：“想包养你，让你天天在家伺候我。”

许燎：“我伺候你，你干什么？”

林诱往嘴里送菜：“我出去上班挣钱。”

嗯。不愧是女强人，一句话不离上班。

“不过，”林诱话锋一转，“等你去上班了，我也给你做饭。”

许燎勉强同意：“嗯，这很公平。”

林诱低头喝了口热腾腾的汤，没忍住又轻声道：“你真好。”

许燎表示没听清：“嗯？”

“老公你真好。”

许燎："嗯。"

林诱笑得汤都快喷出来。

可能还真是谈了恋爱的原因，林诱最近在公司明显和蔼了很多，笑容也多了一些，周志看着啧声："你最近心情很不错啊？"

林诱端起咖啡杯喝了口，手指在键盘上打字打得"啪啪"响："很明显吗？"

周志转着椅子："相当明显。谈了恋爱的女孩子，感觉要可爱很多。"

林诱嘴角带着淡淡的笑，没说话。

不过一会儿，听到周志欲言又止："不过你这男朋友，是不是不太讨爸妈喜欢啊？"

林诱手指顿住。

她刚入职的时候，柳萍专门来了海市一趟，跟周志吃饭顺便要了电话，总之遇到什么情况就跟以前向班主任告状似的，告她的状。

林诱问："怎么了吗？"

"你妈最近跟我发消息，说不知道你被什么坏男人给骗了，半夜跟他从家里跑出去，问你也不回信息，非常不听话，反正就说这些吧。"

不过周志大概清楚林诱的情况，对家长他只是礼节性地敷衍，顺便给林诱提个醒。

林诱手指顿了顿，继续打字。

"对了，"周志说，"你爸妈前几天问我要杨方澜的电话号码，我没给。你要是想跟家里断清关系，处理需要慎重一点。要是你爸妈到单位来闹，别的不说，会让你很丢脸的。"

他干这行这么多年，什么人没见过。那种性格泼辣执拗的，故意闹到单位说孩子不孝顺，让同事领导评评理，活生生把孩子逼得跳楼的例子都有。

林诱"啪"地摁了下键盘，指尖弯曲，感觉一阵刺痛感。

一股难以名状的恐惧开始沿着后背往上爬。

这几天都在下雪，路面上积了一层薄薄的雪，踩上去“嘎吱”作响。

许燎手指搭着方向盘，看林诱进了律所，回头准备将车倒出广场。

沿中轴线往后退了十几米，有个穿蓝色棉袄的中年女人站在路中间，无视其他车辆，目光沿着楼层扫过，似乎在寻找什么。

他一声鸣笛，女人转过脸，含着怒气的眼睛隔着窗户瞪他。

许燎从她眼睛里看出熟悉感，顿了一下，打开车门下车。

“阿姨。”

柳萍看见他，顿时皱眉：“你？”

她看了看许燎开的车，再看到现在西装革履的他，脸色只缓和了一秒：“你来得正好，我找林诱呢，他们律所在哪儿？半天找不到。”

许燎垂下视线，轻言细语道：“她现在上班了，有什么事吗？”

“哎，我找我女儿，跟你有关系吗？好笑。”柳萍虽然在笑，眼神却很尖锐，“也不知道她跟谁学的啊，现在无法无天，眼里根本没有我这个妈。我让她回家她也不回，我就想问问，我哪儿对不起她。”

许燎没说话。

柳萍说：“我供她吃，供她穿，供她读大学，难道我还错了吗？她现在至于这么恨我？年轻人，你帮我想一想，她为什么这么恨我。”

猜也能猜到，那天林诱跟他走后，和家里关系算彻底僵了。

许燎靠着车门，本来不太想和她理论，只想让她走，现在没忍住舔了下唇：“据我所知，林诱读大学和研究生的学费、生活费都是自己挣的，不是你们供的吧？”

柳萍勃然大怒：“难道我养她到十八岁就不花钱吗？”

“嗯，花钱。”许燎抬眼，“你想要多少？”

“这就不是钱的问题。”

“不是钱的问题？”许燎垂眼，表示了解，“对，不止钱，你们想让她给你们养老，在身边服侍，服侍到死。你把钱都给你和前夫生的儿子，不断地问她要钱，指着她卖命替你养儿子，对吧？”

柳萍转过脸：“我不想跟你说。”

“但我想说，林诱每个月给你们几千你们该知足了，做人不能太不要脸，不怕被雷劈吗？”

柳萍突然尖叫了一声，冲上来，试图打许燎的耳光。但她刚扬起手就被握住，被许燎不轻不重地推回去。

许燎整理了下西装袖口，抬起下巴：“说，要多少钱？”

柳萍满脸通红，语无伦次：“跟你没关系，我家的事，跟你没关系！那个狐狸精，勾引了你这种不要脸的人，合起伙来顶撞她亲妈！老天爷，怎么不让你死！”

许燎抬手打了个响指，那边的安保人员认得他的车，一直盯着呢，小步跑过来。

他心平气和道：“有什么事你下班了去找林诱说，现在去她单位，想干什么呢？”

接着他示意保安：“麻烦劝这位阿姨离开。”

说完，许燎上车，也没给林诱发消息说这事，开车走了。

单位没闹成，但家里闹得成。

林斌不愿意到海市来，主要是好吃懒做，也觉得每个月拿几千块钱喝酒打牌不错了。所以林诱刚回家时，小梨手足无措地站着，看见刚才还和她说笑的柳萍，抬手给了林诱一巴掌。

林诱脸被打得通红，抬头静静地看柳萍。

柳萍盯着林诱：“不要脸！”

打完，她问：“那男的到底是谁？你马上跟他分了！还有，你都在外面说了些什么？说我虐待你，对你不好，打你骂你，是不是？”

小梨满脸惊讶：“林姐从来没说过啊。”

那都是许燎自己看出来的。

柳萍说：“我养的你。我就是打你，骂你，虐待你，都是应该的！”

小梨爆发了：“阿姨你这话什么意思啊？哪有你这样的？哪里应

该了？”

“要不是我当时把你抱回来，你早被路边的狗叼走了！你还敢这么对我？”柳萍作势又要打她。

这些话，林诱从小听到大。她一直在忍，一直特别能忍，可她的心理防线也有崩溃的时候。她用力推开柳萍的手，拿起包，把门“哐当”一砸，下楼往外走。

冷风吹了满脸，她不知道该走到哪儿去。

林诱慢慢蹲下来，擦了把脸，意识到掌心濡湿了一片。

她从包里找出几张纸巾，将脸上的湿意擦干净，站起来继续往前走。

等走到许燎住的地方时，她恢复如常，准备拿钥匙进小区，翻遍了包才意识到刚才出门太急忘了带。

林诱翻出手机给许燎发了信息：还没回家吗？

另一头，酒吧里舞台的灯光照耀室内，镭射光映在摇晃的人群头脸上，平日他们这些纨绔闲得没事就在酒吧里消磨时间，纸醉金迷。

许燎戴顶鸭舌帽，坐在长沙发里，眉眼被阴影遮挡，逆光只能看见一截挺直的鼻梁。章泽喝酒，在灯光底下笑得满脸夸张。

他拍拍许燎的肩膀：“许哥，今晚不是打报告不回家了吗，怎么还这么老实，来喝两瓶。”

旁边的人新奇地看过去：“许哥有对象了啊？”

“有了有了，名花有主，嫂子管得还挺严，平时都不让他出门活动了。”章泽说，“我们许哥，不再是以前开摩托跑东南亚的靓仔，现在老老实实在家给老婆洗衣服做饭，纯纯男娇妻！”

许燎撩起眼皮看他，“哧”了一声：“你懂什么。”

“这就是驯化，女人对男人的驯化。”章泽说话油腻，而听的人也一脸惊奇。

对他们这些家境优渥的富二代来说，哪怕自己相貌平平，但带的女伴一个比一个漂亮，而且性格都异常温顺，乖得很，头一回听说自己人变乖的。

而且居然还是许燎！

许燎一口酒没沾，周围的声色犬马，一直以来他都挺喜欢的，在这些喧闹中喝两杯就能忘掉许多事。不过现在，他心里好像有了别的东西。

“谁能想到？许少爷找了对象变这么乖，恐怖故事！”

耳边声音嘈杂，许燎侧了下头，瞟了眼手机。

聊天记录停留在林诱下班时发的信息：点到了，许燎。

许燎听话地回了个小狗表情包：到。

另外还拍了段自己的报备视频，内容是他开了定位的自白：“老婆你好，我是你的男朋友许燎，现在正在 ×× 路 ×× 号 ×× 酒吧和朋友章某、刘某、张某一块儿进行娱乐活动，预计 ×× 点结束，以下是今天的报备数字：136。请老婆查阅。”

许燎站在酒吧门口发这个视频时，章泽脸上露出那种被鬼掐一样的表情。

没什么新的信息，许燎无聊地熄屏时，手机跳动，是林诱的消息。

他想打字回复，想起了下午的事，起身往外走。

章泽问：“去哪儿啊？”

许燎晃了晃手机：“打报告。一个小时一次。”

“林姐这个管理能力……”章泽满脸被折磨得露出痛苦面具，“我也是你们情趣的一环吗？”

许燎没理他，出了酒吧，站在树荫底下。旁边有个男人也在低声下气对着手机哄：“老婆，马上就回家啦，老婆别生气！”看见许燎时，露出了同病相怜的神色。

许燎勾了勾唇，拨了电话过去：“到家了吗？我跟章泽在一块儿，应该十一点左右回家。”

回应他的是一声“嗯”，略显空旷。

许燎看了眼手机，切换成视频：“你在哪儿，没在家？”

树梢的阴影里，林诱站着背靠雪白的墙壁，声音平静：“我在你们小区外。”

“嗯？不是说今晚不来，”许燎转头大步走向停车场，“忘带钥匙了？我这就回来。”

林诱又“嗯”了一声，没有催促。

许燎握着方向盘倒车，听出了她声线里的情绪。他停顿了一秒：“怎么了？”

林诱垂头盯着黑色漆皮高跟鞋的鞋尖，其实路上她都整理好了情绪，而且她并不是一个喜欢掉眼泪的人，可听到许燎瞬间轻缓下来的嗓音，她脑子里有根弦好像断了。

寂静，听筒里一片寂静。

许燎驱车上了大道：“怎么了？”

还是寂静。

但是那一瞬间，许燎好像听到了某种碎掉的声音。他顿时感到无措：“哭了吗？”

回应他的还是沉默。

在这样的夜色中，他好像感觉到了，林诱在他面前一点点卸下了防备，现在陷入完全的破碎。

他劲瘦的手背握紧方向盘，不用想都能猜到让林诱伤心的人是谁，刚凶狠骂了句，磁性的嗓音刹那又轻柔至极：“宝宝，没事，我马上就回来了，不伤心，乖。”

在深夜十点半的街头，许燎车速极快驶过繁华亮如白昼的大街。他心里兵荒马乱，从来没想过那么骄傲的自己，会压低嗓音一声一声地哄：“宝宝，宝宝，宝宝……”

求着他的女孩，不要伤心难过。

大概二十分钟的车程，许燎耐心至极，低声下气，快要穿透黑夜的迷雾时，他下车听到林诱嗫嚅的声音：“我要枯萎掉了。”

他大步往前，终于找到了坐在花坛旁的女人。职业装还没换下来，漆黑的头发半挡住脸，肩身清瘦，他听到自己急促的呼吸声，屈膝在林诱身旁蹲了下来。

“宝宝。”

林诱抬起下巴，眼眶微红：“死了。”

许燎轻声问：“什么？”

林诱抿了下唇，沉浸在悲伤当中，自闭似的：“你的宝宝难受死了。”

许燎真快要笑了，可他眉间的沟却很深，探过手臂将她搂进怀里：“嗯，别人把林诱养枯萎，许燎把林诱养活。”

林诱不是没有情绪自制能力的人，独处这么久，她好像消化掉了不快的东西。她将额头抵在许燎的肩头，凉风吹着脸上的泪痕，很快风干。也许是哭得太久，林诱脑子里迷迷糊糊，以前的事情跟电影似的不停闪过。

她想起了初高中，黯淡无光的那几年。

有一次，柳萍的口红被摔碎了，当场发出一声尖叫。那时候，静静坐在书桌前写作业的林诱，后背开始漫上一层凉意。

柳萍心情不好，开始找人出气，骂到林诱的头上也没什么，可骂到林斌就演变成了夫妻间的争吵。

两个人开始拍桌子，发出嘶吼的声音。

林诱坐立不安，紧张得后背绷紧，她的作业没有写完，于是拿着作业想回房间。可就当她走到门口的那一瞬间，柳萍的怒火转向了她：“你就只想着躲起来？”

林斌说：“你进房间。”

柳萍针锋相对：“你敢进？”

两个人吼着上前撕扯她，结束的时候，林诱手臂被指甲挖破了皮，伤痕累累，像扔破布娃娃一样被扔进了卧室。

而那一天，是许燎的生日，他给她发了照片。父母在给他过生日，送了昂贵的礼物，还有寄存的账面基金，扎着气球布置华丽的房间内，人来人往。

许燎很想要林诱的祝福，发来语音："你不祝我生日快乐吗？"

林诱的眼泪落到屏幕上，擦干，打字"生日快乐"。

许燎说："能不能打电话？"

门外传来砸门的嘶吼，林诱捂住嘴：不能。

许燎："你真的很冷漠林同学。那发语音行不行？说生日快乐。"

少年的要求没有任何问题，他那么喜欢林诱，也让林诱感觉到被需要，原来她可以被人偏爱。林诱走到窗户旁，因哭泣而声音颤抖，她先给自己的小号发了语音调整，以免被听出哭腔。

"许燎生日快乐。"

不对，在哭。

"许燎，生日快乐。"

不对，哽咽了。

"许燎……生日快乐……"

门外的争吵如同狂风骤雨，掩盖了她。最后，林诱也没有发语音，而是打字：对不起，我不能发出声音。

她发不出声音。

在那个燥热的夏天，蝉鸣永无止境。她意识到自己喜欢许燎，她好想说出来，可她的家却像窒息的牢笼，卷走了她全部的希望，让她声嘶力竭却恒久沉默。

林诱眨眼，从那混沌的记忆中苏醒，眼泪再次滚落。

而刚才，她像从小到大的无数次那样，习惯性忍住哭泣的声音。

可许燎。

——他听到了。

林诱是被许燎半扶半抱弄进去的，她穿了一天的高跟鞋脚好累，许燎准备抱她，被她拒绝："我不需要这样。"

许燎无奈："宝贝，有时候你没必要坚持做女强人。"

可林诱还是不愿意，许燎搂着她，进电梯后扶着她的腿抱在怀里：

“没人了，一梯一户，专用电梯。”

林诱还是不乐意，直到进了门，让许燎抵在了换鞋的玄关。

他指尖穿过她乌黑的发丝压着她后脑，凑近吻她，力道不轻不重地咬她耳珠。

林诱有点哭累了，安静且丧气，一双眼睛红得睁不开，由着许燎脱完衣服，换上轻便的棉质柔软家居服。

“伤心成这样了。”许燎将衣服扔进脏衣篓。

林诱坐在沙发上，视线随着许燎移动。少爷对感情专一，可生活却是随性。身上文着花花绿绿的刺青，在他高中毕业后，从国外玩到国内，再从国内玩到国外：认识明星、网红，参与极限活动，观赏时尚秀场，关顾酒吧，享受全球奢华旅行。

一直觉得，他好像不用生活。

不过现在，不用生活的许燎正垂视林诱的职业裙：“吃饭了吗？”

林诱：“吃了，在律所的食堂。”林诱很喜欢吃食堂的食物，带津贴的，三个菜一般九块九能搞定，还巨好吃。

许燎应声：“裙子明早要穿？”

林诱点点头，看他走向洗衣机，又说：“这是你给我买的。”

许燎：“嗯？”

“很贵的那个。丝绸，”林诱欠了下身，提醒，“要手洗。”

许燎脚步顿了一下，随即眼也不眨地抽手点开了手机，搜索怎么手洗衣服。

她接着见许燎去卫生间拿了个粉色的圆盆子，男人身姿笔挺，肩宽腿长，怕衣服弄湿穿了件短白T恤，探出的手臂刺青尖锐，肌肉紧实。他半蹲下给林诱洗裙子。

轻柔的面料在他劲瘦的指间游动，不同风格的美，这画面看着就很……惊奇。

林诱咬着一个苹果，站门口看他，目光里带着欣赏。

“好帅啊，老公。”

许燎：“嗯？”

林诱笑着问：“怎么样？”

“什么怎么样？”

“洗得惯吗？”林诱说，“以后结婚了天天得洗。”

话里还带点儿恐吓，许燎低笑了一声，懒散但确定：“你最好早点。我迫不及待了。”

林诱挑眉：“这么爱？”

“嗯。”许燎垂眼，侧头转了一下脖颈，对自己的“恋爱脑”彻底认命，“老子爱惨了。”

林诱咬着苹果，咀嚼的动作顿住。

她想着，还是认真地说：“许燎。”

“嗯？”

林诱说出了自己的感受：“我从没有想过要和另一个人步入余下的人生，以前没谈过恋爱，甚至不知道怎么和另一个人共同生活，对于你也是这样。婚姻也许并不是有爱就可以，我想确定自己是否真正建立了独立的自我，并愿意承担余生的责任，去面临接下来数十年会经历的未来。”

许燎搓洗裙子的手顿住，抬眼看林诱，声音沉静：“我也想跟你说，在认识你之前，以及和你分开后，我照常游历世界，看到了太多的东西，可这么多年，我对你的爱从来没有减少过。每个人都会活出自己的人生，我也仅仅想活自己。我知道自己喜欢什么，想得到并坚持——那就是爱你。这是我唯一的爱情需求。”

林诱没想到，父母的事情解决得比想象要快。

还是许燎跟爸妈打电话，随口说了林诱现在面临的道德困境。他们有钱人最擅长用钱解决问题，但对于无耻的人来说，砸钱反而会被绑架。

兰莺宿听了来龙去脉，问许至鸣：“南溪？你上次想投资的新区，是不是南溪？”

许至鸣若有所思：“怎么了？”

兰莺宿轻描淡写：“她怎么对付你，你就怎么对付她呗。”

一句话抓住要害。

那天，王瑜的爸爸王局长，和参与本地购物中心开发的资方吃饭，席间，那个年轻的许总突然来了句：“我未婚妻是南溪人。”

王局长举着酒杯：“啊？”

“说不定你还认识，”许燎说，“姓林，叫林诱，以前住在东方街道那边——”

王局长：“啊，那个姑娘啊。”他没敢说林诱跟自己儿子短暂相亲过的事情，就和他聊天，期间听到许燎无波无澜地讲了讲林诱的家事。

尤其讲了柳萍怎么问林诱要钱，给她儿子的事。

王局长听得皱眉，回头把这事跟自家太太说了。

王太太去问王瑜，王瑜又添油加醋说了几句。

小城市就是这样，王太太跟人打麻将，随口说了柳萍的事。

几乎没过半个月，整个街道的人看见柳萍，表面笑嘻嘻，等她一走开，全部翻白眼。

王太太也不咸不淡地劝：“我看你们差不多得了，人家林诱自己考大学、读研，没要你们一分钱，你们当时怎么待她的我们街坊邻居心里也有数。姑娘每个月给你们几千块钱，已经算孝顺了，你们还去逼她干什么？”

柳萍这种人，只有拳头打在自己身上才知道痛。

周围的人都开始翻白眼，阴阳怪气，看不起他们，活在被人戳脊梁骨的氛围中，她才知道心虚，知道自己不对。

但不管他们态度软化，林诱拿到房产证后，立刻去了派出所申请分户。

拿到户口本，林诱举起来晃了晃，说：“这是人类最伟大的发明。”

许燎接过，翻了翻成员单薄薄的一页，问：“什么时候把我添进去？”

林诱：“你考虑好了？”

许燎点头："嗯，赶紧。免得夜长梦多。"

林诱牵上他的手："你爸妈还没说话呢。"

许燎停下脚步，懒洋洋地看着她。

"这么跟你说，林诱，"他抿了下唇，语气吊儿郎当，"我现在在我爸妈面前就是摆烂的状态，我愿意找个女人结婚，他们已经要烧高香了。"

林诱嘴角弯起弧度："是吗？"

"是。"许燎语气笃定。

林诱顿了两秒，露出微笑，反问："那这是求婚吗？"

许燎目光停住了，直直地看她："也许是。"

周围的空气仿佛凝固，一秒钟比一个世纪都漫长。

林诱笑意融化，这一次说："我愿意。"

也没说商量个什么吉时，找个大师算算吉日，许燎给爸妈打电话，问他们先跟林诱领证行不行。

家长愣了几秒，点头，行。

他俩拿着户口本、身份证、照片，各种签字，站在一对一对的情侣中间，感觉自己是非常普通的一对，普通的妻子，普通的丈夫，大家都沉浸在幸福当中，可每个人的幸福又是那么独特隽永。

领证的步骤挺快，没一会儿工作人员递过来红本本，一人拿了一本，林诱还在梦里。

她跟许燎几乎没怎么准备，走到门外时许燎突然想起还没买戒指，林诱牵住了他。

戒指也是消费主义的陷阱，只有这两个红本本是货真价实的，是爱情的终极浪漫。

他俩往车里一坐，面对面看了几秒钟。

章泽给许燎打电话，说："许哥出来浪？夜色酒吧。"

许燎卡了下："我——"

章泽说："叫上林姐一起就行了。"

许燎纠正："叫嫂子。"没等章泽再问两句，他挂断电话。

林诱举起结婚证看了又看，透过灯光，看上面紧紧挨在一起的两个人。两个人都在微笑，青春朝气蓬勃。

她拍了张照片，发了朋友圈。

许燎开车，载着林诱往家里走。

他俩结婚这天，真是兵荒马乱的一天，周围车流如织，尘土飞扬。许燎本想跟林诱聊聊未来的事，但林诱的手机开始响，那条朋友圈底下全是午夜心碎男孩。

△救命，学姐结婚了，救命，救命，呜呜呜，含泪。

△我的天，我没看错吧？这是老林的朋友圈吧？？？

△你结婚了？？？

△你上次晒男朋友不是才几个月前吗？

林诱开始回消息。

许燎手机也逐渐开始响了，杨霖的消息，发了好几十条。

整个一晚上，他俩就面对面坐床上，逐个回复亲朋好友的祝福。

许燎不耐烦了，直接将手机一摔，再看向林诱。她师妹从祝贺新婚问到了经济法今年的新考纲，林诱犹豫了下，便跑去开电脑给她翻案例。

许燎倚着门口，懒洋洋地站着，静静地看他妻子给人讲题。

她头发扎着，露出一截白皙的脖颈，肩膀到腰身的曲线显瘦。她认真地对比法条，像个努力又热心的学生。

等讲完，还差几分钟到十二点，他习惯性地等待着她。

林诱回头，才发现许燎一直在看自己。她走近，踮脚亲亲他的额头："让你久等了。"

许燎握住她的手腕，没有丝毫的犹豫，下意识地说："不久。"

过去到现在的等待，都并不久。

因为未来，很长很长。

番外一

尖锐的刀刺向自己

“听说了吗？之前许燎一直追一个女生，追了整整三年，他！没！追！到！”

“不应该吧？按他这个情况，还会追不到？这女生是不是有问题？”

“女生有问题，许哥也有问题。”KTV里，黄毛点了根烟吞云吐雾，“冤大头吧？早看见苗头就该撤了，还一直强求，这不活该吗？”

跟黄毛说话那男的把烟头往烟灰缸里一杵，回头，看到一道高大的身影，就站他俩背后一两步的位置，眉眼被阴影涂抹。男人似乎刚到，旁边的服务员正兢兢业业帮男人脱下那件抵他好几个月工资的外套。

嚼舌男猛地卡壳了。

黄毛也要掐烟，意识到身旁动静不对，回头一眼撞见许燎垂眼看他，吓得手里的烟灰簌簌往下掉。

许燎笑了笑：“怎么了？”

他神色自若，取过黄毛手里的烟，摁熄在玻璃烟灰缸里，一道道黑色的灰痕，像是杵在人的皮肤上，带起灼烧似的红点。

许燎静静地说：“没见过冤大头吗？”

嚼舌男尴尬得头皮都快掀开了，慌忙站起来说：“许哥，对不起，对不起，我就跟朋友随口说说，没有别的意思——”

“没事儿，你说得挺对的，紧张什么？也正好提醒了我。”许燎往另一边走，跟背后的骆质说话，漫不经心，“他那桌点的酒我请了，给他上两瓶山崎威士忌。”

骆质跟在许燎身后，张了张嘴，不敢说话。

杨霖皱着眉头，半是嘲讽：“许少爷今天又要发疯！”

大一，寒假过半，许燎疯了一个学期，现在情况稍微好了一点点。不过但凡遇到一丁点刺激，他马上又要疯，疯得周围人一句话都不敢说。

许燎往沙发里一坐，指尖揉着眉心，神色依然很平静，抬了抬下巴，看了看台上那唱歌女的，说：“她长得还挺漂亮，是不是？”

章泽闭了闭眼，近乎麻木地说：“嗯，很漂亮。”

许燎：“我想跟她认识一下。”

章泽吐了口气：“算了吧，许哥。”

“什么算了？”许燎轻飘飘地问他。

你说什么算了！

章泽在心里嘶吼。

每次许燎一被激怒，几乎会条件反射似的，也可能是心理防御机制，觉得自己是一个感情随便的人，游戏人间，能轻易将女人玩弄于股掌之间，跟他当初被玩弄感情一样。

但事实根本不是啊！

前几次也说这个女孩挺有意思认识一下，但人家姑娘跟他出去吃了一次饭，哭着回来，说许燎真的好阴森恐怖，情绪非常不稳定，大概率精神有一点点问题。

确实情况也是这样。

但也没人敢触他的霉头，章泽只能顺着他说：“可以啊，但这个女生有男朋友了。”

他本意是让许燎打消念头。

没想到刚说完，许燎眼神变得尖锐，懒散的姿势换成了坐直，带点神经质的笑意，直勾勾地看着他：“是吗？所以大家都谈恋爱了？”

章泽：完蛋，又刺激到许少爷了！

章泽发怔了好几秒，抹了把脸，给他倒了杯酒，指着酒杯：“啥也不说了，喝。”

许燎拿起酒杯，一饮而尽。

旁边杨霖看了会儿，不敢骂许燎，只好骂章泽：“你是不是有什么毛病？”

章泽：“怎么了啊？”

“兰阿姨打电话说了很多次，不要让许燎喝酒，他现在在吃药，身体不好。”杨霖像在看傻子，“你耳朵让毛塞住了吧？”

章泽“哦”了一声，想起来：“有这回事。”

他去夺许燎的酒杯，被一脚踹开，往后退了两步。

许燎笑着说：“都滚啊。”

他仰头喝酒，脖颈线条利落，视线有种阴沉的醉意。

周围的人都在注意他，因为他不高兴，不敢高声说话。

刚才嚼舌根的人走近，倒了杯酒：“许哥。”

许燎：“嗯？”

“我真是开玩笑的，”他先喝了一半，“其实我们都很佩服你，感情这种事说不清。”

许燎齿间生冷：“佩服我什么？”

“佩服你深情呀。我高中也有个喜欢的女生——”

他还没说完，领口猛地被拽住，一股重力将他砸出去，倒在地上直愣愣看着许燎，半晌没说出话。

周围人开始尖叫。

那人蒙了：“我说什么了啊？”

杨霖赶紧扶他起来：“不是你的错，他就是心情不好，不好意思。”

那人知道刚才自己嚼舌根，理亏，抹了下脸，摇摇头走了，骂了一句：“有病。”

许燎大步过去，但被杨霖拉着手腕，拽回来。

他呼吸不稳，指着走开那人问杨霖：“我深情？”

他问这句话时发缕散乱地垂下，在眸子间落下几道阴影，面色分不清是苍白还是燥红，给人一种疯狂失控的感觉。

杨霖静了好久，从兜里掏出手机：“我有林诱的朋友圈，你看不看？”

许燎音调抬高，踢翻旁边一张凳子，话里带着血腥味，嘲弄道：“你也欠揍是吧？”

气氛骤然冷到不行。

连杨霖都搞不定许燎，看来今天这疯发大了。

杨霖咬牙，偏了下头：“许燎，我再问你一次。我有林诱的朋友圈，你到底想不想看？”

许燎漆黑的眸子盯紧他：“你，再提一次她名字，试试。”

气氛剑拔弩张。

章泽愁眉苦脸：“好了好了，别吵了。”

他不敢去拖许燎，只好拖杨霖。

杨霖被抱得往后退了两步，说：“你许少爷一夜豪掷几十万，夜店买醉。知道她在干什么？现在寒假，她没回家，做家教给小朋友上课。”

许燎眼睛里安静了一会儿，随即变得吊儿郎当，嗤笑：“关我什么事？”

“不关你什么事，我就随便说说呗。”杨霖对他这副模样完全无语，“许燎，你要是个男人，忘不了她，你就去找她，别在这儿折磨自己，行不行？”

许燎笑了：“你很懂我吗？”

“我确实不懂你，我也不知道你多喜欢她，等了她多久，受了多重的伤，但是——你别这样了，算我求你。搞得自己人不人鬼不鬼的，大家都很担心。”

许燎若无其事：“我很好啊。”

杨霖皱了下眉，像是忍无可忍：“你非要这样是吧？”

"我怎么样？"

"你让人觉得窒息！你懂吗？"杨霖骤然吼了出来。

章泽赶紧又拉他："许哥发脾气很正常啊。那女的就是个渣女，许哥想骂就骂呗。杨霖，你也不至于——"

杨霖又吼他："我就受不了他一直这个样子！被渣了就去问清楚，有矛盾就解决，像这样要死不活是什么意思？人家林诱一天天过得努力上进，就你走不出来，就你一个人还在原地，就你一直想着她，不把我们所有人的关心看在眼里！"

"我知道，我知道。"章泽和稀泥，"许哥身体不好，你少说几句。"

杨霖猛地点了下手机，接着"哐当"往玻璃桌一砸，说："许燎，你把她拉黑了，我来跟你说。她想见你，你去不去？"

死寂。

周围没一个人敢说话，许燎似乎平静了一些，挺正常地道："她想见我就见我？"

杨霖直直看着他。

许燎好笑："我有这么便宜吗？"

他修长的手指掸了掸灰："不见。"

"但她有话想跟你说。"

许燎仰躺回沙发，半闭着眼，眉眼被阴影蒙得影影绰绰。

他像一个溺水的人，浑身沾染着阴郁的湿气，声音绝情，但又像负隅顽抗："不听。"

杨霖拿起手机，点了一下。

语音通话挂断了。

许燎没注意到，章泽注意到了。

他有些吃惊，看了看杨霖。

杨霖没事人似的，坐下："行，那没事了。"他风轻云淡，"不管怎么样，你没做错什么，这世界上不该只有你一个人伤心。"

许燎没在意这句话，他累了。

杨霖脸上是报复成功的笑意："许燎，有人陪着你。"

章泽还是一脸紧张，又看了看他。

许燎白净的手指搭着眉心，似乎沉入了深渊和海底，他在嘈杂的环境中昏昏欲睡。等他睡着，章泽拿过杨霖的手机，翻到刚才的聊天记录。

和林诱的语音通话，只有短短十几秒。

但除此之外，还有林诱发来的其他几条消息：今天是他生日，麻烦你帮我转达，祝他生日快乐。

杨霖没回复。

语音通话挂断后，对面还是发来了新的消息：麻烦你帮我转达：祝他，祝许燎，这辈子顺顺利利，幸福快乐。

手机的另一侧，寒冬天气，大雪纷飞。

林诱刚走出地铁站，她穿着白色羽绒服，红围巾遮住下巴，露出一张冻得发红的小脸。

她闭眼，热泪沿着脸颊直流，打湿了下巴和围巾。

这个世界上互相喜欢的一对，从来不只有一个人伤心。

他们天各一方，却感到相同的悲伤和痛苦。

互相陪伴，互相折磨。

这是爱情，残酷而美丽的现实。

番外二

笨蛋美女

“多少钱？”

热闹的商场内部，林诱穿着一条宽松的天蓝色长裙，长发垂着，素面朝天，拿起鞋柜上的一双平底鞋。

“上面标了价格，一千五。美女，我们这个是羊皮的，质地非常柔软，穿着走路非常舒服，绝对值。”

林诱皱了下眉，说：“贵了，能不能便宜点？”

售货员摇头：“我们商场是不讲价的，但我们有个优惠活动，限时八折——”

林诱放下平底鞋，头也不回，转身往另一边的服装区走去。

她走路速度不快，慢悠悠的，单手拿着一只小布包，优哉游哉。

卖衣服的柜姐连忙上前，问：“美女，看点什么衣服？我们这里刚来了很多新款式，我看您身材高挑，又瘦又漂亮，我们这里有一款超短裤——”

林诱摇头：“有裙子吗？”

柜姐：“我们这里有一款紧身的晚礼服小短裙，露出香肩和大腿，非常漂亮——”

林诱再摇头：“有没有宽松一点，长一点的？”

柜姐还以为是个火热靓女，没想到她的要求这么质朴，往里侧走：“有的有的，这些裙子你看怎么样？”

颜色嘛，很素净。

款式嘛，很低调。

最主要是，非常宽松。

林诱挑了挑，比较满意。

她想起什么似的，从小布包里拿出手机，打了个电话："喂，老公，嗯，我没等你自己先进来了，随便逛逛嘛……我在几楼？"

林诱转向柜姐："我们在几楼？"

柜姐汗颜："二楼，美女。咱们对面是个香奈儿专柜。"

林诱继续打电话："对，你上来找我就行了。"

没几分钟，店门口走来一道高挑的青年身影。对方穿着黑色西装，领带稍微拽得松开了些，脚步非常快，头发后梳露出俊朗的眉眼，在人群中相当的卓然。

但对方皱着眉，左右寻找，终于看到站在店门口招手的林诱。

"老公，这里。"

许燎过来，伸手牵住她，低声问："不是让你等我一起吗？"

林诱神色平静："我反正在家也是闲着，就先来了，也就比你早几分钟。"

许燎似乎想说什么，也没说出个所以然，抬抬下巴："你选的衣服呢？"

林诱往里走，指了指那一堆："哪件好看？"

许燎扫了扫："颜色太沉了，换亮一点的？"

林诱不同意："这几件摸起来舒服。"

许燎伸手感受裙子的材质，点头："行，那你换上试试。"

更衣室就在不远处，林诱拿着裙子进去，半晌又轻声喊："老公。"

许燎站在门口："嗯？"

林诱声音透出惊悚："是不是我胖了，这衣服穿不下，你来帮帮我。"

柜姐：笨蛋美女吗？

许燎将门推开缝隙，侧身进去。

林诱原来穿的裙子脱了，现在捏着新裙子紧张地作斗争。许燎接过研究了几秒，解开一颗扣子，说：“现在试试。”

试试就试试。

咦，一下就成功穿上去了耶！

林诱面不改色，但有点尴尬：“……这么简单？”

许燎舔了下唇，没说话，走到她背后捏住拉链，轻轻上推，直到衣衫遮住了白皙的肌肤。

林诱走出更衣室，对着镜子转了两圈：“老公，好不好看？”

许燎：“好看。”

林诱再仔细观察镜子里，点头：“我也觉得好看。买了。”

许燎立刻去刷卡，刷完后，一手拎着装好的裙子，另一只手牵着她，走出门店。

买完裙子，陪林诱逛化妆品店，林诱简单表达了下自己的诉求：“温和，对皮肤刺激小的，不要含有太多激素和化学物质。”

“好的，”柜姐满脸堆笑，“我这就跟您简单介绍一下。”

倒是许燎，左右望了一圈，问：“有座位吗？”

柜姐指向里侧：“休息区有哦。”

许燎一边催促林诱过去坐，一边示意柜姐：“麻烦拿过来让她挑。”

林诱表情认真，对着许燎的眼睛：“我有这么娇弱吗？”

许燎：“你有。”

林诱想了想，也没反驳，慢悠悠地到休息区坐下，顺便让人接来一杯热水，边喝边听柜姐介绍新产品。

听到一半，许燎接了个电话，说：“一会儿去我爸妈家一趟，他们买了很多东西，说要送给我们。”

林诱打了个哈欠：“嗯，去。”

许燎靠近她耳侧：“累了？要是累了，让他们送过来也行。”

林诱摇头：“不是，就是一过去，爸妈问东问西，我有点应付不过来，也不知道该回答什么。”

她抬手轻轻拍了拍脸：“有点压力。”

许燎“嗯”了声：“那我改天跟我爸妈说说，让他们别问了。”

林诱：“不至于不至于，也没这么严重。其实挺好的。”

只不过林诱独处惯了，适应了许燎，适应许燎爸妈无微不至的关心还得一点时间。

刚开始进入这个家庭，林诱甚至很惊讶，原来正常的爸妈是这样吗？

总之现在真的很不错。

买了化妆品，其他东西也差不多看好，许燎开车回家，到公园附近停下，问林诱：“想不想下去散步？”

林诱眼珠转了转，懒洋洋的：“散散吧。”

刚下车，许燎又牵住了她的手。

林诱看了看小心翼翼握紧的手，想笑，往前走。

像他俩这样傍晚在公园散步的夫妻还有很多，林诱看了一圈，忍不住问：“我现在已经迈入少妇群体了吗？”

许燎看了看她：“嗯。比刚结婚那会儿要美艳很多。”

林诱单手叉着腰，直犯困：“有这回事。”

“反正，”许燎补充，“一眼能看出是别人的妻子。”

林诱也不是很服气：“也不至于吧？”

许燎懒得跟她争，伸出手臂搂住了她的腰。说实话，林诱以前就是细腰长腿，结婚以后，胸比以前还大了不少，身材更辣，只是穿着宽松裙子不太能看出来。

被许燎这么一搂，她低头，问：“我的腰还细不细？”

许燎：“细啊。”

林诱：“真的假的？”她叹了声气，“长胖了。”

许燎纠正："你这不是胖。"

"就是胖。"

许燎嘴角浅浅勾着："行，你说胖就胖。"

林诱往他肩头蹭了蹭，不甘心似的："你还真承认了啊？"

怎么都不满意，许燎探指捏捏她的脸："那你到底想怎么样？"

林诱静静地看他："这又是嫌我无理取闹了呗？"

许燎真是气得要笑了，亲亲她脸："你想法挺多啊。"

林诱现在扮演着一个不为所动的美艳少妇，让他亲了一会儿，神色才缓和，拉着他继续往前走："老公，前段时间你不还说一起去旅游吗？"

许燎应声："那估计得延后了。"他牵着林诱绕过几片湿漉漉的落叶，走到干燥的地方。

前面有人牵着小狗往这儿跑，林诱瞟了一眼，说："你追我的时候说，要给我一个家，在里面养一只小狗。"

许燎垂下眼睫，似笑非笑："这也再延后延后。"

林诱转着眼，玻璃似的眸子看他："男人，你还有什么要延后的？"

许燎数了数："也没多少，要怪就怪这事儿提前了。"

林诱抿了下唇，又打了个哈欠。

也不怪许燎，她自己考虑之后决定提前。但也没想到许燎有点东西，感觉准备的时间也不长，就得进行另一种准备了。

阳光落下，夜幕从树林尽头压过来，漆黑漫天。

不远处有人在打篮球，跃动的身影看着年纪挺小，都是十八九岁的模样。许燎站旁边看了一会儿，手机又响了，他说："等等，杨霖他老婆在附近，说给你买了东西，要拿给我。"

他往前走，大概几十米外，站着抱了个小孩儿的汪诺，往他手里递东西，顺便叮嘱什么。

林诱准备过去，身旁，有个打篮球的年轻男孩，被同伴推搡着往这边走。

她抬了下眼，长得还挺帅。

对方笑着说：“小姐姐，能不能加个微信？”

林诱“噗”地笑了一声，对这个称呼非常满意。

但笑完，她抬手指了指道路尽头往回走的男人，说：“我老公。”

她又轻轻勒了勒裙子，露出开始显怀的腰，笑道：“我宝宝。”

她语气温和：“不好意思啦。”

那人好像震惊住了，连连低头：“对不起啊对不起，打扰了！”

天色漆黑一片。

许燎走近，看到树荫里急匆匆跑远的男生，问：“怎么了？”

林诱摇头，拉着他的手：“没事。”

她靠在许燎怀里，只觉幸福，没有一丝遗憾。

“回家了，老公。”

独家番外

我们一定还会再见面

这场暴雨下得很突然，天边乌云黑压压的，云层里藏着隐隐闷雷。

林诱拎着行李箱走出校门时，雨骤然而下，她取出包里的伞撑在头顶。

但她的头发还是被淋湿一些了，发丝黏糊糊地贴着耳朵，校服也湿得粘在了瘦弱的肩头上，十五岁的少女，腰身格外柔弱。

雨幕如织，路旁行道树被狂风吹打，枯黄的叶子落了一地，暴雨中行走着纷乱的人影。

盛夏快要来临，这是初三毕业前的最后一个假期。

少女拖着行李箱走到公交车站台附近，暴烈的雨雾劈头盖脸地扑来，哪怕举着伞，身上的校服也很快被打湿了，垂到耳际的发梢滴落着水珠，下颌被雨水染得苍白。

林诱低头看行李箱，淋雨倒是没什么，但布箱子里装着一些教辅书，要是被雨打湿了就不好了。

最好的办法是找个地方避雨，但不能离公交车站台太远，车站回家的末班车在半个小时后，也只有一班公交车，要是错过的话……

她回过头，潮湿的刘海下的眸子打量着站台后街道的门店。

最近的是一家咖啡店，视野很好，避雨的同时可以看到公交站台。不过这家店的咖啡价格偏贵，林诱平时零花钱有限，从没有进去过。店里明亮，坐着穿着干净的客人，有的在玩手机，有的在笑着说话。

灯火通明的店，和狂风骤雨里脏水横流的街道，明与暗，似乎被隔开，成了两个完全不同的世界。

林诱低头，行李箱被雨浸湿的边角漫出水意，似乎看到了被水泡发的书册，她犹豫了一瞬间，小小的身躯拖着硕大的行李箱朝咖啡店走去。

咖啡店灯火通明，价目表上的咖啡名字和价格陌生，戴帽子的店员低头忙碌，而端着咖啡杯的学生聚在一起说话，有的抱怨，有的微笑。林诱往旁边站了站尽量不挡路，眸子安静地看向被暴雨侵袭的街道。

她背后，被装饰广告牌的柱子挡着，几个青少年坐在温暖舒适的沙发上无所事事地玩着手机。当中最高的少年，拿杯子的手指细长白净。

许燎腿上搭了条干燥的毛巾，难以安放的长腿伸进圆桌底下，校服领口随意敞开，乌黑的发缕垂到眉眼，白净清瘦的锁骨露出一截。

他来得晚点，头发淋了点雨，司机立刻给了他一条毛巾。

“你才来啊，我刚想问你，”杨霖抬头望向他，“中考完去哪个学校读？”

“考哪儿去哪儿吧。”许燎喝了口就把杯子放下，“没想过。”

“他肯定没想过。”章泽摇头，“许哥家什么都准备好了，附中旁的学区房还有报名资格，他爸妈跟那校长吃过饭，许哥过线就去读最好那个班。”

杨霖问章泽：“你呢？”

“看不起谁？我家也能砸钱。”

杨霖竖大拇指：“得，就我一个穷鬼，学习成绩能看，但附中肯定进不去。”

章泽拽得二五八万：“所以懂？这就叫差距。”

“你还来劲儿了是吧——”杨霖气笑了，将手里的咖啡杯重重往桌上一磕，没想到力气太大溅到了桌面。他“嗞”了一声，飞快跳起来拽几张卫生纸擦，但不够，急得没办法，“晦气，我去拿点纸。”

“赶紧去！”章泽骂骂咧咧按住咖啡液一顿搓，余光里看见杨霖起身去柜台，可那身影却突然停住了，一动没动。

“还不去？水快流我裤裆上了！”章泽抬头咆哮，一只大手却猛地盖住他的嘴。

“……呜！”

“嘘。”杨霖凑近了脸，露出诡异的表情，目光不住朝咖啡店门口的方向瞥。

“搞什么！”章泽跳起来，想发飙，目光也看到杨霖示意的地方。

他动作一下停了，两人的视线不约而同移向垂眼玩手机的许燎。许燎单手拿水杯，另一只手指尖轻轻点击屏幕，是一套英语模拟试卷。暴雨天的咖啡厅闷热，他校服又往下拉开了一点儿，里面穿了一件干干净净的白T恤，少年清隽，但就是没个正形。

对于这两人的脑残行为，他只是撩眼皮看了看，又眼不见心不烦地垂眸。即将中考，他家里有底气，但他更想有实力。

从小上双语班训练的英语水平，再加上经常出国玩，这几道题看得轻松。许燎沉浸在思路里，答完题才意识到气氛略显沉默，从手机上挪开了眼。

“怎么了？”

杨霖吊儿郎当地示意桌面乱流的咖啡液：“脏了，拿点纸去。”语气是从未有过的跩。

许燎新鲜地抬眉：“你俩犯傻，使唤上我了？”

“让你去你就去。”还是章泽老实，“给你看个好东西。”

“别烦我，”许燎轻击按键，手机屏幕重新亮了，耐心有限，“在刷题。”

“……别啊！”看他做题简直比杀了自己还难受，章泽只好求他，“少爷，要是没好处你来扇我行吧？”

“扇你？”

许燎垂眼，似是思索，有了点兴趣：“行。”

青少年都中二，许燎只是想起身活动一下。柜台在广告架背后，他拉开椅子时听到了章泽和杨霖的起哄声，不明所以。

等他走到柜台，向服务员要了一包纸。

“谢谢。”

接着往回走，他的目光不经意看向窗外，脚步一下停住了。

门口站着一道湿冷纤瘦的身影。

少女拎着箱子站在那儿，箱子很大，她人很瘦，比例看起来异常不协调。周围人悠闲地说笑，只有她一动不动，扣紧行李箱的手指纤细苍白，湿透的头发紧贴耳根，衬得那脸特别小。在一绺乌黑的头发下，阴郁的眸子直勾勾看着门外的暴雨。

许燎的手背僵硬了一瞬，他回头，看清了杨霖的口型：“小精灵——”

他面无表情地转过视线。

为了不挡住出入口，又可以躲雨，林诱的身子挤在玻璃门的左边。街上暴雨倾盆，人影纷乱，树叶被吹得飘落一地，身后的广告牌也被吹得摇摆不定，有人抱着双臂尖叫着往前跑。

风吹得很冷，她上半身穿着夏季校服的短袖，手臂冻得发青，但她脸上没什么表情，有点儿茫然地望着这场突然的雨，好像和整个世界脱离，不在其中。

许燎定定地看着她。

直到听见服务员小声抱怨：“还要站多久啊？”

思绪回神，意识到自己在做什么之前，许燎腿迈向了门口。他推开玻璃门，雨点一下落到了自己身上。

林诱视线还看着公交站台发呆，他开口：“嗯？”

以为自己挡路，林诱下意识地往左边挪动，肩膀骤然淋到雨水的一瞬间，耳边声音清晰抵入耳膜。是少年散漫的声音：“站这儿干什么？”

林诱慢慢转身，看到了眼前的脸。许燎握着玻璃门把的手指修长，蓝白色干净的校服抵门，背光低头看她。比她高一个头不止，校服领口敞开，锁骨处散发着温暖干燥的热气。他抬了下眉：“怎么不进去坐？”

林诱漆黑眸子开始聚焦，似是辨认。她初三转校，一直孤僻安静，和班上大部分同学都不熟悉，甚至到现在名字也没认全。但眼前的少年她当然认得，班级里出了名的帅哥，很多女孩子课余的谈论对象。

只是，林诱和他的交流很有限。

林诱眨了眨眼。许燎就看见，这湿漉漉被遗弃的小流浪狗似的少女，沉默片刻后，露出了“我和你不熟”的表情，摇头：“啊？”

似乎对他的邀请感到极其困惑。

风中夹杂着暴雨，许燎被吹得有点儿沉默。他手指无所谓地拽了下校服的领口，感觉气氛也有点儿沉闷。但他已经站在这里了，抿紧薄唇，再次问：“你站这儿淋雨不冷？”

一阵风吹着雨斜进了门廊下，落在皮肤上瞬间带走热度，手臂像放在冰窖里，打湿的布料也黏黏地贴着皮肤，湿冷潮湿。不冷是骗人的，不过……

林诱看了他一会儿，眉眼更显困惑：“啊？”尾调轻微延长，有着“跟你有关系吗”的意思。

气氛似乎陷入了一种无声的对峙。

两个人都不太熟，在班级里仅仅说过几句话，路上遇到了都不会打招呼的程度。现在忽然开口说话，除了尴尬也很难有其他的情绪。

许燎垂眸，看了她一会儿，静静的没说话。

片刻，他视线从混浊的雨幕移开，有点儿不耐烦了，漆黑的眸子看向她：“别淋雨了，进去坐。”

林诱这时候才注意到他身上的衣服，雨里大部分人都狼狈逃窜，自己也浑身湿透可怜兮兮的，唯独许燎身上干干净净，应该是待在温室里从没淋过雨。

他身上的明朗温暖和自己的阴冷冰凉，形成强烈反差。

林诱脑子里不自觉地想起一些事，关于这位同学的传闻。

她现在就读的初中全市有名，能进校的要么学习好要么家境好，班级里的同学早慧，相处几天基本能从衣食住行辨别出家庭条件，形成隐形的贫富规则，相处中产生莫名的差距感。在无形的唯利的舆论里，许燎几乎是这个班上的王，所有人都要向他俯首称臣。

少爷平时似乎并不算友善。

可现在，同学一场，让她进去坐坐，林诱似乎也能明白。她低头，想了几秒后拒绝："我就在外面等。"

许燎："嗯？"

和他不熟，林诱想想，还是说："我等公交车，错过回南溪的班车了就回不了家。"说完她目光放回了公交站台。

这场突如其来的暴雨打乱了城市的节奏，车辆驶过马路溅起水花，雨刮器左右摆动，出租车挤在路口等候弯腰上车的人，也有几辆公交车摇摇晃晃停在站台，但都不是林诱等的那一班。

她低头看了看手表，又踮脚看道路的尽头，与此同时，心里涌出了疑惑，换作以前这班车早就到了，可现在不知道为什么还没来。

是被雨耽误了吗？

"那还要等多久？"

快走神时，耳边少年的声音再响起。

不明白他为什么问，只是他刚才的关心让她也有了一点耐心，轻声说："最多五分钟，不然赶不到车站了。"

耳边沉默片刻。

林诱侧头，许燎还站在玻璃门的侧面，少年的身量很高，只是肩膀还偏薄瘦，一只手握着玻璃门把手防止自动关上，手背绷紧浮出几缕青筋。他直视道路的尽头，下颌线条分明，眸子是像雾霭的深褐色。他个子高："我帮你看看。"

林诱有些不解，但又不知道该说什么。暴雨阴冷，她几乎快冻僵了，只有许燎的方向略微暖和。她正想移开目光，不经意注意到许燎站的位置，肩膀的校服被雨晕开了大片，正替她挡着侧面的风和雨。

她怔了一下。

紧盯他肩膀那片湿润，耳边再响起少年的声音："没看见有车来。"

林诱的注意力收回了，重新望向车道的尽头。的确没有公交车来，暴雨让天色变得阴沉，明明才六点钟，天黑得却像七八点一样。

意识到不妙，林诱匆匆走到了雨幕里，噼里啪啦的雨珠打在伞面上，风吹得伞骨几乎变形了。她走到站台往前张望，伞挡住了雨也挡住了视线，她索性把伞放了下来，冰冷的雨一下子劈头盖脸落在身上，瞬间淋湿了眼睛，视线变得模糊。

道路尽头堵了长龙似的车，雨刷器来回刮动，但看不到那辆通往车站的公交车。林诱心猛地往下沉，下意识地，脑子里浮出爸妈责骂的脸，突然有一种眩晕的感觉，心口比身上还冰凉。

许燎抬眼，刚才看见林诱匆匆跑出去，丢掉伞淋雨往前看，现在呆了似的站在站台。顿了一下，他也淋雨走到她身旁："公交车应该延误了。要不你等下一班，或者改客运车的票，下雨天堵车容易出现这种情况。"

说完，他才看到林诱的脸。下巴尖尖的，脸色苍白，刚才还露着镇定，现在却全是茫然无措。他抬了下眉："改不了票？"

只有一把伞，许燎自然地站到了林诱的伞下。空间狭窄，少男少女不得不拉近了些距离，彼此能察觉到对方的体温。林诱身上的温度冰凉，几乎没有人气。她睫毛低垂，沾了潮湿的雨水，唇也没有颜色："改不了。"

"你家在哪儿？"

林诱说了那个海市郊区县城的名字："我每周五回去。"

坐周五傍晚那班车，也就是二十分钟后唯一一班，车程接近两个小时。现在堵车严重，公交车没来，林诱也赶不上那班车了。

“那没办法了。”许燎背后被雨淋湿，他不喜欢这种黏腻感，眯眼“啧”了一声，细长手指有一搭没一搭勾着校服的拉链。像是时针漫长的摆动，两个人好像都不习惯这种近距离，脊梁有点儿僵硬。

林诱低头看被水打湿的鞋子，和许燎保持一步的距离。她的帆布鞋早脏了，而许燎的还干干净净。她抬头，看见杨霖和章泽从咖啡店出来了，他俩看到许燎站在雨里，满脸吃惊，撑了把伞连忙走上前来。

章泽边走边喊：“许燎你干吗，感冒了怎么办？”

有一瞬间，林诱想起了不久前的一件事。

班上组织露营活动，让家长陪孩子互动。林诱打电话过去时，柳萍冷淡地说：“什么东西？不来，你心思能不能放在学习上？”伴随着响亮的打麻将的声音。

林诱在电话另一头沉默。

那次班级亲子活动，林诱是唯一单独来的。其他同学的爸妈做菜，包饺子，烤蛋糕，烧烤。只有林诱一个人，默默包完了饺子，游离在所有的热闹之外。

人群里最引人注目的是许燎的妈妈，年轻貌美，妆容精致，所有的叔叔阿姨都在奉承她，而那个娇气得像公主一样的人物，手脚略显笨拙忙乱地给许燎烤小蛋糕。许燎站一旁帮她的忙，骄傲地看着妈妈，明明照着同样的太阳，两个人却像浑身在发光。

后来分享蛋糕，许燎端着托盘找到林诱，以为全班人都有份，她拿了一块道谢后就低下头，把自己藏起来背单词。

站在他面前，好像会不自觉提醒自己一些事情。他太明亮，而自己太黯淡。他备受宠爱，而她只有自己。

…………

看着这场无止境的大雨，林诱湿发遮住眼睛，茫然无助：“我走了。”

许燎：“走哪儿？”

林诱也不知道去哪儿，她得回家，没按时回家少不了一顿骂。

思来想去，她决定先往车站的方向走，路上公交车来了就上，没有的话等她走到车站，也许会遇到载客的黑车司机。唯一担心的是，很不安全……

林诱没心情回答他，也没有义务回答。

章泽的伞撑到许燎头顶："你站这儿淋雨干吗？差不多玩够了吧，要不回家了？你家司机呢，让他把车开过来。"

声音被嘈杂的雨声侵吞，林诱在心里叹气，这雨落下来，好像就是让自己淋的。

行李箱放在咖啡店门口，杨霖打伞帮她遮着，看到她笑了笑。林诱拎过行李箱，对这个同桌她要熟悉一点儿，但也没什么话说。许燎转过身，大步走过来，章泽跟在他背后撑伞。

许燎脸上没什么表情，对林诱安静的性格也不在意，挡在她面前，似乎又是一阵难以忍受的黏湿，他手指往后拽衣领，若无其事地看一眼林诱，好像闲得没事地提议："要不我送你回去？"

林诱怔住了："嗯？"

"正好司机在那边等着，"许燎示意路口树荫底下的一辆黑色的汽车，雨刷器不停运转，驾驶位坐着人影。他勾完衣领看手机，指尖在屏幕飞快地点了一下，"也就晚回家几个小时，跟我妈发个消息就行了。"

林诱的家都在郊区县了，如果在市区内，十几分钟并不麻烦，但到县城两个半小时，回来还得同样的时间，也太给人添麻烦。

林诱摇头："不用。"

同时，她心里浮出一种感觉，让她莫名地有些耳热。

她总觉得……许燎的热心程度，好奇怪……

"真没事。"两个人同时抬头看雨幕，周身阴冷潮湿，暴雨狂乱，似乎都感觉到了那种异样的情绪，许燎皱了下眉，随后绷紧了一张俊朗的少年脸，声音端着，态度也淡了不少，"反正都是同学。"

林诱还想说什么，就看见许燎校服底下的手腕探出，朝树荫底下的豪车勾了勾手指。黑车车灯随即亮起，在湿淋淋的雨幕中像蛇分水而来。车身流畅锃亮，车标高竖，价格极其昂贵。

西装革履的司机下车后打伞往许燎这儿走。许燎接过伞，示意林诱的行李箱："放后备箱，先去趟南溪。"

司机拎着行李放到了后备箱，许燎不由分说地拽了下林诱的衣角："走了。"

林诱磕磕绊绊，让许燎带着往车里走。打开车门，车里开着暖气，车灯明亮，皮质的座椅透着昂贵的光滑舒适感。林诱浑身都是水，鞋子上也沾着泥污，坐上去后留下了水痕。

许燎"砰"的一声关上车门："没事，你随便点。"

他鞋子也弄脏了，踩着毯子，司机见状赶紧拿了两条干毛巾。许燎递给林诱一条，说："擦擦头发和脸。"

到现在，林诱才觉得周围安静下来。暴雨太吵，让她耳朵都疼。而车门的隔音效果很好，突如其来的寂静，倒让只有她和许燎的状态变得无限放大。她缓慢地用毛巾擦头发时，许燎应该也意识到了，侧身往车窗一靠，单手拿毛巾擦头发，另一只手的细长手指在手机屏上点。

他看起来忙得没时间说话，一副很爱玩手机的样子。林诱盯着椅背放松下来，暖意开始驱散身体的寒冷。

脑子里那些混沌的记忆，担心不能按时回家的恐惧消散，取而代之的是眼前这辆豪车内的陈设。不算宽敞但绝对舒适，明亮，干净，有品质。

林诱打量了一圈，看向许燎。

不知道是不是错觉，她视线移过去时，许燎本来若有似无半垂着眼皮，手背好像绷了一下，接着继续点手机，只是手势生硬了不少。

林诱磕绊着说："谢谢你。"

"没事。"

许燎声音也很紧。

两个人都有点紧张，前排司机回头看了一眼，着重看了看林诱，又把头转了回去。

很难形容这种感觉，本来平时在教室也很少说话，现在林诱突然坐上了他家的车，感觉跟做梦似的。她低头揉着冰冷的手指，想来想去，还是不知道该说什么。

车辆在道路上疾驰，空气安静，许燎手里半干的毛巾扔到脚下，他乌发半干半湿，贴着白净的耳郭，抬头换了个坐姿的时候，他问："你打算考哪个高中？"

闲聊来了。

不过初三即将毕业，讨论去向情理之中。林诱想了想，说："还不太确定，考好了就去附中，考不好就去差一点的学校。"

许燎点了点下巴："你来附中，我也去附中。"

林诱没有说话。附中的确很好，但这个学校分数很高，竞争激烈。她摇头："还不确定。"

"好吧。"许燎没说话了。

沉默开始在空气中发酵。

窗外是模糊的雨幕，暴雨涂在玻璃上像一层弥漫的波浪，看窗外的一切都雾蒙蒙的。黑暗降临，街道、道路和她坐公交车看到的风景差不多，只是暗得太早，灯光亮起，五颜六色的霓虹灯散射，快速掠过时在视线里拖出长长的虹尾。

林诱专心致志地看窗外的风景，经过一个转角，外面暗，车内变亮，车窗上一下倒映出少年的身影。

许燎半侧身靠着车窗，左手掌心托着手机，半垂下视线，灯光在他脖颈落下一片黯淡的影子，喉结突出，锁骨的线条明晰，整个人的眉眼似是模糊，看起来随性又漫不经心。

只是在林诱侧头看窗外时，他的视线正落在她身上，目不转睛。

林诱放在玻璃上的手指颤了颤——胸腔里好像有什么东西跳了一下。

她觉得自己应该看错了，转过脸去看着他。

许燎眼中闪了一下，和她对视，扯唇："这么好看吗？"

林诱的心跳平复，告诉自己是错觉，说："三个小时。"

许燎抬眉："什么三个小时？"

"送我去南溪，你返程还要三个小时。"

"哦。"许燎从前排拿了罐可乐，手指穿过拉环拉开，"呲"的一声后递给林诱，"没事。"

一时间似乎又无话可说了。林诱经过了最初的新奇之后，开始有点晕车，她闭上眼睛，脑子里浮现出刚才玻璃反光看到的一幕。不确定许燎是不是在看着自己，是的话，那代表什么？

她睁开双眼，往车座底下蜷了蜷双腿。她刚擦了头发，不过她头发浓密，导致现在还是潮湿不堪，遮住了她苍白干净的耳垂，显得整张小脸都没什么精神。

林诱耷拉着眼皮，有些丧地叹了声气，抱着膝盖合眼就这么在车上睡着了。

惊醒时车驶过一段陂陀的水泥公路，坑坑洼洼，车也颠簸起伏。感受到熟悉的路段，林诱睁开眼，明白南溪汽车站就在前面。

司机从大城市驶入小县城，惊讶地"哇"了声："这路真难开啊！"

许燎没睡，他手机也没电了，手边放了本漫画书，翻开看了几页封面朝上盖在座椅上。他垂头看了看窗外，眉眼被灯光映亮，一片清冷的薄光落在他眼睑："到了吗？"

林诱爬起身往外看，和海市截然不同的低矮建筑，崎岖不平的马路，一到下雨天就涌出黑水的破碎瓷砖，肆意生长的茂密行道树，以及道路旁因下雨而蓄积的水坑，整座城市仿佛在暴雨之中流动，一切都是那么熟悉。她点头："到了。"

许燎下车，一脚踩在了水坑里，飞溅的水立刻在他裤子上溅出污渍。

"嗯？"他抬了下眉，神色复杂，"这是什么？"

林诱本来挺同情他，没忍住，唇弯了弯："水坑，你小心点。"

她几乎不笑，笑起来的时候似乎不太熟练，但粉唇一弯，又软乖得很。许燎本来抬着腿有点烦躁，慢慢地把腿放了下去，嘴角也扯了一下，无所事事地跟在林诱背后。

笑过，林诱恢复了拘谨，她到车尾箱去拎箱子。

临走前，她面向他，说出思考很久的道谢语："谢谢，如果不是你我今晚都回不了家了，不知道怎么感谢你，下次你需要帮助可以找我。"

"嗯。"许燎算认可了她的道谢，"字数还挺多。"

两个人在车上互相沉默的事，是共识。

口头上的道谢似乎过于单薄，林诱想想，从兜里摸出了买车票的二十块钱，放在纤瘦的手心，递给许燎。

"什么意思？看不起谁？"少年站在绿树的浓荫底下，单手插兜，懒洋洋地看她，掠低视线看了看这揉得皱巴巴的纸币，却一动也没动。

林诱将钱往前递："你要吗？"

许燎："不要。"

林诱也觉得不合理："我给你买点东西。"

这里是一片闹市区，虽然是下雨天，但餐饮门店都开着，林诱想给许燎买点小礼物，心里不确定他能不能看得上。

不过背后的人没动，许燎对她的提议有意见："不请我吃饭？"

"啊？"

"八点了，没吃晚饭，肚子有点饿，"许燎说，"要不你挑个店，我请你？"

林诱转过身，定定地看许燎，没想到他居然这么提议。

刚才坐车跟坐牢似的，好不容易结束，许燎居然想延长。

"吃不吃？"许燎低声询问。

林诱想了会儿，缓慢摇头："对不起。我爸妈在家做好饭了，我回家晚了要挨骂。"

“乖乖女啊。”

许燎定定看了她一会儿，似是没料到她会拒绝，但也没多想，大方地抬了下眉：“好吧。”

这是林诱第一次拒绝许燎的邀请，后来会有很多次，只是当时的两个人都没意识到。天际隐约滚动着闷雷，暴雨又要加急，林诱要快点回家了，她看到旁边的精品店：“我还是去看看小挂饰。”

“不用了。”

背后的许燎干脆地回绝，林诱以为他生气，回头时，头发忽然被轻轻勾了一下，发圈滑落，转身时，刚干燥的茶色头发层层荡漾开，落了满肩膀。

林诱像是受惊了，单薄的眼皮跳了下，潮湿的眸子看向他。

她忽然想起一件事，刚认识许燎是在夏季的一个午后，刚转来海市的她孤零零在教室午睡，发尾忽然被轻轻拽了一下，发圈脱落，她睁开眼转身，看到了少年许燎深褐色的眸子。

“送给我，”黑色的发圈绕在他指根，他勾了下手指，“可以吗？”

记忆重合，夏季的温度延续到了第二年夏初，无数碎片开始连接。

暴雨又至，狂风骤然。

林诱忽然想起他那个问题：“你高中去哪儿？”

“附中。”

林诱认真地说：“我可能去不了。”

“没事。”许燎少年气地笑了笑，眉眼温暖，“我们一定还会再见面。”

全文完